人外サーカス

小林泰三

角川ホラー文庫
22519

1

「サーカスのテントの中って、結構寒いのね」薄着でスタイルの良《い》い金髪の女はきょろきょろと大テントの中を見回した。「風が入ってきてるわ」

まだ夏は始まったばかりで、湿り気を含んだ風はやや肌寒く感じられた。

「まあ、布で覆ってるだけだからな」サーカス団員にしては、ややほっそりとした体格の男はテントを支える鉄柱に触れた。「あんまり密閉し過ぎると、強風を受けたとき倒れてしまう危険があるんだ」

サーカスの煌《きら》びやかな衣装は身体の線をはっきりと見せる。

テントの布がばたばたとはためいた。

「誰もいないのね？」女はてくてくと中央のステージ——丸盆の方に向かっていった。

大テントの中の照明は殆《ほとん》どが消されていて、防災上必要な最小限の照明が内部を薄ぼんやりと照らしていた。

「夜だからな」男は後を追う。

「夜でも練習してるんじゃないの？　わたしはそう思ってたわ」

「そういうときもあるけど、夜中まで練習することは滅多にないな」

「そういうものなの？　サーカスって命懸けなんだって思ってたわ」

「命懸けだよ」

「命懸けだったら、それこそ必死で練習するんじゃないの？」

「う～ん」男は腕組みをした。「つまりだ。消防士とか、警官とかを考えてみて欲しい。医者でもいい」

「わたし、サーカス団員の話をしているのよ」

「そのうちサーカスの話になるから、ちょっと我慢してくれよ。消防士も警官も命懸けの職業だろ？」

「医者はそうでもないかも」

「でも、他人の命を預かっている。違うかい？」

「まあ、そうね」

「消防士とか警官とか医者は自分や他人の命に関わる重要な仕事だ。訓練を怠ることは許されない」

女は頷《うなず》いた。そして、欠伸《あくび》をした。そろそろ退屈してきたようだ。

「だからと言って、彼らは四六時中、訓練ばかりしている訳じゃない。休息や家族との時間も必要だ」

「つまり、どういうこと？」

「彼らも、俺たちも人間だってことさ。そして、人間は恋だってする」男は女を引き寄せようとした。

「えっ？　ここで？」

「ここでいいだろ？　せっかくサーカスに来たんだから。こういうところでした方が記念になる」

「だって、ここ、外と一緒じゃない」

「外とは全然違うさ」

「テントの中じゃなくて、あなたの部屋に行ったら駄目なの？　まさか、奥さんがいるとか？」

「俺の部屋だって、テントだよ」男は笑いながら言った。「そして、隣のテントまでは五十センチしか離れていない。まあ、みんな慣れっこで、物音は気にしないけど、君は気になるだろ？」

「じゃあ、あなた、いつも女の子をここに誘っているの？」女は呆《あき》れたような顔をした。

「いつも？」男はどう返事しようか迷っているようだった。「俺、そんなに遊び人に見えるかな？」

「ここを使うのはあなただけ？　それとも、他の人も一緒なの？」

「他のやつら？」男は少し考え、そして唇の前に指を立て、耳朶《みみたぶ》の後ろに掌《てのひら》を添えた。

「がたがた言ってるか？」

「いいえ」

「ぎしぎしと座席が軋《きし》む音は？」

「しないわ」

「だったら、今日は俺たちだけだ」

「あらそうなの？」女はにたりと笑った。

「何かおかしかったかい？」

「いいえ。ただ、いつもは他の人たちもいるのかと思って」

「まあ他のやつらがいても気にしないけどね」

「まさか」

「互いに見えないし、聞こえないんだ。そういうルールだから」

「でも、実際には見えたり聞こえたりするんでしょ？」

「あんまり見えたりはしないな。暗いし、たいてい物陰にいるから。聞こえる方は……あれだよ。ＢＧＭだと思えばいい」

「こっちの声も向こうにはＢＧＭって訳ね」女は男の頸《くび》に腕を絡めた。「ねえ。サーカス団員ってもてるの？」

「さあな。遊ぶやつは遊んでいるけど、真面目なやつも多い。それは別にサーカスに限ったことじゃないだろう。そうだな。危険と隣り合わせの仕事だという理由で、好奇心が旺盛《おうせい》な君みたいな子にはもてるかもしれないな」

「あなた、何してる人だっけ？　空中ブランコ？　綱渡り？　それとも、玉乗りするピエロ？」女は耳元で囁《ささや》いた。

「知らないでついてきたのか？」男は呆れたように目を丸くした。「芸を見て惚《ほ》れたんじゃなかったのか？」

「あなたがサーカス団員だと言ったからついてきたのよ」

「サーカス、大好きって言ってたから。てっきり、サーカスを見に来た客だと思ったんだ」

「サーカスは好きよ。だけど、テレビで見るだけ」

「生で見たことはないのか？」

「さあ」女は考え込んだ。「たぶんないと思う。ひょっとしたら子供の頃に見たことがあるかもしれないけど、覚えてないわ」

「覚えてないのなら、たぶん見てないだろう。サーカスを見た記憶が消えるはずはない」

「どうして、そんなことが言えるの？」

「本物のサーカスの記憶は強烈だからさ」男は天井の布を見上げた。「あれは十歳のときだった。俺は親父に連れられてサーカスに来たんだ。このサーカスじゃなかったけどな」

「わたし、てっきりサーカスの人たちって世襲なんだと思ってたわ」

「もちろん、代々のサーカス芸人はいる。だけど、俺みたいに外からサーカスに入ってくる人間もいる」

「子供のときに攫《さら》われたりとか？」

「そんな訳ないだろ。もしそんなことが本当に行われてたら、サーカスは常に警察にマークされているはずだ。あれは、子供を脅し付けるための方便だ。サンタクロースの逆だな。……だいたい今時そんな言い伝えは滅多に聞かないぞ」

「うちの親は古風なのよ」

「実は結構齢《とし》くってるとか？」

「そうよ。わたし若く見えるの。本当はあなたのお祖母《ばあ》さんぐらいかもよ」女は笑った。

「君が俺の祖母さんだったら、俺はまだ生殖細胞にすらなってないよ」男も笑った。

「どこにする？　ステージは広過ぎて落ち着かないから座席の方にするか？」

「硬いのは嫌。ソファとかないの？」

「ええと、クッションならどこかに纏《まと》めて置いてあったはずだけど……」

「じゃあ、トランポリンでいいわ」

「トランポリンは倉庫用テントの方だ。あそこは今真っ暗だよ」

「電気を点《つ》ければいいじゃない？」

「点けてもいいけど、電気を点けたことは外からわかるから、あとでいろいろ訊《き》かれそうだ」

「意外と気が小さいのね。じゃあここに持ってきたら？」

「一人でなんか運べないよ。それにトランポリンはベッドじゃない。寝心地はあまりよくない」

「じゃあ、綱渡りとかのときに下に張るネットでいいわ」

「あれも一人で張るのは大変だ。それにあれこそ、手足が引っ掛かって、身動きがとれなくなるぞ」

「さっき、あなたも『せっかくサーカスに来たんだから。こういうところでした方が記念になる』って言ったじゃない。サーカスに来てるのに、サーカスっぽいものが駄目って、なんだかつまらない」

「サーカスっぽいものって……」男は途方に暮れたような顔をした。

「そもそも、あなたの出し物って何？　さっきははぐらかされたけど。ひょっとして切符売り場の人か何か？」

「ああ。俺は……マジシャンなんだ」

「マジシャンって手品師のこと？」

「そうだな」

「サーカスに手品師っているんだ。種も仕掛けもないものしかやらないと思ってた。インチキもやるんだ」

「いや。インチキって言い方はないだろ」男は少し気に障ったようだった。

「でも、他の人たちは命懸けなのに」

「俺だって、命懸けさ」

「裏返したトランプの数字を当てるのが？」

「サーカスでトランプ手品なんかしないさ。もっと大掛かりなものだ」

「大掛かりって？」

「早変わりとか、脱出マジックとか……」

「今、やって見せて」

「今？」男はぽりぽりと頭を掻《か》いた。「今はちょっとな……」

「できないの？」

「マジックには、準備が必要なんだよ」

「じゃあ、今から準備して」

「ちょっと待ってくれよ。俺たち……」

「手品を見せてくれるまでお預けよ」女はウィンクした。

「……わかったよ。ちょっとだけだぞ。助手が必要なものはできないから、多少地味になるけど、我慢してくれよ」

「いいわよ」

「ちょっと待ってくれ。道具を捜してくる」男は小走りで通路を進み、丸盆の下辺りを覗《のぞ》き込んだ。「暗くてよく見えないな」

「わたしも捜すの手伝おうか？」女は男の後をゆっくりと歩いていった。

歩く女の容姿が少しずつ変化を始める。その真っ赤な唇はまるで蛞蝓《なめくじ》のようにぬめぬめと動き出し、横に広がり、耳元まで裂けた。その歯は全てが犬歯のように尖《とが》り、がたがたと配置を変え始め、特にそのうち二本が長くなった。爪は長く伸び、その腕には焦げ茶色の剛毛が一瞬で生え揃う。

女が大きく口を開けると、粘性の高い唾液《だえき》が塊となって、ぼたぼたと床に落ちた。女は長大な赤黒い舌で顎《あご》に垂れた涎《よだれ》を嘗《な》めとった。

女は男の背後から近付き、距離を詰める。あと二メートル。

「ああ。ここじゃなかったみたいだ」男は立ち上がった。

女は慌てて口を手で覆い隠した。

「道具は向こう側だった」男は女の横を通り過ぎた。

道具を捜すのに夢中な上、暗かったせいもあり、男は女の変化に気付いていないようだった。

男は別の場所に頭から潜り込んだ。「あった、あった。これを捜してたんだ」

「やっと見付かったようね」女はだらだらと唾液を垂らしながら、男に近付いた。セクシーな服はべとべとになり、全身が透けて見えていた。

大きく口を開き、男の頸筋に向かって飛び掛かる。

「これだよ」男は瞬時に振り向くと同時に手に持っていた鉄パイプを女の口に突っ込んだ。

　ばきばきばきという凄《すさ》まじい音と共に、女の歯が砕けて飛び散った。

　ぎゃあぎゃあああという、男なのか女なのか獣なのかわからない絶叫がテントの中に響き渡った。

「見付からなかったらどうしようかと焦っちまったよ」男は女が吐き出した鉄パイプを拾った。

「じっでだどが？」女――のような怪物は口から大量の血を流しながら言った。顎の骨が砕けてしまい、うまく喋《しゃべ》れないようだ。

「知ってたのか、って？　ああ、もちろんだ。吸血鬼の臭いにおいがぷんぷんしてたぜ」男は鉄パイプを片手で振り回した。

　吸血鬼はぐにゃぐにゃになった顎を自分の手で整えた。「わたしに勝てると思ってるのか？」

「俺を後ろから狙ったところをみると、おまえ、そんなに強くないだろ？」男は身構えながら、じわじわと吸血鬼との距離をとった。

「騒がれるとまずいと思ったからさ。最近、うざいやつらが多いんでね。だけど、こうなったからには、確実に殺してやるよ。何もしなければ楽に死ねたのに、あんたは馬鹿だ。言っとくけど、わたしはあんたを仲間にする気はさらさらないよ。最近は、仲間を増やしたりはしない。血を吸ったら、頭を潰《つぶ》してそれでぽい捨てさ。これ以上仲間が増えても何もいいことがないからね。仲間同士で獲物の取り合いになるし、目立ち過ぎて人間の兵隊に見付かってしまう」

「知ってるさ」男は言った。「おまえは充分に目立ち過ぎた。このひと月で何人喰《く》った？」

「いちいち数えちゃいないよ。ところで、なんで吸血鬼のことを知ってる？」

「ああ。たまたま知る機会があってね」

吸血鬼は筋肉剥《む》き出しの姿となり、男に飛び掛かった。

だが、彼女は突然空中で動きを止めた。

空中に凄まじい火の粉が飛び散り、吸血鬼はワイヤに搦《から》め捕られ、ぶるぶると痙攣《けいれん》していた。

「おまえたちのスピードに人間が勝てないのはわかっている。だが、その肉体はあくまで人間がベースだ。強力な電流を流せば、筋肉は麻痺《まひ》してしまう」男は座席の下からショットガンを取り出した。「最初から持ってたら悟られるかもしれないからな。悪いがこれで頭を吹き飛ばさせて貰《もら》うぞ」

吸血鬼の顔が怒りに歪《ゆが》んだ。その瞬間、閃光《せんこう》と共に雷鳴が鳴り響き、テント内が暗闇に包まれた。

　ショットガンが数発発射された。

数秒後、自動的に緊急発電に切り替わり、非常灯が点いた。

男は銃を持ったまま、座席の間に蹲《うずくま》り、周囲を警戒していた。

畜生！　どこに行きやがった。

電流を流していたワイヤはすでに引き千切られていた。

通常の吸血鬼の力は人間の二十倍から五十倍はあると言われている。ワイヤを引き千切るぐらいは朝飯前だろう。また、気象現象を操る吸血鬼がいることも知られている。さっきは近くに落雷したようだが、おそらく偶然ではあるまい。

男は額の汗を拭《ぬぐ》った。

ぐずぐず喋ったりせずに容赦なく頭を吹き飛ばしておくべきだった。やつらの再生能力からみて、鉄パイプでできた傷はすでに回復しているだろう。これはまずいことになったかもしれない。

吸血鬼は武器を使うことを好まない。それはたいていの場合、武器なしでも武装した人間の戦闘能力を遥《はる》かに超えるからだ。やつらは強く、素早く、そして賢い。

男は呼吸を整えた。

まずは現状の分析だ。そして、対策を考える。

あいつは俺がここに隠れていることを知っているだろうか？　おそらくイエスだ。吸血鬼の五感は研ぎ澄まされている。直接視認できなくても、音や振動で気配を察することができるし、においでも探知できるのかもしれない。他に気をとられるようなことでもない限り、俺を見失うことなどないだろう。

では、なぜ攻撃してこないのか？　たぶん鉄パイプやワイヤの攻撃を喰らって警戒しているのだろう。こっちが他にも罠《わな》を張っている可能性を考慮している。

あるいは、逃げたか？　いや。それはない。自信過剰なあいつらがこれしきのことで、怖気《おじけ》づくはずがない。よほどのことがない限り、一度狙った獲物は必ず仕留めるはずだ。

そうでないと、あいつのプライドが許さないだろう。

逆にあいつは俺があいつの居場所を摑《つか》んでいると思っているだろうか？　難しいところだが、おそらく判断が付いていないと思う。こっちがやつらの能力を摑んでいる程には、やつらはこっちの能力を摑んでいない。もちろん暗視ゴーグルを着けていれば、追跡できたかもしれないが、残念ながら今は持っていない。

となると、このまま持久戦に持ち込んであいつが痺《しび》れを切らして出てくるのを待つか、それともこっちから打って出て誘《おび》き寄せるかだ。

吸血鬼は飲まず喰わずで数週間戦えたという記録がある。それに対し、生身の人間は飲み喰いせず眠りもせずに戦うのは一日が限界だろう。あいつに勝つには、短期決戦に持ち込むしかない。

男はもう一度周囲に吸血鬼の気配がないことを確認して、立ち上がった。

「可愛子ちゃん、出ておいでよ」男の声が響いた。

反応はない。

「まさか俺を怖がってるってことはないよな？」

丸盆の中心に穴が開き、有翼の怪物が飛び出した。高速で男に突進してくる。

男は反射的に座席の間に伏せた。周囲の座席が吹き飛んだ。

翼に引っ掛けられたのか、風圧で吹き飛んだのかはよくわからない。

怪物は急上昇し、テントの天井にぶら下がった。それは人間の大きさ程の蝙蝠《こうもり》に見えたが、明らかにさっきの女吸血鬼の面影があった。

男はショットガンを天井に向けた。

ほぼ真上になるので、非常に狙いにくい。しかも、はずれた散弾が降ってくる危険もある。

男はショットガンを構えたまま、移動を始めた。

蝙蝠は無言のまま、こっちをじっと見ている。

「おまえ、名前は何て言うんだ？」

「名前は大昔に捨てた」しゃがれた怪物の声がした。

「じゃあ、呼びたいときは何て言えばいいんだ？　バットガール？」

「クイーンビー。そう呼ばれることもある」

「いい名前だ」男はぴたりと狙いを定めたまま移動し続ける。「吸血鬼になったのはいつだ？　俺の祖母さんぐらいってのは本当か？」

「もちろん、嘘よ。吸血鬼になったのは百二十年ぐらい前だから、あんたの曾々《ひいひい》祖母さんぐらいかもね」

なぜ攻撃してこない？　そうか。俺が銃を撃つのを待ってるんだ。フルオートでないから、一度撃つと次の発砲まで僅《わず》かな隙が生じる。その瞬間に襲うつもりだろう。

さて、あいつの作戦に乗ってみるか？

男はじっと吸血鬼を見詰めて考えた。

左手が痺れているのに気付いた。さっき、クイーンビーが自分を掠《かす》めて飛んでいったときに、傷を負ったのかもしれない。しかし、傷の具合を確認する余裕はない。余所見《よそみ》をした瞬間にあいつは襲い掛かってくるだろう。

男は少し迷ってショットガンから左手を離し、その手をズボンのポケットに入れた。右手だけで持つ形になったため胴体に接触させて支えるが、かなり不安定だ。

だが、これも仕方がない。

「どうしたの？　撃ってみたら？」クイーンビーは天井から落下すると同時に翼を開いた。テント内をぐるぐると滑空している。

これだけ動き回られたら、狙いが定まらないし、距離もあるので致命傷を与えるのは難しいだろう。

吸血鬼を手負いにして、動きを封ずることはまず不可能だ。やつらに勝つには殺害するしかない。やつらは人間ではない。手足を切断しようが、内臓を五つ六つ引き摺《ず》り出そうが、それだけで絶命することはない。やつらは驚異の超回復能力を持っていて、ほんの数秒から数十秒でどんなに重傷だろうと治癒してしまう。だが、それには限界がある。吸血鬼の超能力の源泉は血液なのだ。だからこそ、やつらは常に大量の血液を必要としているのだ。超回復能力の源泉もまた血液だ。つまり、心臓を破壊すれば、血液の供給が断たれ、そのまま絶命してしまう。また、頭部を粉砕するか切断してしまえば、もちろん動くことはできなくなり、そのまま死に至る。あくまで、やつらの素体は人間であり、全身に脳が分散している訳ではないのだ。

クイーンビーは十メートル以内には近付いてこない。しかも飛行速度は時速三十キロ以上だろう。脳や心臓に命中させる自信はなかった。一発撃てば、数秒間は無防備になる。一秒もあればクイーンビーは男をばらばらに引き裂くことができる。そして、ただの人間である男は即死してしまう。

飛ぶのは結構体力を使いそうだ。このまま待っていれば、飛ぶのをやめて下りてくるかもしれない。だが、それでも、人間の数倍の速度で動き回れる吸血鬼の脳や心臓を撃ち抜くのは至難の業だろう。

やはり、一か八《ばち》かやるしかないか。後は自分の反射神経が頼りだ。

男は息を止め、引き金に指を掛けた。

クイーンビーは嬉《うれ》しそうな表情をした。自分の勝利を確信したのだろう。

男はなんだか腹が立ってきた。

もし俺の運が相当良ければ散弾はあいつの脳か心臓に命中する。それで一件落着だ。だが、もしそうでなかったら……。

男は飛び回るクイーンビーに必死に右手だけで狙いを定めようとした。だが、結局だいたいのところを狙うしかないと諦《あきら》めた。

そして、引き金を引く。

次の瞬間、クイーンビーの醜悪な顔は男の目の前にあった。

やっぱりはずしたか。

クイーンビーは牙《きば》を剥いた。

だが、その動きが一瞬止まった。

顎の下からナイフを突き刺され、それが喉《のど》を貫通し、口蓋にまで到達したからだ。

ナイフは男の左手に握られていた。右手で銃を構えている間、ずっと左手で飛び出しナイフを握っていたのだ。刃渡りは二十センチ。

クイーンビーは、発砲の後、数秒間、男が反撃できないと思い込んでいた。だから、無防備に至近距離まで近付いた。

男はその瞬間を待っていたのだ。運が良ければ、そのまま脳にナイフを突き刺すつもりだった。だが、そこまでの幸運は訪れなかったようで、ナイフの切っ先は頭蓋骨のどこかにぶつかって止まっていた。

クイーンビーは突然の反撃に驚き、一瞬戸惑った。だから、男の頭を潰すことも、腸《はらわた》を引き摺り出すことも思い付かなかった。

反対に、男は予《あらかじ》め心の準備ができていた。すぐにポンプアクションをし、蝙蝠の胴体に向けて発砲した。もちろん、充分に狙いを定める余裕はない。だが、散弾の大部分は体内に食い込んだはずだ。

　クイーンビーは絶叫し、男の身体を蹴《け》とばした。

　男は数メートルも飛ばされ、床を転がった。

　男がナイフを握りしめ、離さなかったため、蹴とばした弾みでクイーンビーの顎は大きく切り裂かれ、ぼたぼたと出血した。

「あああああ!!」クイーンビーは人間態へと変貌《へんぼう》を遂げた。だが、完全な人間態ではない。野獣の面影をかなり残している。

「畜生！　全然効かないのか！」男は舌打ちをし、立ち上がった。

「効いてるさ！　こっちはめちゃくちゃ痛いんだよ！」

　男はさらにクイーンビーに向かって発砲した。

「痛いっつってるだろが!!」獣女は血を吐きながら、激怒した。

「痛がらせようと思って撃ってるんだよ」男は答えた。

　クイーンビーは男に向かって走り出そうとしたが、すぐに立ち止まった。「おまえ、わたしを怒らせようとしてるね？」

「さあね」

「鉄パイプにワイヤにショットガンにナイフ。……他に何を隠し持ってる？」

「後は知恵と勇気だけだよ」男は銃とナイフを持った手を上げた。

「信じると思ってるのか？」

「信じたくないなら、いいさ。このまま退散しろ」

「うううぐああああ!!」クイーンビーは怒りの雄《お》叫《たけ》びを上げ、再び翼を生やした。

男はポンプアクションをとった。

クイーンビーはそのまま急速上昇し、テントの天井に突っ込んだ。

布を劈《つんざ》く音がして、テントの布の上半分が引き千切られた。その上には真っ黒な夜空が広がっている。

「おい。テントの布は結構高いんだぞ。おまえ弁償できるのか？」男は額を押さえた。

「ほざけ！」クイーンビーはテントを支えていた鉄柱の頂上に止まった。

男は狙いを付けた。

さあ、次はどう出る？

クイーンビーは胸いっぱいに空気を吸い込んだ。

一瞬、静寂が訪れる。

そして、耳の奥につんと来る高音が放たれた。男は耳を押さえたくなる衝動をなんとか堪《こら》えた。

今、銃から手を離す訳にはいかない。

クイーンビーの叫びは延々と一分以上も続き、だんだんと小さくなり、そして止まった。

「何だ？　殺人音波とかじゃないのか？」男は嘲《あざけ》るように言った。

クイーンビーは男を睨《にら》み付け、もう一度雄叫びを上げた。

「ううっ。殺人音波じゃないけど、これが続くと地味に応《こた》えるな」

二度目の叫びも一分強続き、また静寂が訪れた。

「もう終わりか？　それとも、まだ続けるのか？」男が尋ねた。

「もうこれで充分さ」

「おまえ、何がしたかったんだ？」

「わからないのか？　この音が聞こえないのか？」

「いや。おまえの声のおかげで、耳がつんとしているから、音なんて聞こえる訳が……」

翼が羽ばたく音が聞こえてきた。

男は空を見上げた。

クイーンビーとは別の巨大蝙蝠が宙を舞っている。

「仲間を呼ぶなんて卑怯《ひきよう》じゃないか」男は不平を言った。

「卑怯な手を使ったのはそっちじゃないの！」

「戦闘能力が全然違うんだから、多少のハンデは認めてくれていいんじゃないかな？」

男が言い終わらないうちに地響きが聞こえてきた。

男は座席の間から飛び出し、丸盆へと向かった。

残っているテントの下半分の布がばたばたと揺れ出し、狼が飛び込んできた。

「ああ。もうちょっと粘ってくれると思ってたんだけどな。想定より早過ぎるよ」男は銃を構えて周囲をぐるりと見渡した。「一人で三匹相手は厳しいな」

「こいつらにあんたの手足を引き千切らせるわ」クイーンビーが言った。

「それで最後におまえは頭を引き千切ろうってか？」

「いいえ。頭は千切らないわ。わたしが千切るのは反対側に付いてるものよ」

「そんな死に方は願い下げだ。仕方がない。手品の種を見せてやることにしよう」男は腕時計に向かって話し掛けた。「予定より早いが、総攻撃開始だ」

その瞬間、全ての座席が弾《はじ》け飛んだ。床にはシャッターのようなものが数か所にあり、それらが同時に開いた。中には金属製の鎧兜《よろいかぶと》のような特殊スーツを着込んだ者たちが数十人待機していた。全員が巨大な銃を所持している。

「人間の兵隊どもか!!　まさか、わたしたちを罠に掛けたつもりなんじゃないだろうね!?」クイーンビーが嘲るように言った。

「すまん。サーカスってのは嘘っぱちだ。俺たちはコンソーシアムだ」男は言った。

「何だよ、ランディ」鎧を着込んだ一人が言った。「まずは一人だと油断させて、弱らせてから総攻撃するって筋書きじゃなかったのかよ」

「そのつもりだったんだが、相手が強過ぎた。完全に吸血鬼を嘗めてた」

「しっかりしてくれよ、ランディ」

「戦闘中はその名前を使うな。キャプテンと呼べ」

クイーンビーが兵士たちに向かって急降下を始めた。

「攻撃開始!!」男が叫んだ。

兵士たちは床の窪《くぼ》みから飛び出した。同時に自動小銃が火を噴く。それぞれの銃から凄まじい速度で弾丸がばりばりと発射された。

クイーンビーは数百発の弾丸に貫かれ、全身の皮膚と筋肉を引き裂かれ、骨を打ち砕かれ、内臓が剝き出しとなり、飛び散った。骨と肉でできた血塗《ちまみ》れのオブジェとなったクイーンビーは、飛び散った座席の残骸《ざんがい》の中に墜落した。

兵士たちはさらに弾丸の雨を浴びせ掛ける。

だが、クイーンビーは赤い襤褸《ぼろ》雑巾《ぞうきん》のような姿のまま、床を疾走した。もう再生を始めている。

その間にも、狼が兵士たちに向かってくる。兵士たちのうち何人かはクイーンビーへの攻撃を中止し、狼に向けて攻撃した。

無数の弾丸を受け、狼の毛は吹き飛び、筋肉を削《そ》がれ、その場に崩れ落ち、動かなくなった。

兵士の一人が僅かな筋肉を纏った狼の骸骨に近付いた。

「接近はまだ早い！」男は叫んだ。

兵士は逃げようとした。

だが、骸骨狼の方が動きが速かった。血と肉片を撒《ま》き散らしながら、兵士に飛び掛かり、鎧の喉笛の辺りに嚙《か》み付いた。

爆発が起きた。

兵士と狼は互いに反対方向に吹き飛ばされた。

「爆発反応装甲!!」クイーンビーが驚愕《きょうがく》の声を上げた。

「ああ。そうだ。俺たちの鎧には爆薬が仕込んである。攻撃を受けたら爆発するんだよ。俺たち自身も大変なダメージを受けるが、吸血鬼に嚙み殺されるよりはましって訳だ」

吹き飛ばされた兵士はぴくりとも動かない。気を失っているか、もしくはショック死したのかもしれない。だが、仲間の兵士たちは生死を確認しようとはしなかった。すぐに飛ばされた狼の方に向かう。

狼の肉体はすでに再生を開始していた。しかも、同時に狼から人間態への変異も始まっていた。

兵士たちは弾丸を浴びせる。

吸血鬼の肉体は肉片となって飛び散り、再び内臓が露《あら》わになった。顔面の皮膚は剝《は》がれ、顔の筋肉と眼球が剝き出しになっていた。吸血鬼は瞼《まぶた》のない目で、コンソーシアムの兵士たちを睨み付けた。

その顔面に向かって、兵士たちは弾丸を雨霰《あめあられ》と撃ち込み続ける。

眼球は飛び散り、筋肉は削がれ、顔の骨が露出する。

「糞《くそ》っ！　いってえんだよ!!」吸血鬼は喚《わめ》いた。

その口の中にも弾丸は容赦なく撃ち込まれ、舌が千切れ飛んだ。

吸血鬼は喚きながら蹲り、手で顔を守った。すぐに顔の皮膚が再生を始める。

「きりがないな」男は呟《つぶや》いた。

「おまえもそろそろ鎧を着た方がいいんじゃないか？　おまえが丸裸だと、他の連中が遠慮して、本気の攻撃ができないぞ、ランディ」

「だから、その名前じゃなく、キャプテンって呼べって言ってるだろ！　しかし、確かに、鎧を着た方がいいだろうな。よし、三十秒で鎧を着るから、援護してくれ」

「いや。十分は掛かるだろ」

何人かの兵士たちは男の上に弾幕を張った。

有翼態の吸血鬼は急降下と急上昇を繰り返し、男を襲う機会を狙っている。

男は床のピットに置かれた鎧に飛び込んだ。あちこち擦れて、出血したが、彼はそんなことに構わず、強引かつ乱暴に鎧に自らの肉体を押し込んだ。ぼきぼきと不吉な音を立てながら、なんとか男は鎧に収まった。

「無茶しやがる。爆発しなかったのが奇跡だ」副官らしき隊員は呆れたように言った。

「骨折してないか？」

「骨折はしていない。何か所か脱臼《だっきゅう》したが、なんとか修復した」男は歩き始めたが、明らかに脚を引き摺っていた。

「どう見ても修復できてないぞ」

「後で治すから平気だ」

「おまえ、馬鹿じゃないか!?」

「馬鹿だったら、吸血鬼相手に生き残ってないと思うぜ」

狗狼態《くろうたい》だった吸血鬼は半ば人間態になりながら、兵士たちの間に突入した。

同士討ちになるのを避けるため、兵士たちは発砲できなくなった。

吸血鬼は兵士たちを次々と放り投げた。落下した兵士の装甲が爆発し、さらに鎧が誘爆していく。戦闘不能となった兵士たちがサーカステントの中にみるみる積み重なっていく。

「まずいな」男が言った。「吸血鬼の数を減らさないと、こっちが先に全滅してしまう」

「サーモバリック弾を使うか？」隊員が言った。

「ここでか？　サーカスの大テントが爆発したら、目立ち過ぎるだろ」男は答えた。

「まずは他の武器を使おう。全員入り口側に移動して機銃斉射開始！」

男はボンベ付きの装置を持ち上げ、噴射口を狼だった吸血鬼に向けた。

吸血鬼の肉体は銃弾によって、どんどん削り取られていたが、ほぼ同じ速度で再生するため、止《とど》めを刺すことが困難なようだった。

男はスイッチを入れた。

強力な火炎が放射され、吸血鬼の全身を包んだ。

肉体が灰になり、崩れ落ちていく。

「この野郎！　こんなことで俺を……俺を……殺殺殺ころころころコロコロコロ……」

吸血鬼の下顎が燃え尽き、ころりと落ちた。

下顎を拾おうと屈《かが》んだ吸血鬼の口内にさらに火炎を放射する。開きっぱなしになった口から喉へと火炎が流れ込み、肺と消化器が燃え上がる。喉の肉が崩壊し、頸の骨が剝き出しになった。

「今だ!! 吸血鬼の喉に向けて機銃斉射を集中しろ!」男は叫んだ。

ばちばちと首の骨が削れ、ついにがくりと頭部が後ろに倒れた。皮膚ももはや燃え尽き、頭部と胴体は数本の血管と脊髄《せきずい》だけで繋《つな》がっている。

男はナイフを手にすると、吸血鬼に飛び掛かった。

頸動脈《けいどうみゃく》を切断すれば、脳に血液が行き渡らなくなり、脳死に至る。脊髄を切断すれば、身体をコントロールすることができない。どちらにしても、それでこいつは終わりだ。

男は頸動脈を摑み、ナイフの刃を当てようとした。

だが、首をほぼ切断された状態でなお、吸血鬼は生きていた。やつは男の両手首を摑んだのだ。

がっしりと摑まれ、ぴくりとも動かせない。

吸血鬼の肉体はどんどん再生を始めた。頸の筋肉が修復され、男の手とナイフが中に取り込まれていく。

「うわあああ!!」男は絶叫し、抜け出そうとした。

完全に取り込まれたら、もはや脱出は不可能だろう。両手首の自由を奪われたまま、吸血鬼と接近戦を行うのは絶対に避けたい事態だ。

他の兵士たちが駆け寄ってきた。吸血鬼の手首に銃口を当て、フルオートで発砲する。

吸血鬼の手首の筋肉が吹き飛び、骨が剥き出しになる。

男は全身の力を込め、吸血鬼の頸動脈を握りしめた。

吸血鬼は僅かに痙攣すると、その場に崩れ落ちた。

脳貧血を起こし、所謂《いわゆる》「落ちた」状態だ。

男は力を緩めなかった。

彼は再度絶叫した。

男の手首が埋もれた吸血鬼の頸の内部がぶりぶりと蠢《うごめ》いた。

破裂音と共に、吸血鬼の頸から男の手首が抜けた。

男は血管を握りしめていた。

膨大な量の血が噴き出し、男の鎧を真っ赤に染め上げた。

傷口が塞《ふさ》がりかかっている。

男は身体を回転させながら、ナイフを傷口に突き立て、そのまま引き裂くようにして、吸血鬼の頸を引っ張った。

吸血鬼の頸は不快な音を立てながら、胴体から引き抜かれた。

吸血鬼の頸は一瞬目を見開き、男の喉に嚙み付こうとしたが、そのまま凍り付いたように動きを止めた。

首なし胴体はどうとその場に倒れた。頸の傷口は自動的に修復が進んでいるようだが、脳がなくなったため、当然身動きはとれない。

男は鎧の脚で吸血鬼の頭を踏み付けた。

吸血鬼の頭は僅かに変形した。

男は頭を少し離れた場所に蹴とばすと、銃弾を浴びせ、ばらばらに粉砕した。

「よし。一匹片付けたぞ！」

「大丈夫か？　相当なダメージだろ？」隊員が気遣った。

「今、気を抜く訳にはいかない。あと二匹残っている。しかも、そのうちの一匹はクイーンビーだ。あいつは、相当に手強《てごわ》いぞ」

「わたしたちが何をしたというんだ!?」天井付近で機銃斉射する兵士たちに応戦していたクイーンビーが怒りの声を上げた。

「罪もない人間たちを殺しただろ？」

「人間はわたしたちが生きるための糧だ。おまえたちはわたしたちを喰う訳ではあるまい」

「殺さなければ、喰われてしまう。これは正当防衛だ」

「甚振《いたぶ》り殺すのが正当防衛か？」

「ああ。できれば楽に殺してやりたい。その方が俺たちも楽だ。だが、おまえたちは簡単に死んでくれないんでね」

「当たり前だ。大人しく殺される者などいるか。生き物が何としてでも生き続けようとするのは正常な反応だ」

「だったら選択肢はない。俺たちコンソーシアムは吸血鬼を確実に殺すだけだ。苦しもうが苦しむまいが関係ない」

「だったら、わたしたちが自衛をすることにも文句を付けるな!!」

空気がびりびりと振動を始めた。

突如、突風が吹き荒れ、テントの布は激しくはためき、さらに引き裂かれていった。

男は頭上を見上げた。

もうテントを覆う布は大半がなくなっていた。

雷鳴とどろく嵐の中を二体の有翼態の吸血鬼が飛び交い、時折急降下しては、兵士を掴み上げ、数十メートルの高さから墜落させた。墜落した場所では、爆発が起き、近くにいた兵士の鎧も誘爆した。

「残ったやつらは結構手強いぜ、ランディ」

「まずいな。こっちの兵力は？」男は息も絶え絶えになって言った。

「十名強ってところか。なんとか立っているだけのやつも含めて」

吸血鬼たちは、動きが素早い上に不規則で、兵士たちは弾を頭部や胸部に命中させられないようだった。

「いきなり急所を狙っても命中しない！」男は兵士たちに呼び掛けた。「翼を狙え。まずは動きを封じるんだ!!」

残り僅かな動ける兵士たちは急所を直接狙わずに翼を狙い始めた。

翼を撃ち抜かれ続け、二体の吸血鬼は動きが僅かに鈍くなった。

だが、薄い皮でできた翼は回復も速く、墜落にまでは至らない。

「膠着《こうちゃく》状態だ。このままだと、こっちの弾が尽きてしまうぞ」隊員が言った。

「まだ武器はある」男は床のピットの中から、大型の武器を取り出した。

「グレネードランチャーか」

「これなら、急所にピンポイントで命中しなくても大きなダメージを与えられる。なにしろ手榴弾《しゅりゅうだん》を直接ぶち込むんだからな」

「だが、命中させないと無駄に被害が出ちまうぞ」

「だからこそ、あいつらの動きを鈍らせる作戦をとったんだ」

男は狙いを定めると、殆ど躊躇《ちゅうちょ》することなく、手榴弾を発射した。

手榴弾は吸血鬼の腰の辺りに命中し、爆発した。

血と肉片の雨が降り注いだ。いくつか大きな塊があり、その中の一つは活発に蠢いていた。投光器で照らし出されたそれは焼けただれた頭部と胸部だった。右腕のみ肩から先の部分が少し残っていて、それを使って動いているようだった。胸からは背骨と血管が飛び出しており、それらを引き摺りながら這《は》いまわっているのだ。

兵士たちは一斉に銃口を向けた。

「待て。これ以上、弾を無駄にするな。もう残り少ないだろう」男は鎧にセットされているチェーンソーを引き出した。

どうやったのか、吸血鬼は数メートルも跳躍し、男に飛び付いた。

男は慌てずにチェーンソーを起動した。

吸血鬼は男の手首を掴み、チェーンソーを男自身の鎧へと向けた。

チェーンソーの刃が鎧の表面を掠り、ばちばちと金属音がし、火花が飛び散る。

男は慌てず、チェーンソーを引き剥がすのではなく、反対の手で吸血鬼の頭を掴んでチェーンソーに押し付けた。

「がっがががが……」

吸血鬼の口の中にチェーンソーの回転刃が入り込み、歯茎ごと歯を根こそぎ吹き飛ばした。そして、そのまま頭部の上唇から上を切り落とした。

ちゅうううと嫌な音を立てながら、吸血鬼の頭部から脳漿《のうしょう》が溢《あふ》れ出す。

男は切断された吸血鬼の頭部を踏み潰しながらチェーンソーを鎧の中に格納した。そして、ふらつきながらももう一度手榴弾をグレネードランチャーにセットした。

最後の吸血鬼――クイーンビーは仲間たちの最期を眺めていたが、男がグレネードランチャーを構えるのに気付くと、突然急上昇を始めた。

嵐の中、ぐんぐんと高度を上げていく。

「糞っ！　高過ぎる!!」男はグレネードランチャーを下ろした。

「レーダー追尾開始！」副官が叫ぶ。

「高度一千メートルを超えました」兵士が報告した。「千五百、二千、二千五百……」

「あいつは怪物か」副官が呟いた。

「そうだよ。間違いなく怪物だ。なにしろ吸血鬼だからな」男は冷静に言った。

「目標、見失いました」

「畜生！」男は悪態を吐いた。「今回のミッションは完全に失敗だ」

「そんなことはないだろう」隊員は言った。「一度に二体もの吸血鬼を倒したのは新記録だ。君の的確な指示があったからだろう、ランディ」

「何を言ってるんだ？　この惨状を見ろよ」男は身動きのとれなくなった者たちや全く動かなくなった者たちを示した。「すぐに救急支援部隊を呼んでくれ」

「犠牲者だって、少ない方だ。たった一体の吸血鬼に部隊が全滅させられることだって、珍しくはない」

「嫌なんだよ、俺は。俺の命令で人が負傷したり、死んだりするのは。今回だって、何人が助かるか……」

「犠牲者は毎回出る。しかし、その犠牲者がいなければ、やつらの殲滅《せんめつ》は不可能なんだ。今回はまだ少なかったことだし……」

「それだけじゃない。俺たちは……俺はクイーンビーを逃がしてしまった」

「三匹のうちたった一匹じゃないか」

「一匹でも充分だ。彼女は仲間に伝えるだろう。そして、その結果、また大勢の兵士たちの命が失われることになる」男は自らの拳《こぶし》を鉄柱に叩《たた》き付けた。「やつらは知ってしまったんだ。サーカス団がコンソーシアムの偽装だということを」

2

真っ暗な部屋の中で、数体の得体のしれない影が蠢《うごめ》いていた。

冷々とした空気の中、じとじとと湿気に塗《まみ》れた独特の臭気が漂っている。

「最近、クイーンビーを見掛けたやつはいるか？」大柄な男の姿の怪物——グリズリの声が地鳴りのように響いた。

「さあ、派手に飛び回ってるんじゃないの？」二十代の女の姿の怪物——モーレイが答えた。「あいつ、喰《く》いしん坊だから」

「あまり派手に喰い散らかされたのでは困るんだけどね」十代の少年の姿の怪物——ウィーゼルがへらへらと言った。「ちゃんと後片付けしてるのかな？」

「おまえよりましだろ」黒衣の年老いた男の姿の怪物——トータスが言った。「おまえ若い女を喰い散らすのはいいが、ちゃんと止《とど》めを刺さずにほったらかしにしてるもんだから、中途半端な雌吸血鬼が増えてしょうがないんだよ」

「それ、あたしのこと？」天井からぶら下がっていた怪物——キャタピラーが言った。

「おまえはたいして若くないだろ」トータスが言い返した。

次の瞬間、キャタピラーは落下すると同時に身を翻し、水平に滑空しながら、トータスの喉《のど》に爪を突き立てようとした。

トータスは黒衣を弾《はじ》き飛ばしながら巨大化する。その老いさらばえ枯れ枝のようになっていたはずの上半身の筋肉は急速に発達しながら、半ば狼と化し、凄《すさ》まじい速度で、キャタピラーの肉体を殴り付けた。

キャタピラーの左腕は千切れ飛んだ。

だらだらと出血する左肩を押さえながら、キャタピラーは激しく顔を歪《ゆが》ませ、戦闘態勢を取り続けた。

「わしに勝つつもりか？　一万年早いんだよ」トータスは嘲《あざけ》った。

「腕一本とったぐらいで、あたしに勝ったつもりなの？」キャタピラーの姿が掻《か》き消えた。後には血煙だけが残り、ゆっくりと拡散していく。

トータスは反射的に天井を見上げた。

だが、そこにキャタピラーの姿はない。

朽ち果てた床が埃《ほこり》を上げて崩壊し、そこからキャタピラーの顔と右腕が飛び出した。

キャタピラーの右手はトータスの股《こ》間《かん》に突き刺さった。

トータスはキャタピラーの頭を握った。

ばきばきと頭《ず》蓋《がい》が砕けゆく音がした。

キャタピラーは変形した顔のまま、トータスの手首に噛《か》み付き、喰い千切った。トータスは無事な方の手でキャタピラーの頭を殴ろうとしたが、次の瞬間、キャタピラーはトータスの股間から腸《はらわた》を摑《つか》んで引き摺《ず》り出し、床の上にぶちまけた。

さすがに、痛みのあまりトータスは絶叫した。

キャタピラーはげらげらと笑った。

「糞《くそ》女！　痛いんだよ!!」トータスは苦痛に耐えようと歯軋《はぎし》りしながら言った。

「知ってるわ。でも、手元が狂っちゃった。これじゃなくて、前の方を千切り取るつもりだったのに」キャタピラーは自分の手のにおいを嗅《か》いだ。「くっさ！　何これ？　あんた腸腐ってるんじゃないの？」

「おまえの頭を引き千切って、おまえの股《また》に押し込んでやる!!」トータスはさらに血を垂れ流しながら、完全な狗狼《くろう》態へと変身を始めた。

キャタピラーは人間態のままだったが、指先を錐《きり》のように伸ばしつつ、全身の皮膚を骨のように硬質化させた。全身から血の気が引いてどんどん青白くなっていくのは、激しく血液を消費しているためだろう。

二人は同時に跳躍して空中で衝突しようとした。

その瞬間、グリズリが目にも留まらぬ速さで動き、二人を壁に叩き付けた。

壁は崩壊し、全身を複雑骨折したトータスとキャタピラーがぴくぴくと痙攣《けいれん》しながらもがいていた。

「煩《うるさ》いぞ、糞どもが！」グリズリはキャタピラーの腹を踏み付けた。

　ぶりりという音と共にキャタピラーは口から内臓を吐き出した。

「何だ、おまえだって臭いじゃないか」グリズリはそう言うと、今度はトータスの肩と太腿《ふともも》を持って、宙に持ち上げると、そのまま引き千切った。

　トータスの上半身と下半身が分離し、大量の内臓がぼたぼたと落下した。

「そして、やっぱりおまえも臭い。へどが出る」グリズリはキャタピラーを踏み付けたまま、トータスの下半身を投げ捨て、頭を掴み、爪をその喉に喰い込ませた。「これ以上、騒ぐつもりなら、おまえの頸《くび》を切断する。どうだ、じじい？」

「悪いのはわしじゃない」トータスは掠《かす》れ声で言った。「先にやったのはキャタピラーの方だ」

　グリズリはキャタピラーの腹に置いていた脚を左胸の方に移した。「もちろん、この女にも罰を与える。騒ぐのなら、心臓を踏み潰《つぶ》す」

　キャタピラーはグリズリの足首を掴んで、持ち上げようとしたが、ぴくりとも動かない。

「どうするんだ？」グリズリは静かに尋ねた。

「……わしは大人しくする」トータスはなんとかそれだけ言った。

「ふん」グリズリはトータスの上半身を床に叩き付けた。

「助けてくれ。出血が多過ぎて動けないんだ」トータスは泣き言を言った。

「知るか、ぼけ」グリズリは冷たく言い放った。「それで、おまえはどうするんだ、キャタピラー」

キャタピラーは何も言わず、グリズリを睨《にら》み付けた。

「強情なやつだ」グリズリは脚に力を込めた。

キャタピラーの胴体はぎしぎしと音を立てながら、潰れ始めた。

「待って！　待って！」キャタピラーは叫んだ。

だが、グリズリは踏むのをやめなかった。

キャタピラーの穴という穴から血が噴き出した。「……ざわが……ない。……じずがでぃ……どぅる」大量の血液と体液を吐きながらだったので、殆《ほとん》ど聞きとることはできなかったが、グリズリは少しだけ考えて、脚をどけた。

トータスは血と内臓で蝸牛《かたつむり》が通った後のような汚れを残しながら、匍匐《ほふく》前進で自分の下半身へと向かっていた。

グリズリはトータスの動きに特に興味を持たなかったようだ。助ける気はないが、息の根を止めるつもりもない。生きたければ自分自身が精一杯頑張ればいい。生きようが死のうがどっちでもいい。

トータスは自分の上半身からはみ出した背骨を下半身に挿し込んだ。ずるずると背骨を中心に筋肉や血管の結合が始まる。大量に血を失っているため、再生は全く捗《はかど》らない。

キャタピラーの身体はぐにゅぐにゅと蠢きながら肉体の修復を続けていた。

だが、グリズリは何を思ったのか、突然彼女の肉体を蹴《け》り飛ばした。彼女は再び壁に叩き付けられ、そのまま壁を破壊し、さらにその向こう側にあった部屋の奥の壁にまで到達した。

彼女の胴体は弾け、中から他の内臓と共に心臓も流れ出た。それはまだ彼女の肉体と血管で繋《つな》がっており、脈動を続けていた。

キャタピラーは目を見開き、自分の心臓を細心の注意で摘《つ》まみ上げると、自分の胸の中に配置しようとした。しかし、体内の配置が衝撃で変わってしまっているため、なかなかうまく収められないようだった。かと言って、無理に押し込むと脈動が止まってしまう恐れがある。キャタピラーは震える手で、内臓を掻き分けて心臓のためのスペースを作った。

自らの命を救おうとするキャタピラーとトータスの必死の行動を見て、残りの吸血鬼たちはげらげらと笑い続けた。

屋根を突き破って、何かが飛び込んできた。

「誰だ、断りもなく俺たちの城に入り込むやつは!?」グリズリは不機嫌そうに言った。

「なぜ、いちいち断る必要がある？」巨大な蝙蝠《こうもり》の姿をした怪物は徐々に人の姿に変わっていく。背が高く陰気だが鋭く精悍《せいかん》な気を放つ吸血鬼だ。フードの付いた漆黒のローブを身に纏《まと》い、顔すらよく見えない。

「ミーティア！　おまえは一匹狼《いっぴきおおかみ》だろ。何しに来た？」

「最近は一匹狼同士がつるんでるって聞いたよ」壁の中に潜んでいた幼い少女の怪物――キリフィッシュが言った。「『一匹狼の会』ってなんだか、存在自体が矛盾を孕《はら》んでるけどね。それで、ミーティアはそのリーダーなんだって」彼女はけらけらと鈴のような声で笑うと再び壁の中に潜り込んだ。

グリズリは獣のように笑った。「おまえのようなエゴイストが群れのリーダーだって？　笑わせてくれるな」

「エゴイストでない吸血鬼がどこかにいるのか？　おまえたちが群れで行動するのは保身のためだ。別に博愛精神に満ちている訳じゃないだろ」ミーティアは静かに答えた。

「おまえも保身のためにつるんでるくせに」

「もちろんだ。だが、おまえらのように常にくっ付いて、怯《おび》えている訳じゃない。俺たちはふだんばらばらで行動するんだ。互いの行動は制限しない。ただ、集団でなければ対処できない緊急事態が発生したときだけ集団で行動するのだ」

「緊急事態って何？」モーレイが尋ねた。

「人間の軍隊との戦争、それに吸血鬼の群れ同士の抗争とかだな」ミーティアは答えた。

「俺たちと抗争しようっていうのなら、受けて立つぞ」グリズリは半ば獣になりながら、立ち上がった。

「今日のところはおまえたちとやり合う気はない」ミーティアは返事をした。

「怖気《おじけ》づいたか？」

「もしどうしてもやり合いたいと言うのなら、今ここでおまえらを全滅させてやってもいいんだぞ」ミーティアは戦闘態勢を取っていなかった。彼は、つかつかと歩き出し、グリズリの群れの中心付近に進んだ。

「いい度胸だ」グリズリが言った。「だが、俺たちの何人かが同時に襲い掛かったらどうするつもりだ」

「試しにやってみるがいい」

グリズリの指先が僅《わず》かに動いた。それが合図だった。

ウィーゼルとモーレイはほぼ同時に動いた。高速で走りながら、ミーティアを挟み撃ちにできる位置に回り込む。

ミーティアは全く位置を変えようとしない。

だが、二体の吸血鬼は躊躇《ちゅうちょ》などしなかった。もし相手が反撃しないのなら、そのまま即座に殺してもいいし、甚振《いたぶ》って楽しんでから殺してもいい。吸血鬼に人間の法律や常識は通用しない。殺すと決めたなら、殺すまでだ。

二体は揃って攻撃を開始した。しかし、全く同時という訳ではない。僅かに早くモーレイがミーティアに接近した。とは言っても、距離にしてほんの数十センチ、時間にして百分の一秒未満だった。

だが、その僅かな差をミーティアは確実に捉《とら》えていた。

ミーティアはまずモーレイの頭を掴んだ。そして、ボウリングの球を持つ要領で、三本の指を頭の中に突き立てた。――中指と薬指は眼球を押し潰しながら眼窩《がんか》に侵入し、親指は鼻柱を圧《へ》し折りながら、鼻腔《びこう》の中にずぶずぶと入っていった。

モーレイは声にならない絶叫を上げたが、もちろんミーティアは眉《まゆ》一つ動かさずに、頭を持ったままモーレイの全身を振り回し、背後から迫るウィーゼルに叩き付けた。

ウィーゼルの背骨は折れ、そのまま「くの字」の形になって、ぐるぐると吹き飛んでいき、柱に激突した。建物に相当なダメージを与えたらしく、がたがたと揺れが続いた。

ミーティアは卍《まんじ》形に絡み合ったモーレイとウィーゼルの喉に指を挿し込んだ。

二体は呼吸と脳への血流を止められ、みるみる顔に死相が現れた。どちらも懸命にミーティアの指を引き抜こうとするが、びくともしない。

「どうする？」ミーティアはグリズリに質問した。「こいつらを助けたいか？　それとも、このまま頸を胴体から切り離すか？」

グリズリは歯軋りをした。「そいつらはあまりにも弱い。だが、弱い者は弱い者で手駒としての使い道がある。そいつらは単なる冗談で襲い掛かったのだから、殺してしまうのはおかしいだろう」

「俺を殺そうとしたのが冗談だと？」

「冗談以外にどういう理由があるというのだ？」

「『目障りで、実力がある若造を早目に始末したい』。違うか？」

「それも面白い冗談だな」

モーレイとウィーゼルは動かなくなった。

ミーティアは二人の喉から指を引き抜いた。

二人は襤褸《ぼろ》布《ぬの》のように、床に崩れ落ちた。

「ふむ。冗談はここまでにしておこうか」ミーティアは呟《つぶや》いた。

「賢明だ。やり過ぎると冗談では済まなくなるからな」グリズリは言った。「それで、何しに来たんだっけ？」

「ああ。さっきの話に関係がある。つまり、相互扶助だ」

「相互扶助。いい言葉だ」

「俺はここに来る途中、ある女吸血鬼に逢《あ》った。誰だと思う？」

「さあ、誰かな？　俺はおまえと違って、もてないから、あまり女の知り合いがいないものでね」

「ついさっきも女を捜していたようだが」

「聞いていたのか」

「俺のせいじゃない。おまえの馬鹿声がこの辺りに響き渡ってたんだ」

「クイーンビーは群れ同士のルールを守らずに困ってるんだ。勝手に人の縄張りに侵入したり、狩りを強行して人間の注意を引いたり……」

「俺はさっきクイーンビーに逢った」

「あの女、今どこにいるんだ？」グリズリは怒りを露《あら》わにした。

「まず俺の話を聞け。あの女は随分急いで飛んでいたんだ。まるで何かから逃げるように」

「何かから逃げるように……」グリズリは考え込んだ。

「何を考えている？」

「逃げるクィーンビーをおまえが見ていたということは、あの女を追っていたのはおまえではない。そして、俺もあいつを追った覚えはない」

「それがどうした？」

「この辺りであいつより強い吸血鬼は俺とおまえぐらいだ。それなのに、クィーンビーは誰から逃げようとしていたのか？」

「ああ。おまえは自分がクィーンビーより強いと思ってるんだな」ミーティアは馬鹿にしたように言った。

「事実だ」

「まあ、いいだろう。俺にとってはどっちでもいい」

「それでどうしたんだ？」

「もちろん、俺も不思議に思ったから、止まれと言ったんだ。だが、あの女、超高高度を猛スピードで逃げやがるんだ」

「そのまま逃げちまったのか？」

「いや。止まって貰《もら》ったよ」

「素直に言うことを聞いたのか？」

「いいや。あの女は俺を無視しやがったから、追いついて強引に止めてやった。……翼をもいだんだ」ミーティアはローブの下から赤くマニキュアを塗られた長い爪を持つ血塗れの腕を取り出し、床の上に放り投げた。

「おまえ、さっき、こんなの持ちながらモーレイやウィーゼルと戦ってたのか？」

「脇の下に挟んでたんだ。だから、俺はあんまり大きく腕を広げなかったろ？」

吸血鬼たちはミーティアから一歩離れた。ただ、グリズリだけはなんとかその場に留《とど》まり威厳を保とうとした。

「それから？」グリズリは平静を装った。

「クイーンビーは錐揉《きりも》みしながら落下した。下は街なかのコンクリートの上だから、まあ酷《ひど》いことになったよ。骨や内臓があっちこっちに飛び散って、たまたま落下地点にいた人間が何人か巻き添えになった。交差点だったんだ。もう大騒ぎだ。とりあえず、俺はクイーンビーの身体を持って飛び立った。夜だったし、一瞬のことだったから、人間の姿をしたものが落ちたとは気付かれなかったろう。あとでニュースを見たら、飛行機から何か部品が落ちたか何かだということになっていたよ。それから、俺はクイーンビーを近くの公園の茂みに連れていき、喋《しゃべ》ることができるまで再生するのを待った」

「墜落させなければよかったんじゃないか？」

「あの女はそのぐらいのダメージを与えないと大人しくさせられないだろう」

「それで、クイーンビーは何から逃げていたんだ？」

「人間だよ」

「そんな強い人間がいるのか？」

「厳密に言うと、人間たちだ」

「ひょっとして、あいつらか？」

ミーティアは頷《うなず》いた。「人間の作った対吸血鬼軍隊——コンソーシアムだ」

「実在したのか。てっきり都市伝説だと思っていた」

「都市伝説だと思われているという意味では俺たちに似た存在かもな」

「そいつらはどこにいるんだ？」

「やつらは移動しているんだ」

「本部を移動させているということか？」

「移動しているのは本部ではなく基地だ。もっとも本部があるのかどうかはっきりしないがな」

「どういうことだ？」

「やつらは偽装しているんだ」

「何に偽装してるんだ？」

「サーカス団だ」

「サーカス団？　なんでそんなものに……」

「考えればわかるだろう。サーカスは怪しまれずに各地を転々とできる。そして、移動先での訓練だって不自然じゃない。大掛かりな装備だって、芸に使う仕掛けだと言えば運びやすい。なにより周辺で奇妙なことが起きても、新しい出し物の予行だとか宣伝だとか言って誤魔化すことができる。そうやって一般人のふりをして吸血鬼を倒して回ってるんだ」

「やつらも考えたものだな」グリズリは感心したように言った。

「やつらのリーダーはランディと呼ばれていたそうだ」

「伝説の吸血鬼ハンター――ランドルフか？　まさかな」

「とにかく、正体がわかれば、何も恐れる必要はない」ミーティアは言った。「サーカス団には近寄らない。それだけで充分だ」

「いや。俺たちは逃げたりしない。なあ、モーレイ、ウィーゼル」グリズリはずるずると蘇《よみがえ》りつつある二体の吸血鬼に呼び掛けた。

「どうするつもりだ？　やつらはクイーンビーの群れをほぼ全滅させた手《て》練《だ》れだぞ」

「クイーンビーが後れをとったのは、奇襲されたからだろう。もしくはやつらを侮っていたかだ。それに、やつらはクイーンビー自体を殺すには至っていない。そんなに強いやつらではないということだ。そもそも、あの群れはクイーンビー以外たいしたことはない」

「この群れはたいしたものだと言いたいのか？」ミーティアは嘲るような調子で言った。

「……まあ確かに、この群れでおまえに勝てるのは俺ぐらいだろうが、クイーンビーの群れは寄せ集めに過ぎないから比べ物にならないさ」

「おまえが俺に勝てるって言ったのか？」ミーティアは静かに尋ねた。

「試してみるか？」

グリズリ配下の吸血鬼たちはミーティアを取り囲み、一斉に牙《きば》を剝《む》いた。その姿は半ば獣のそれになっていた。

ミーティアもまた長大な牙を剝き、雷鳴のような唸《うな》り声を上げた。

吸血鬼たちは一斉に飛び退《すさ》った。

「今度は手加減しない。誰から来る？　全員同時でも構わないぞ」ミーティアの声は殆ど聞きとれないぐらい異様なものになっていた。

「……悪い冗談だった。許してくれ」グリズリが言った。

吸血鬼たちの風貌《ふうぼう》が人間のそれに戻っていく。

「なんだ。つまらん」ミーティアの牙も戻っていく。「久しぶりに運動ができると思ったのに」

「それで、クイーンビーはどこに行ったんだ？」

「なぜそんなことを訊《き》く？」

「あいつに訊きたいことがあるからだ」

「あんなやつに何を訊きたいと言うんだ？」

「サーカス団のことだ。人数とか、装備とか……」

「そんなことを訊く必要があるのか？　こっちから攻めるのなら、やつらが戦車や戦闘機を持っていても、問題ないだろう」

「それはそうだが、話を聞いておいても損はない」

「そうなのか？　だとしたら、残念なことをした」

「何が残念なんだ」

「もうクイーンビーの話を聞くことはできない」

「どういう意味だ？」

「あいつは人間の兵士に顔を見られた。うろうろされたら面倒だと思ったんでね」ミーティアはローブの下から、目を見開き口から血と舌をだらりと垂らしたクイーンビーの生首を取り出した。「おまえたちがこいつから話を聞きたいと知っていたら、半殺しにしてから連れてきてやったものを」

「おまえ、どうやって、こいつを持ってたんだ？　脇に腕を挟んでたって言ってたよな？」

「ああ。両腕は右脇に挟んでたんだ。頭は左脇だ」

3

「畜生！　この鋲《びょう》打ち機、全然動かないじゃないか！」長身のスマートな東洋人は苛立《いらだ》たしげに言った。「なんで、俺が床材の打ち付けなんかしなきゃならないんだ？　全くの素人だぞ！」

「おい。自分が素人だなんて、安易に言うなよな。誰が聞いてるかわからないんだぞ、ランディ」隣にいた長髪でがっしりした体格の白人が呆《あき》れ顔で言った。

「こういう工具類は全然駄目なんだよ。形は銃っぽいが、いつも使っている拳銃《けんじゅう》の方がずっと使い勝手がいい。……それからランディって言うな」

　二人が立っている工事現場は公園の一部だったため、遠巻きに子供たちが興味深げに覗《のぞ》き込んでいる。すでに柱が何本か立っていて、男たちは土台の上に床材を設置していたのだ。

「子供たちにじろじろ見られているけど、大丈夫か？　床下の仕掛けとかどうするんだよ？　シューティ」ランディと呼ばれた男は心配そうに言った。

「仕掛けは夜のうちにやっちまうから大丈夫だ」シューティは答えた。

「じゃあ、今床を打ち付けても、夜には剝《は》がさなきゃならないじゃないか」

「そうだよ」シューティは真顔で言った。「だから、今の作業は適当でいいんだよ」

「おいおいおい」ランディは不平を言った。「そんな話は初耳だぞ」

「いや。仕掛けはそもそもおまえの担当じゃないか。俺に文句言うなよ」

「いや。聞いてないぞ、誰が決めたんだ？」

「聞いてないのは、おまえが悪い。この前のときだって、おまえの合図で飛び出したんだから、責任者はおまえだ」

「好きで合図を出したんじゃないぞ。仕方なくだ」

「とにかく担当はおまえだ。おやじからそう聞いた。文句があるなら、おやじに言ってくれ」

「ああ。そうかい。それで、どうしてこの鋲打ち機は動かないんだ？」

「貸してみろ」シューティは銃によく似た機械を受け取った。「こりゃ、ガス欠だな」

「これって、ガスで動いてるのか？」

「まさかそんなことも知らないのか、ランディ？」シューティは目を丸くした。

「俺にしたら、やけに工具に詳しいおまえの方が驚きだけどな」

「これは圧縮ガスで動いている。鋲打ち機には、電気式や火薬式もあるが、これはガス式だ」

「火薬式もあるのか？　まるで本物の銃だな」

「先端を物に当てないと発射できないようになってるから銃じゃない」

ランディは鋲打ち機の先端を指で押して確認した。「なるほど。こういう構造か。だとしたら、簡単に改造できるぞ」

「よからぬことを考えてるんじゃないだろうな？」

「いや。だって、本業に便利じゃないか」

「詳しくは知らないが、それって違法なんじゃないかな？」

「おいおい。今更、違法も何もないだろ」

「いや。さすがに工具の改造はあからさま過ぎると思うな」

「とにかくだ。この鋲打ち機はガス欠で使えない。俺の仕事はなくなったってことで、ホテルに戻ってもいいかな？」

「ボンベはすぐに交換できる。それにホテルはもうチェックアウトした」

「ええっ？　いつの間に？」

「おまえが部屋を出てすぐだ。夜までに自分の寝小屋を設営しないと、野宿することになる」

「だったら、大テントなんか建ててる場合じゃないじゃないか」ランディは時計を見た。

「もう午後三時だ。ここらの日の入りは何時だ？」

「さあな」シューティは空を見上げた。「曇りなんでよくわからないが、そう言われてみると、心なしか暗くなってきたような気もするな」

「大テントは後回しだ。今すぐ寝小屋を建てるぞ」

「いや。ここの床だけでも設置しないと、あまりに工事が杜撰《ずさん》に見えてしまってまずいんだよ」

「じゃあ、何か鋲打ち以外の仕事はないのかよ？」

「そうだな。じゃあ、ネジを締めて回ってくれるか？」

「それなら、できそうだ。……ドライバーはどこだ？」

「これだよ」シューティは鋲打ち機の隣にある工具を指差した。

「これ、電気ドリルじゃないのか？」

「ランディ、おまえいくらなんでも物を知らな過ぎるぞ。自分の仕事だけしてればいいってもんじゃないんだから。これは電動ドライバーだ」

「使い方は？」

「これも銃みたいなもんだな。プラグを挿し込んで、この引き金みたいなスイッチを入れるだけだ」

「なるほど」ランディは電動ドライバーを摑《つか》み上げた。「プラグは入ってるな。これがスイッチだな。……わっ!!」彼は電動ドライバーを放り出した。

「今度は何だよ？」

「びりっと来た。痛くて熱い」

「じゃあ、漏電してるのかな？」

「おいおい。不良品かよ」

「まあ、あれだな。形だけ整えようとして、道具をかき集めたからこういうことになるんだろうな」

「それじゃあ、困るんだが」

「俺に言われてもな」

「じゃあ、誰に言えばいいんだ？」

「そりゃ、おやじだろう」

「あいつ、どこにいるんだ？」ランディが喚《わめ》いた。

「呼んだか？」二人の背後で声がした。

振り向くと、小柄なピエロがひょこひょこと現れた。

「この工具、どこで買ってきたんだよ？」

「買ってなんかないぞ」

「じゃあ、どうしてここにあるんだ？　まさか盗んできたのか？」

「人聞きの悪いことを言うんじゃない」ピエロは周辺を気にするように見回した。「それでなくても、最近目を付けられてるんだから、できるだけ目立たないようにしてくれないと……」

「いや。サーカスなんだから、目立たなきゃ駄目だろ」

「それは正論だ。だけど、あまり目立ち過ぎると、やつらに気付かれちまうからな」

「たぶん、もう気付かれてるよ。それに、気付かれちゃ駄目なのにサーカス団をやるってのは無理があるんじゃないか？」

「まあ、無理があるのは百も承知だけどね。でも、まあ、わしらにできるのはこのくらいしか……」

「それを言われたら、返す言葉はないよな、ランディ」シューティが言った。「おまえ、サーカス以外に何かできそうか？」

「手品師なら、どこだってできるさ」ランディはふてくされて答えた。

「おまえ、一人でどうやって仕事する気だ？」

「ああ。一人じゃ無理なのは、俺だってわかってるさ」

「テント一つ建てられないぞ」

「ああ。テント一つ建てられない。……そう言えば、どうして、俺とおまえの二人だけで大テントを建ててるんだ？」

「他の連中は忙しいんだよ。ビラ配りとか、市役所への手続きとか」

「いや。テント建ててる段階で、役所に申請前っていうのはおかしいだろ」

「仕方ないだろ。わしらは急に行き先が決まるんだから」ピエロが言った。

「じゃあ、せめて足りない人手を補う作業員はいつ来るのか教えてくれ」ランディは尋ねた。

「そんなものは来ないぞ」

「……冗談だよな」

「そんなたちの悪い冗談なんか言うもんか」

「ちょっと待ってくれ。俺たち二人だけで大テントを建てろって言ってるのか？」

「……ああ。無理なのは承知しているさ」ピエロは苦渋に満ちた顔をした。

「承知してるって、じゃあ、なんでやらせてるんだよ!?」

「やらなくちゃ仕方がないだろ」

「いや。言ってることがおかしい」

「大テントがなくっちゃ、サーカスじゃない。それとも、青空の下でやれって言うのか？」

「その開き直りはおかしいぞ！」ランディは相当怒っているようだった。

「だけど、仕方ないんだ」

「いや。『仕方ないから大テント建てるのは諦《あきら》める』っていうのなら納得できるんだよ。そうじゃなくて、『人手が集まらないから仕方がないので、二人で大テントを建てさせる』っていうのは全く納得できない」

「じゃあ、おまえはどうするって言うんだ？」

「大テントは建てない」

「青空の下で営業したら、みんなにタダ見されちまうぞ」

「何も広っぱでやる必要はないんだよ。屋内でやればいいだろ？　ありものの劇場を借りるんだよ。なんなら公民館でもいい」

「サーカスのために、公民館を借りるなんて話、聞いたことがないぞ」

「じゃあ、うちが初めてだ」

「とりあえず今日のところは間に合わないからテントだけでも建てといてくれ」

「ふざけてるのか！」ランディは声を荒らげた。「どうやれば、二人で大テントを建てられるんだよ⁉　俺たちは超人か⁉」

「いつも、そう言ってるじゃないか、ランディ」

「それは単なる宣伝文句だ。それに俺のことをランディと呼ぶな！」

「シューティはいつもランディと言ってるが？」

「こいつが言うのはもう半ば諦めてるんだ。だが、他のやつらもそう呼んでいいって訳じゃない」

「でも、ランドーという名前なんだから、ランディと呼んで悪い理由がないだろう」

「だから、ランドーはファーストネームじゃないんだって。蘭堂幸太郎《らんどうこうたろう》。蘭堂はファミリーネーム。ファーストネームは幸太郎だ。苗字を愛称にされるのは気持ち悪い」

「でも、もう今更、コーティなんて呼べないぞ」

「じゃあ、普通に蘭堂と呼んでくれればいいんだよ」

「ランドーと呼ばせるぐらいなら、もうランディって呼ばせてくれよ。それで何か損をする訳じゃないだろ？」

「なんでそう呼びたいんだよ？」

「最後が〝o〟で終わるより〝y〟で終わる方が発音しやすいじゃないか」

蘭堂は頭を押さえた。「呼び方については後で相談しよう。それより問題は大テントだ」

「具体的にどうして欲しいんだ？」

「まず今の団員は何人だっけ？」

「この間の件で随分減っちまったからな。……今のところ十人かな？　……わしを入れて。あとライオンと虎と象がいるから……」

「そうか。十人っぽっちなんだよな⁉」

「よくぞ、これだけ残ってくれたもんだとほっとしてるんだ」

「これはもう限界を超えてるぞ」蘭堂は呆れ顔で言った。「よく考えたら、十人でどうやってサーカスを運営するんだよ？」

「それはまあ手分けしてなんとかするしかないな」

「発券とか場内整理とかもあるんだぞ」

「それぞれの出し物のときの後見はどうするんだ？」

「それはまあ手分けしてなんとかするしかないな」

「おやじ、嘗《な》めてんのか？」蘭堂はピエロに摑み掛かろうとした。

　シューティが慌てて羽交い締めにする。「ランディ、まあ落ち着けって」

「このおやじ、何のプランもなく、暴走してるんだぞ！」

「それは前からわかってたことだろ」

「いや。もう少しましかと思ってた」

「おやじを責めたって、何一つ解決しないぞ」

「……糞《くそ》っ！　わかった。おやじは責めないから離してくれ」

シューティは手を離した。

蘭堂は柱に拳《こぶし》を叩《たた》き付け、そしてその柱を見上げて呟《つぶや》いた。「でか過ぎる」

「はっ？」ピエロが言った。

「総勢十名のサーカスにこんなでかいテントが必要か？」

ピエロは腕組みして考えた。

「いや。考えるまでもないだろ」蘭堂が言った。「もっとこぢんまりした小屋で充分だ」

「でも、これ以上小さくしたら空中ブランコはできないぞ」

「空中ブランコは分不相応なんだよ」

「椅子を使ったアクロバットは？」

「椅子を使ったアクロバットは分不相応なんだよ」

「ライオンと虎と象のショーは？」

「ライオンと虎と象のショーは分不相応なんだよ」

「鉄球の中を走るオートバイショーは？」

「鉄球の中を走るオートバイショーは分不相応なんだよ」

「大脱出マジックは？」

「大脱出マジックは……」蘭堂は溜《た》め息を吐いた。

「いや。俺のクロスボウショーは多少狭くても問題ないぞ」シューティが言った。

「クロスボウショーだけでは人は呼べないだろう」

「ピエロのコミカルショーもできるぞ」ピエロが嬉《うれ》しそうに言った。

「そうだ。ピエロの頭に載せた林檎《りんご》を俺がクロスボウで撃ち抜くっていうのはどうだ？」シューティが提案した。

「林檎は置かなくていいんじゃないか？」蘭堂が言った。

「的がないぞ」シューティが言った。

「ピエロの頭でいいんじゃないか？　きっと大勢人が集まる」

「ええと……」ピエロは考え込んだ。「それって、新しいマジックの話か？」

「いいや。一回こっきりの大出血ショーだ。全員が絶望したときにやることにしよう。それまではお預けだ」

「種はあるんだろうね？」

「とりあえず、みんなを集めてくれ」蘭堂はピエロの質問を無視した。「テントの設営をどうするか話し合わなきゃならん」

4

設営場所に集まった十人の男女は、大テントをどうするかで論争となり、なかなか纏《まと》まらなかった。

「とりあえず床の仕掛けの設置だけは先にやっといた方がいいだろうな」蘭堂が言った。

一同が蘭堂の方を見た。

「あれは諦《あきら》めた方がいいんじゃないかな？」シューティが言った。「仕掛けが大掛かり過ぎてうまくいかなかったろ？」

「大丈夫だ。床に仕込んで、モーターでせり上がるように改造してある。強度も確認済みだ」

「おやじ、あんたは知ってたのか？」

「ええと」ピエロは頭を掻《か》いた。「相談は受けた」

「ＯＫしたのか？」アクロバット担当のビストリィは詰問した。

「ええと。……まあそうだな」

「団長がそんな曖昧《あいまい》な態度じゃ駄目だろ」

「とりあえず、設計はちゃんとしていたと思う」ピエロが言った。「きっとちゃんと動くぜ」

「『きっと』じゃ駄目なんだよ。ぶっつけ本番で失敗したらどうするつもりだ？」

「今日テストするはずだったんだ」蘭堂が答えた。

「とりあえず、明日の開演は無理だな」シューティは吐き捨てるように言った。

「えっ？」ピエロが目を丸くした。

「何、驚いてるんだ？　午後五時の時点で、テントすら完成してないんだから、そもそも明日の公演なんてできるはずがないだろう」

「いや。明日は開演して貰《もら》わんと困るんだ」

「何言ってるんだ？」

「明日は団体客の予約をとってあるんだ」

「はあ？」

　全員が驚いて、ピエロを見た。

「団体客にはキャンセルして貰おう」シューティが言った。

「いや。学校行事として来て貰うからキャンセルは難しいと思うな」ピエロが言った。

「おやじ、おまえこの状況でまだ明日開演できると思ってたのか？」ビストリィはピエロの胸倉を掴《つか》んだ。

「頑張ればなんとかなると思ったんだよ」

「やめろ、ビストリィ」蘭堂はビストリィをピエロから引き剝《は》がした。「こうなったら、なんとか頑張るしかない」

「頑張ってもどうしようもないだろ。どう頑張ってもテントを張って、それから設備の準備をするのは……」空中ブランコ担当のリジィが言った。

「とりあえず初日はテントなしでやろう」蘭堂が言った。

「そこら中のやつらに、番組が見えちまうぜ」

「初日は宣伝だと思えばいい」

「いや。全部見せちまったら、次の日に誰が見に来るんだよ？」

「テントなしでやるなんて誰も知らないから、知れ渡るのは次の日以降だ。ひょっとすると、マスコミも飛び付くかもしれない」

「あんまり有名になるのはまずいんだけど……」ピエロが呟《つぶや》いたが、みんなに睨《にら》まれて黙った。

「でも、この工事現場みたいな場所で何をするんだ？」シューティが尋ねた。

「とりあえず、空中ブランコと手品の準備をしよう」蘭堂が言った。

「ちょっと待った」シューティが言った。「床の仕掛けは本当に設置するのか？ これは結構手間が掛かりそうだ。それに、今日、設置して明日ぶっつけ本番は無理だろ。またあんなことになるのは御免だ。おまえだって、嫌だろ」

「ぶっつけ本番にはしない」蘭堂は言った。「明日の朝、開演時までにリハーサルはできる」

「それでうまくいかなかったら、どうするんだ？」

「必ずうまくいく」

「だから、もしもの場合を言ってるんだよ。そのときはどうするんだ？」

「……そのときは中止するしかないだろう。しかし、できないなんてことは……」

「じゃあ、話は決まりだ。さっさと仕掛けを床に埋め込んじまおうぜ」シューティは作業を始めた。

ピエロは蘭堂の肩を叩《たた》いた。「あいつも話のわからんやつじゃない。ちょっとごねておまえをからかっただけだ。あの仕掛けが重要だということは、みんなちゃんとわかってるさ」

「おい。そこの二人サボってるんじゃないぞ」シューティが言った。「作業は真夜中までに終わらせようぜ。寝不足でいざというときに身体が動かなかったりしたら、洒落《しゃれ》にならないからな」

5

結局、床の仕掛けを設置している間に真夜中を過ぎてしまった。団員たちはくたくたに疲れてはいたが、興奮状態でもあったため、みんなすぐに寝る気にはなれず、テントの近辺をぶらぶらと思い思いに歩き回っていた。

この街はほぼ田園地帯のど真ん中にあり、テントのある公園の周辺には僅《わず》かな住宅と農地の他、それらより広い割合を占める森林が広がっている。公園からもすぐ近くに鬱《うっ》蒼《そう》とした森の様子が見てとれ、不気味な雰囲気を醸し出していた。

蘭堂はピエロと一緒に大テントの裏手に設営した寝小屋と動物小屋の近くを歩いていた。蘭堂が団長であるピエロを誘ったのだ。

「話って何だ、ランディ？」ピエロは尋ねた。「まさか、おまえまでもうサーカスを辞めたいって言うんじゃないだろうな」

「いや、俺は辞めるつもりはない。だけど、このままという訳にもいかないだろう」蘭堂は言いにくそうに口を開いた。

公園の中を進むと、徐々に木々の密度が上がってきた。この辺りから公園はボーダーレスに森林地区に繋《つな》がっていくようだ。

「じゃあ、どういうことなんだ？　はっきり言ってくれ」

「じゃあ、はっきり言わせて貰《もら》う。このままだとどう足掻《あが》いても、俺たちのインクレディブルサーカスは破綻《はたん》する。この人数だとあの大テントは維持できない。そろそろ現実を直視するんだ。俺たちにはあの大テントは分不相応だ。あれは処分して、もっとこぢんまりとした小屋に変えるべきだ」

「見世物小屋に戻れってことか？」

「否定的にとらえて欲しくはないんだ。人数が減ったんだから、いらない設備を減らして、もっとこぢんまりしたサーカスにした方がいい」蘭堂は動物小屋の方を見た。

「待ってくれ。ジャンボを処分しろって言うんじゃないだろうな」

「もちろん、今すぐどうこうしろってことじゃない。だけど、ジャンボはもう役に立たない」

「役に立たないってことはない」

「さすがにもう無理だろ？」

「人間だって、齢《とし》をとれば、関節にガタがくるじゃないか。ジャンボだって、うまく使えば戦力になるさ」

「ジャンボについては再考が必要だ」

「おまえ、そんなにジャンボを処分したいのか？」ピエロは真っ赤になって怒り出した。

「落ち着けよ。ジャンボのことも今すぐどうこうしようって話じゃないって言ってるだろ」

「そんな甘い話に騙《だま》されないぞ！　きっと、おまえは何か企《たくら》ん……」ピエロの言葉が止まった。

「どうした、おやじ？　まさか怒り過ぎて、血管が切れたんじゃないだろうな？」蘭堂は心配になった。

ピエロは微《かす》かに首を振った。そして、蘭堂の背後の空中をじっと見ていた。

蘭堂は嫌な気分になった。

決して、振り返ってはいけない。

蘭堂の心の中で何かがそう叫んでいた。

きっと見てはいけないものを見てしまうんだろうな。でも、見ない訳にはいかなそうだ。

蘭堂は決心すると、ゆっくりと振り返った。

そこには真っ暗な森が広がっていた。

蘭堂はそろそろと視線を上にやる。

木の高さは二十メートル程はあっただろうか。そのほぼてっぺんにそれはいた。

十代前半の少女だ。だが、もっと年下の子供が好んで着るような、ひらひらがいっぱい付いたカラフルな服を着ていた。

まるで日本のアニメみたいだな。

蘭堂はぼんやりと思った。

「おやじにも見えてるんだよな」蘭堂は呟《つぶや》くように言った。

「ああ」ピエロは掠《かす》れた声で言った。「ついに幻が見えるようになったのかと思った」

確かに、その様子は非現実的だった。真っ暗な森の中で、その少女の姿だけがはっきりと見えていたのだ。

少女はにこりと笑った。

蘭堂とピエロは笑い返した。

どうやら恐ろしい者ではないようだ。

「ねえねえ、おじさんたち。ボク、訊《き》きたいことがあるの」少女が言った。それほど大きな声でもないのに、なぜかはっきりと聞こえた。

「訊きたいことなら、おじさんたちの方にもあるんだけどね」蘭堂は掌《てのひら》をメガホンのように口元に添えて答えた。

「駄目だよ。まずボクの質問に答えてくれなきゃ。それからなら、おじさんたちの質問に答えてもいいよ」

「いいよ。もちろんそれで構わない」ピエロが言った。

蘭堂は少女を凝視しながら、ピエロの服の袖《そで》を引っ張った。

「なんだよ、ランディ」ピエロは面倒くさそうに尋ねた。

「様子がおかしい」

「何を言ってるんだ？」

「あの女の子、おかしいぞ」

「そんなことはわかってる。わしだってぼんくらじゃない」

「どうやって、あそこに登ったんだ？」

「すぐには思い付かないけど、トリックはいくらでもあるだろう。実はトリックなんかなくて、あの子がめちゃくちゃ身軽なだけかもしれないし」

「もう行こう。あれは絶対にいいものじゃない」

「まあ、ちょっと待てよ。木の上にいる子供を放っていく訳にもいくまい」

「じゃあ、訊くよ」少女は言った。「おじさんたち、あっちの方から来たけど、サーカスの人たち？」少女は大テントの建設現場の方を指差しているようだった。

「ああ。そうだよ。俺たちはサーカス団員だ」蘭堂は答えた。

「そうなんだ。ああよかった」少女はにたりと笑った。「ずっと捜してたんだ」

「ひょっとすると、この子は」ピエロの表情がぱっと明るくなった。「インクレディブルサーカス入団志願者なんじゃないか？」

「入団志願者？」

「つまり、ああやって自分の腕前を見せているんだ。こんな高い木に簡単に登ることができるって。まあ、たいしたもんだと思うよ。うちの団員でもできるのは、二、三人じゃないか？」

「そうかな？」蘭堂は首を傾げた。「そんな感じではないような気がするが」

「サーカス入団？」少女は笑った。「それ、何の冗談？」

「そういうつもりなんだろ？」ピエロは言った。

「まさか、そんな気はないよ」

「じゃあ、いったいなんでわしらを捜してたんだ？」

「惚《とぼ》けないで。あんたたちがボクの仲間にしたことは知ってるよ」

「この子の仲間に何かしたのか？」蘭堂が尋ねた。

「さあ。わしは知らない。団員の誰かが何かしたんだろう」ピエロは答えた。

「全員でやったんだろ。でも、ボクはそんなこと恨んではいないけどね」少女は屈託なく言った。

「あまりいいことをした訳じゃないみたいだぞ」蘭堂は言った。「むしろ、恨まれて当然のことをしたようだ」

「あれかな？　借金関係かな？」ピエロは思い出そうと必死のようだった。

「まさか、子供から金を借りて逃げたんじゃないだろうな」

「さすがにそんな犯罪まがいのことはしない」少女が言った。「あんたたち、ボクの仲間を何人も殺したじゃないか」

「はっ？」ピエロはぽかんとした顔をした。

「覚えはあるか？」蘭堂はピエロに尋ねた。

「まさか、そんなことあるはずがないだろう」

「苛々《いらいら》してきたよ」少女の顔が醜く歪《ゆが》んだように見えた。

まるで牙《きば》が生えたみたいだ、と蘭堂は思った。それとも、顔の形を変える手品なのか？

「あんたたちがコンソーシアムだってことはわかってる。ミーティアから聞いたんだ」

「お嬢さん、何か勘違いしてるんじゃないかな？」ピエロが優しく言った。「名前は何と言うんだい？　ご両親はどこにいるの？」

「名前はキリフィッシュ。両親はいない。もう死んだから」

「それは悪いことを訊いちまったな」

「ボクの両親、なんで死んだと思う？」

「事故か何かか？」

「いいや、殺されたんだ、吸血鬼に」少女の声が突然迫力を増したように思えた。

「吸血鬼？　ああ。吸血鬼が本当にいるっていうのは都市伝説だよ」

「じゃあ、あんたたちみたいな吸血鬼殺しはなぜ存在してるの？」

「吸血鬼殺しってのもいるんだ。それも都市伝説かい？」

「ボクの両親を殺した吸血鬼って誰か知ってる？」

「吸血鬼の名前か。ドラキュラってのはありがち過ぎるか。なんて言ったかな？　女吸血鬼がいたはずだけど」ピエロは目を瞑《つぶ》って思い出そうとした。「確か、カ……なんとか言ったたな。カ……カ……カ……カーラミ？　いや。カーミラだ」ピエロは目を開いた。

「あれ？　あの子はどこに行った？」

蘭堂は黙って前方を指差した。

ピエロはその指の差す方を見た。「あららら!!」

少女はゆっくりと空中を降下していた。そして、その肉体は徐々に変異を始めていた。手足は大きく筋肉質となり、その口は耳まで裂け、強大な牙が現れ始めた。

「こりゃ凄《すご》い。うちの誰の芸よりも見事だ!!」ピエロは絶賛した。

少女――だったものは数メートルの高さまで降下した後、突然自由落下した。地響きと共に砂埃《すなぼこり》が舞った。

「ぜひ、スカウトしようぜ、ランディ」ピエロは目を輝かせて、キリフィッシュに近付こうとした。

「ちょっと待て」蘭堂はピエロを制した。

「正解を発表します」すでに身長が二メートルを超えているであろうキリフィッシュが言った。「ボクの両親を殺した吸血鬼の名前は……たらたらたらたらたらたらたら……キリフィッシュ、つまりボクでした。てへっ！」キリフィッシュはウィンクをした。

蘭堂は確信した。

こいつはまともじゃない。性格もだが、存在自体が異様だ。

「おやじ、逃げた方がいいとは思わないか？」蘭堂は呟いた。

「どうして？」ピエロは不思議そうに言った。

「こいつ、本物だ」

「ああ。本物の名人芸だ」

「違う。こいつは本物の吸血鬼だ」

「まさか、そんなはずは……」ピエロはもう一度キリフィッシュを見た。そして、木の上を見た。そして、ごくりと唾を飲み込んだ。「種も仕掛けもない」

「そうだ。こんなことはあり得ない。あり得ないことが目の前で起こったときは、とりあえず逃げるのが最善の策だ」

「ええと。あんた、『ランディ』って呼ばれてたよね」キリフィッシュは自分の顔の前で人差し指をくるくると回した。「ということは、あんたがランドルフとかいう隊長ね」

「おい、おやじ、『ランドルフ』って名前聞いたことがあるか？」蘭堂は尋ねた。

「いや。初耳だ」ピエロは顔面蒼白になって言った。

「何？　まだ惚けてるの？　いい加減にしてよ。ぷんぷん」キリフィッシュは頭の上で拳《こぶし》を動かし、ほっぺたを膨らませた。

「こいつは何者なんだ？」ピエロが言った。

「さっき自己紹介してたじゃないか。吸血鬼のキリフィッシュだって」

「吸血鬼は都市伝説だって言ってなかったっけ？」

「言ってたのは、あんただよ、おやじ」

「さっきまでは、本気でそう思ってたんだ。すまん」

「誰にでも間違いはある。気にするな」

「その馬鹿げた会話は、何かの符牒《ふちよう》なの？　ボクを騙そうとしてるの？」キリフィッシュは疑わしそうに言った。「そう言えば、ランドルフは騙しが得意だそうだね。安心して近付くと罠《わな》に掛けられるとか」

　そうか。罠か。それが最後の望みかもしれない。

「おやじ」蘭堂は囁《ささや》いた。「俺が合図したら、必死で逃げろ」

「聞こえてるよ。でも、それも騙しのテクニック？」キリフィッシュが言った。

「逃げるってどっちに？」ピエロが尋ねた。

「それは自分で考えてくれ。俺が言ったら、全部聞かれてしまうから」蘭堂が言った。

　キリフィッシュは用心しながらもゆっくりと近付いてきた。距離は五メートル程になった。

蘭堂は懐に手を突っ込んだ。

「何を持ってるの？」キリフィッシュは尋ねた。

「レーザー銃かもしれないぞ」蘭堂は懐の中のものをしっかりと握った。

「そんなの実在するの？　でも、当てるのは無理だよ」

「試してみるか？」蘭堂は不敵な笑みを見せた。

「そんなの持ってるのか？」ピエロが言った。「だったら、さっさと使えよ」

「よしっ！　今だ、逃げろ!!」蘭堂はピエロの背中を叩《たた》いた。

蘭堂とピエロはほぼ同時に走り出し、別々の方に向かった。

キリフィッシュは〇・三秒程迷ったが、ピエロではなく蘭堂の目の前に飛び出した。

蘭堂は懐から指し棒程の長さのステッキを取り出し、キリフィッシュの鼻先に突き付けた。

「喰《く》らえ！」

ステッキの先からぽんと小さな造花が飛び出した。

6

キリフィッシュは残忍かつ狡猾《こうかつ》な吸血鬼ではあったが、実戦の経験は比較的少なかった。また、ランドルフは相手を馬鹿にしたような罠《わな》を好むという話を聞いていたことが先入観にもなっていた。

だから、蘭堂の持っていたステッキの先から飛び出したものが単なる造花だとは信じることができなかった。

もしそれが単なる造花であったとしたら、数分の一秒もあれば、この男の胴体を真っ二つにし、次の一、二秒でピエロの頸《くび》を刎《は》ねることができる。しかし、もしそうでなかったら……。

キリフィッシュは考えた。

もしこれが見かけ通りの造花などではなく、兇悪《きょうあく》な武器だったら、触れた瞬間無数の針が発射され、体内に腐食性の薬品が注入されるかもしれない。だったら、花には触れず、直接この男を攻撃するか？　いや。それこそが相手の思う壺《つぼ》で、本当にこれはレーザー銃でボクの身体を真っ二つに切り裂いてしまうのかもしれない。

迷ったのは一瞬だった。

キリフィッシュは造花が自分の身体に触れる直前、垂直に飛び上がった。地面を蹴《け》った衝撃で、半径十数メートルの砂埃《すなぼこり》の円が発生した。

無理に危険を冒す必要はない。とにかく、状況を確認しよう。攻撃はそれからでも遅くはない。

キリフィッシュは再び木の頂上に舞い戻った。

見下ろすと、蘭堂たちの姿はすでになかった。

キリフィッシュは木の幹に耳を付け、周囲の音を探る。

森の中を駆け抜ける音が聞こえた。人数は二人。おそらく今の二人だ。それ以外の足音はない。今なら、すぐに追いつけそうだ。

だが、キリフィッシュはまだ迷っていた。

あの二人が見かけ通りのただの人間だったなら、始末は簡単だ。だが、この状況自体が壮大な罠なのかもしれない。あいつらに襲い掛かった瞬間に見たこともない武器で身体を切り刻まれるかもしれない。吸血鬼は簡単には死なないが、痛覚は人間と変わりない。痛いのは御免だ。それに最悪の場合は殺されてしまうかもしれない。

吸血鬼は人間より遥《はる》かに寿命が長い。今のところ、人間の寿命は長くても百年前後に過ぎない。だが、吸血鬼は殺されない限り、まず死ぬことはない。ミスさえしなければ、この先何世紀も生きられるのだ。つまり、人間は殺されたって高々数十年から百年程の時間を失うに過ぎないが、吸血鬼は数百年、数千年の時間を失うことになる。人間の命よりも吸血鬼の命は遥かに貴重なのだ。吸血鬼は極力自分の命を大切にしなければならない。

キリフィッシュは常にそう考えていた。

だから、あまりに無防備に見える彼らを迂《う》闊《かつ》に攻撃することはできない。あるいは、

こうしてこちらが迷うことすらもあいつらの作戦の一部なのかもしれない。

こいつらはクイーンビーを追い詰めた。こいつらも、おそらくそれ相応のダメージを

受けているだろうが、クイーンビーを撃退したという事実は重い。

クイーンビーと戦ったことはないので、どの程度の実力なのかはわからないが、グリズリが一目置いていたことを考えると、相当な強さだったのだろう。彼女はミーティアには歯が立たなかったようだが、ミーティアの強さは例外的なので判断基準にはならない。ウィーゼル、モーレイとの戦い方を見る限り、ミーティアはグリズリよりも強い可能性がある。

キリフィッシュは身震いした。

あの怪物だけは敵に回せない。

さてと。

キリフィッシュは頭《かぶり》を振って、現状の分析に戻ろうとした。だが、妙案は浮かびそうにもなかった。

みんなに訊《き》いてみようか。

本来、吸血鬼たちは利己的であり、仲間を思うことはあまりない。集団で行動するのは、あくまで自分の利益に繋《つな》がるからだ。キリフィッシュは、今回は単独行動より集団で対処した方がよさそうだと判断した。

超音波を使えば、遠方まで通信できるが、コンソーシアムに察知されてしまう危険もある。みんなのもとに直接出向いた方がいいだろう。

となると、中途半端な高度では、下から狙い撃ちになる。やつらの武器が届かない超高高度を飛行するか、探知されにくい超低高度をいっきに突き進むか。

少し考えた末、キリフィッシュは高空を飛行することにした。低高度では敵に探知されにくい反面、自分が敵の様子を確認できないからだ。

キリフィッシュは有翼態に変身しながら上昇を開始した。

人間たちの気配を探索する。森の中の二人の他はテントの近くに数人。あと、動物か人間か判別が難しいものがいくつかあったが、合計十名程のようだ。たったこれだけの人数でクイーンビーを撃退できるとは考えにくい。やはりどこかに伏兵がいるのだろう。もしくは、クイーンビー戦で兵士の大半を失ったのかもしれないが。

地上からの攻撃はなく、何らかの探知行動も確認できなかったが、キリフィッシュは念のため、さらに高度を上げた。

空には満天の星々が瞬く。眼下には暗い森が広がり、その中に点々と灯《あか》りが見える。遥か彼方《かなた》には街が見え、そこには色とりどりの光が輝いている。

キリフィッシュは自分たちが棲《す》みかとしている古城を見定め、冷たい空気を切り裂きながら、凄《すさ》まじい速度で出発した。

その瞬間だった。森の木々の間に何かがちらりと見えた。それは人体のようにも見えた。

キリフィッシュはその物体が気になった。サーカスから一キロも離れていない場所とは言え、道もない森のど真ん中に人間が転がっているのは不自然だ。罠である可能性が高い。だが、罠にしてはあまりに杜撰《ずさん》な気もする。慌てて隠そうとして隠しきれなかった、そんな気配も感じられる。

キリフィッシュは罠に警戒し、旋回しながら螺旋《らせん》状にゆっくりとその物体に近付くと、近くの木の上に着陸した。葉の間から、その物体を観察する。

それはやはり人体のように見えた。ただ、その形は異様だった。ちょうど足首と頭を持って雑巾《ぞうきん》を絞ったように全身が捩《ね》じれていたのだ。所々捩じ切れて、骨や筋肉や内臓が剝《む》き出しになっている。着ている服がびりびりに引き裂かれているので胸が露《あら》わになり、女だとはわかるが、首は裏返っているので顔は見えない。たぶん、服はわざと引き裂いたのではなく、絞っている最中に引っ張る力に耐え切れなくなって裂けたのだろう。

キリフィッシュは周辺に気を配った。動くものは何もない。

死体から数メートル離れた場所にゆっくりと着地する。そして、血のにおいを胸の中いっぱいに吸い込む。途端に違和感を覚えた。

このにおいは……。

キリフィッシュははやる気持ちを抑え、さらに慎重に接近する。そして、死体の頭髪を摑《つか》み、頭部を持ち上げる。

力を入れ過ぎたため、ぶちりと千切れた。

それは絶叫した表情のモーレイだった。目と口を思いっきり開いている。口からは大量の血が流れていた。

キリフィッシュはモーレイの顔面の血を嘗《な》めとった。

人間のものではない。モーレイ自身のものだ。

キリフィッシュは顔を歪《ゆが》め、唾《つば》と共に血を吐き出した。

どうやら、全身の神経と血管がずたずたになっているらしい。修復を超える速度で組織を破壊し続けられたため、最終的に蘇《そ》生《せい》不能な状態になったのだろう。

複雑な感情だった。どうやら、モーレイが苦しんで死んだようなのは愉快だった。だが、近くにモーレイを葬り去った存在がいるのは気がかりだ。モーレイは最近吸血鬼になったばかりの馬鹿なやつだったが、ただの人間にこんな殺され方をするとは考えられなかった。

もし、ランドルフの誘いに乗っていたら、ボクもこんな目にあっていたかもしれない。

キリフィッシュは強烈な怒りと恐怖と安堵《あんど》と快感のため、涙を流しながらげらげらと笑い、そして絶叫した。

闇夜の森に不気味な声が響き渡る。

数分後、窓を突き破って、キリフィッシュは城内に飛び込んだ。

もうもうと埃が巻き上がり、怒りに包まれた吸血鬼たちがぞろぞろと集まってきた。

「糞《くそ》餓鬼、わしらに何の恨みがあって、こんな大騒ぎを起こしたんだ⁉」トータスが本気でキリフィッシュを殺すつもりだというのはすぐわかった。牙《きば》は限界まで突き出している。

「だって、仕方ないじゃん。急いでたんだし」キリフィッシュはおどけた調子で言った。

「どこに行ってきたんだ？」グリズリが尋ねた。

「サーカスだよ。そして、これがお土産だ」キリフィッシュはモーレイの首を差し出した。

「今、仲間を殺すなんて、なんて勝手な真似してくれたんだい!!」キャタピラーが絶叫し、キリフィッシュの腹部を目掛けて、手刀を叩《たた》き込んできた。

キリフィッシュは身を翻し、跳躍すると、キャタピラーの頭に蹴りを入れた。

キャタピラーの頭はごきりと嫌な音を立てて、後ろ向きに折れた。キャタピラーはそのまま倒れ、喚《わめ》き散らしている。神経が損傷してうまく動けないようだ。

「脊髄《せきずい》を損傷したんだね」キリフィッシュが言った。「今だったら、簡単に殺せるよね？　殺していいかな？」

「駄目だ」グリズリが言った。「キャタピラーは対コンソーシアムの大事な戦力だ」

「こんなおばはんじゃなくてもいいじゃん。仲間を増やしたいなら、ボクが何人か見繕ってくるよ」

「初心者は扱いづらい。わざわざこんな時期に入れても足手纏《まと》いになるだけだ。キャタピラーの頸を元に戻してやれ」

キリフィッシュは舌打ちしてから、キャタピラーの後頭部を蹴とばし、頭の位置を元に戻した。

キャタピラーの頸の後ろがもぞもぞと動き修復を始めた。

「モーレイを殺したのはおまえか？」グリズリは尋ねた。

「ボクじゃないよ。森の中で拾ったんだ」

「サーカス団——コンソーシアムのやつらにやられたのか？」

「さあね。ボクが見付けたときには、もう死んでたから」

トータスはモーレイの首を持ち上げ、切断面を調べた。「捩じ切ったようじゃ。刃物や弾丸による攻撃ではない」

「なぜ、勝手にサーカスに行ったりした、キリフィッシュ？」グリズリは尋ねた。

「勝手？　何のこと？　ボクはいつでも自由だよ」キリフィッシュはへらへらと笑いながら言った。

「モーレイと一緒に行ったのか？」

「いいや。ボクがこんな間抜けと一緒に行動する訳ないじゃないか」

「おまえやモーレイがコンソーシアムに殺されるのは別に構わない。だが、捕まって俺たちのことをべらべら喋《しゃべ》られては困るのだ」

「ボクは喋ったりしないよ。そもそも捕まったりもしないけどね。ボクは抜け目ないんだ」

「自分でそう思ってるやつが一番危ないんだよ！」倒れたままのキャタピラーが言った。

「余計な事を言ったら、今度こそ頸を圧《へ》し折るよ」キリフィッシュはキャタピラーの頸を踏み付けようとした。

「それでサーカスで何があった？」グリズリは尋ねた。

「ああ。コンソーシアムの隊員が何人かいたよ」キリフィッシュは質問に気をとられて動きを止めた。

「正確に答えろ。敵は何人いた？」

「たぶん十人ぐらいだよ」

「十人？」グリズリは考え込んだ。

「少な過ぎるな」トータスが言った。「十人程度なら、クイーンビーの敵にはならないはずだ」

「ボクもそう思ったよ。だけど、初めは百人ぐらいいて、クイーンビーに九十人ぐらい殺されたのかもしれないじゃん」キリフィッシュは唇を尖《とが》らせた。

「どう思う、トータス？」グリズリが言った。

グリズリはトータスを軽んじてはいたが、長年の経験に基づく知識については利用価値を認めていたのだ。

「大人数がどこかに隠れてると考えるのが一番自然だ。だが、そうでない可能性もいくつかある」

「例えば、どういうものだ？」

「考えにくいことだが、コンソーシアムには圧倒的な武器があって、それさえあれば、一人でも吸血鬼を倒せるという可能性だな。これだと、少人数であることの説明になる。つまり、コンソーシアムの組織は最初から少人数で構成されていたというものだ」

「ああ。きっとそうだよ」キリフィッシュは賛同した。

「餓鬼は黙ってなさい」起き上がったキャタピラーは高飛車な態度でキリフィッシュを睨《にら》んだ。

キリフィッシュは再びキャタピラーに対し戦う構えを見せたが、二人の間にウィーゼルが割って入ったため、動きを止めた。

「しかし、この説には難点もある」トータスが言った。「もしそんな武器があるなら、さすがにわしらの耳にも入っているはずだ」

「武器を見たやつはみんな死んじゃったとか？」ウィーゼルが言った。

「現にクイーンビーは生き残ってる。まあ、直後にミーティアに殺されたけどもな。しかし、そんな武器があるなら、生き残った誰かが伝えているはずだ」

「思い過ごしなんじゃないか？」ウィーゼルは空中に寝そべったまま言った。

「何が思い過ごしだと言うんだ？」グリズリは尋ねた。

「モーレイは本当にキリフィッシュが見たサーカス団に殺されたのか？」

全員がキリフィッシュを見た。

「間違いないよ」キリフィッシュは必死で弁明した。「だって、もしサーカス団以外に何十人もの人間が動いたのなら、ボクに察知できないはずがない。それに、サーカス団員の一人が仲間に『ランドルフ』って言ってたもの」

「本当に『ランドルフ』とはっきり言ったのか？」ウィーゼルはさらに尋ねた。

「……『ランドルフ』じゃなくて『ランディ』だったかも。でも、どっちでも一緒だよね？」

「厳密に言うと、違うかもしれない」

「その心配はほぼないじゃろう」トータスが言った。「もし、本物のサーカスだとしたら十人というのは少な過ぎる。見世物小屋程度ならあり得るが……」

「いや。すっごい、でかいテントだったよ。大サーカスだ。だから、きっと本物のサーカスなんかじゃない」

「どっちだっていいんじゃない？」キャタピラーが爪を磨きながら言った。「コンソーシアムでも普通のサーカスでも全滅させちゃえば？」

「コンソーシアムなら全滅させるべきだ」ウィーゼルは言った。「でも、普通のサーカスを襲ってどうする？　目立ったりしたら、却《かえ》って面倒なだけだ。普通のサーカスだったら、放置するのが一番だ」

「いや。放置は無理かもしれんぞ」トータスは言った。

「だから、コンソーシアムだったら、放置はしない。でも、ただのサーカスだとしたら……」

「そういうことじゃないんだ」トータスは言った。「キリフィッシュ、おまえ、サーカス団員に姿を見られたか？」

「ええと。『見られたか、見られてないか』って、訊かれたら、まあ『見られた』って、答えるしかないかもね」キリフィッシュは余所見《よそみ》をしながら答えた。

「見られたのかよ！」ウィーゼルが仰《の》け反った。

「顔も見られたのか？」トータスが尋ねた。

「『見られたか、見られてないか』って、訊かれたら……」キリフィッシュは言った。

「前置きはいい。結論だけ言え。見られたのか？」

「うん。見られたよ。それが何か？」

「吸血鬼だということはばれたのか？」

「……それが重要なこと？」

「重要だ。そして、おまえはもう答えたも同然だ」

「どうして？　ボクはばれたともばれなかったとも言ってないよ」

「おまえのことだ。ばれてないのなら、『ばれていない』とはっきり言うはずだ。誤魔化そうとしたからにはばれたに決まっている」

　キャタピラーが牙を剥いた。

「何？　ボクに勝てないことはわかってるよね？」キリフィッシュは獣化を始める。

　だが、グリズリとトータスを除く他の吸血鬼たちもキリフィッシュに対する攻撃の構えを見せた。

キリフィッシュは周囲に目をやり、少し動揺を見せた。

「どうする？　逃げる？　それとも降参する？」キャタピラーが勝ち誇ったように言った。「あんたはミーティア程強くはない。みんなで一斉に掛かれば、一瞬で八つ裂きよ」

「どうして、ボクが八つ裂きにならなきゃいけないんだよ？」

「おまえが迂闊な行動をとったからだ」トータスが言った。「人間に正体を見せてしまった」

「それはあれだよ。コンソーシアムの戦力の実態を炙《あぶ》り出すためにわざと挑発したんだよ」

「いきなり、挑発するやつがあるか。まずは相手を秘密裏に調査すべきだった」

「そんなかったるいことする必要ある？　襲って皆殺しにすればそれで済む話じゃん」

「今の世の中、情報を拡散する方法はいくらでもある。俺たちがこの辺りに潜んでいることがわかってしまう」

「吸血鬼の話なんかしたって、誰も本気にしないよ」

「たいていはな。だが、コンソーシアムは違う。そして、コンソーシアムはこの近くにいる。そのサーカスかどうかは別にして」

「つまりどういうこと？」

「そのサーカスはすぐに皆殺しにする必要がある。コンソーシアムであろうとなかろうとな」トータスは溜《た》め息を吐いた。「おい。おまえら、腹が立つのはわかるが、今日のところはキリフィッシュを殺すな」

「どうしてよ？　こんな糞生意気な餓鬼は殺してしまうのが一番だわ」牙から涎《よだれ》を滴らせながらキャタピラーが言った。

「こいつも戦力になるからだ」トータスが老獪《ろうかい》な笑みを見せて答えた。

「コンソーシアムなんかあたし一人で充分よ」

「いいや。わしらはそのサーカス団を皆殺しにしなくてはならないんだ。一人残らずな。コンソーシアムでないとしても、やつらは逃げ隠れする。街に潜むのか山に逃げ込むのかすらわからない。それを全部見付けて確実に殺さなくてはならないのだ。人手はいくらあっても足りない」

「ふうん。そうなんだ」キリフィッシュは少女の姿に戻った。「じゃあ、みんなで狩りに行くんだね。いつ出発するの？」

「今だ」グリズリは言った。「ぐずぐずしている暇はない。今晩中に片を付ける」

7

　蘭堂がこのサーカス団にやってきたのは、三年前だった。

「練習を見てていいかい？」蘭堂はテントの脇のちょっとした広場で、クロスボウで的を狙う白人青年に呼び掛けた。

的は十メートル程離れた場所で東洋系の美女が咥《くわ》えた薔薇《ばら》の花だった。

「うーん。どうかな？」青年はきょろきょろと周囲を見た。「俺としては、別に見られててもいいんだけどな。ボスが何て言うか」

「ボスって社長のことかい？」

「社長っていうか、まあ団長だな」

「会社組織になってないってことか？」

「その辺り、ちょっと曖昧《あいまい》なんだよ。こう言う俺も半年前に入ったばかりだから、細かい事情はよくわかってないんだがね」

「おい、シューティ、何、油売ってるんだ？」ピエロがテントの裏手から現れ、近付いてきた。「知り合いか？」

「いや。練習をちょっと見てもいいかって言われたんだ」

「駄目ってことはないんだがな」ピエロは困り顔をした。あるいは、元々そういうメイクなのかもしれないが。「わしの口からＯＫとは言いづらいな。なにしろ、金をとって見せてる芸なんだから、タダで見せろと言われたら、駄目だとしか言いようがない」

「けど、俺が外で練習しているのを見るのは勝手だろ？」

「そりゃ、勝手だ。だから、まあ誰かが見ていても文句は言わない。だけど、見ていいかと訊《き》かれたら、構わないとは言いづらい訳だ」

「つまり、あれだな。見ていいかと訊かれたら駄目だと答えるけど、外で練習しているのを見たって、それを咎《とが》める権利は誰にもないってとこだな」

「ああ。まあそういうことだ」

「聞いたか？　見てもいいってさ」

「ありがとう」蘭堂は礼を言った。「でも、実のところ、君の練習を見るのが目的って訳じゃないんだ」

「じゃあ、誰の練習が見たいんだ？」ピエロが尋ねた。

「正直に言うと、この人の練習を見学して親しくなったら、サーカスの偉い人に紹介して貰《もら》えるんじゃないかと考えたんだ」

「なんだ。そんなことか。それだったら、すぐに教えてやったのに。ほら、こいつが団長だ」シューティはピエロを指差した。

「おいおい。軽々しく指差すなよ。……それでわしに何の用だ？」ピエロは尋ねた。

「このサーカスで雇って貰いたいんだ」蘭堂は思い切って言った。

「ああ。そういうことか」ピエロは合点がいったようだった。「それで何がやりたいんだ？　クロスボウか？　シューティについて修業すれば、そうだな、筋さえよければ、二、三年で舞台に立てるようになるかもな」

「いや。クロスボウがやりたい訳じゃないんだ」

「じゃあ、綱渡りか？　それとも、空中ブランコか？　まあサーカスに入りたいやつはだいたいこのどちらかだな」

「いや。そうじゃない」

「だったら、猛獣使いか？　まあ珍しいけど、いない訳じゃない。それとも、ピエロか？　ピエロってのは、齢《とし》取って危険な芸ができなくなった芸人か、サーカスの外の芸人がアルバイトでやってる場合が多いんだが、最初からピエロを目指すやつだって、たまにいるんだ。あんたもその口か？　ピエロだったら、一年もすれば、わしとコンビで舞台に出られると思うぜ」ピエロは嬉《うれ》しそうにやや興奮気味に言った。

「残念だけど、あんたとコンビになるつもりはない」

「何だよ？　じゃあ、何がやりたいんだ？」

「マジックだ」

「マジック？　手品のことか？」

「そうだ。いろいろとマジックのアイデアがあるんだ」

「ちょっと待ってくれ」ピエロのテンションは明らかに下がっていった。「あんた、手品の経験はあるのか？」

「ああ。ボードビルの舞台に立ったことはあるよ」

「メインの出演か？　それとも、前座か？」ピエロは厳しい顔になった。

「腕が悪い訳じゃないんだ。ただ、その劇場の客層はマジック向きじゃないんで……」

「前座か。劇場で人気があるなら、わざわざサーカスに入りたいとは思わないよな。それで、ちゃんと師匠には付いてたのか？」

「師匠というか、有名なマジシャンの舞台は全部見てるんだ。だから、その技は全部自分のものにできている」

「うちには手品師はいない。だから、弟子入りすることはできない」

「ただ、マジシャンとして雇ってくれればそれでいい」

「手品はサーカス向きじゃない。他の芸が全部いんちきなしなのに、そこに手品が交ざると他の芸まで疑われてしまう」

「マジックはいんちきなんかじゃない！」蘭堂はつい声を荒らげてしまった。「特別な技術とアイデアがあってこそ成立する芸術なんだ！　いんちきだなんて、言われたくない！」

「ふむ」ピエロは少し興味を持ったようだった。「しかし、大きな丸盆で鳩を出したり、カードマジックをしても、全く目立たないぞ」

「もっと凄《すご》いことができる。歯で弾丸を受けるやつだ」

「あれは危険だ」

「いや。危険に思うかもしれないが、ちゃんと段取りを踏めば、とても安全なマジックなんだ」

「本当か？　今まで何人か失敗して死んでいるはずだぞ」

「確かに、そういう事例は過去にはあった。だが、それはミスをしたからで」

「ミスは必ず起こる」

「マジック以外のサーカスの芸だって、ミスはあるだろう」

「そうだ。確かにミスによる事故は起きる。だが、空中ブランコから落ちるのと、弾丸で頭を撃ち抜かれるのとは、衝撃が違い過ぎる。後者は観客の前で殺人を見せることになるんだ。間違って撃ってしまった者の精神も崩壊してしまう。そんな芸は絶対に認められないな」

「いや。安全策はいくらでも……」蘭堂はそこまで言い掛けて、歯による弾丸受けに拘《こだわ》るのは、得策でないことに気付いた。

　この男を納得させられなければ、サーカスに入ることはできないのだ。

「わかった。弾丸はなしだ。それ以外に凄いマジックのアイデアがあるんだ」

「危険なものは駄目だぞ」

「種も仕掛けもあるから全く危険じゃない。もちろん、観客には安全であることはわからないんだがな」

「どんな手品だ？」

「脱出マジックだ。メタモルフォシス（人体交換）と中国風水牢《みずろう》からの脱出を合わせたような出し物だ」

「今時、フーディーニの焼き直しか？」

「基本的に、マジックのトリックには完全に新しいものはないと言っていい。問題は演出だ。うまく演出すれば、観客は新しいマジックを見たと感じてくれる」

ピエロはしばらく考えた。「設備は持ってるのか？」

「いや。まだアイデア段階だから……」

「あんたを雇うとなると、仕掛けもサーカスで用意しないといけない。そうだな？」

「まあ、最初はそういうことになると思う」

「仕掛けはあくまでサーカスの所有だ。あんた個人の持ち物ではない。それでいいか？」

「……ということはつまり、俺を雇ってくれるのか？」

ピエロは頷《うなず》いた。「ただし、条件付きだ」

「設備の所有権については納得した」

「それは条件じゃない。当然の権利だ」

「じゃあ、条件ってのは何だ？」

「出し物には、人体切断も含めて貰う。というか、それをメインにしろ」

「今時、あれを見て驚く客はいないだろう」

「驚かせる必要はない。鮮やかであれば、観客は感心し、金を払った価値があると考える。しかも、人体切断は比較的安全なトリックだ。事故の可能性は少ない」

「脱出マジックはさせて貰えないのか？」

「それは出来を見て考える。頭の中で考えるのと実際に行うのとは全然違うからな。わしが安全だと判断するまでは、観客の前でやらせない。承服できないのなら、雇うことはできない。どうする？」

「もしあんたが安全だと判断したら、必ず脱出マジックをやらせてくれると考えていいんだな？」

「それは約束する」

「それから、人体切断にはアシスタントが必要だ。身体の柔らかい女性がいい」

「それもこっちで用意しなくちゃならないのか？」ピエロは呆《あき》れ顔になった。

「仕事のないマジシャンがアシスタントを持ってるはずないじゃないか。アクロバットの女性に手伝って貰えればいい」

「それはどうかと思うぞ。アクロバットをしている芸人がアシスタントをしている時点で、身体を曲げていると思われる」

「じゃあ、わたしがやるわ。結構身体、柔らかいし」さっきまでクロスボウの的である薔薇を咥えていた東洋系の女性が話に入ってきた。「手品って面白そう」

「クロスボウとの掛け持ちになるけど、いいのか？」ピエロが尋ねた。

「もちろんよ。クロスボウの的持ちってそもそも殆《ほとん》どやることないし」

「これでそちらの条件は呑《の》んだことになる」ピエロは言った。「さあ、どうする？」

「わかった。そちらの条件も呑むことにする」蘭堂は手を差し出した。

「ようこそ、インクレディブルサーカスに」ピエロは蘭堂の手を握った。

「わたし、アヤミ・ガドット。よろしく」女性が自己紹介した。

「俺は蘭堂幸太郎だ。よろしく」

　そして、サーカスの日々が始まった。

8

「おやじとランディはどこに行ったんだ？」若い空中ブランコ乗りの黒人男性リジィは苛々《いらいら》として言った。「まさか、二人だけで街に繰り出したんじゃないだろうな？」

団員たちは、作り掛けのテントの横の寒々とした広場で焚火《たきび》を囲んで、酒を飲んでいた。

「街って言ったって、この辺りは森の中にぽつぽつと住宅街があるだけだ。飲み屋は殆《ほとん》どない。ましてや、ねえちゃんのいる店は皆無だろう」若手のアクロバット芸人の白人男性ビストリィがリジィを宥《なだ》めた。

「ランディの野郎、どうも信用できないんだよ」リジィは言った。「一番の新参者の癖におやじに取り入りやがって」

「あの団長に取り入って、どういう得があるっていうんだ？」シューティが言った。

「売り上げの分け前を多めに貰《もら》うとかさ。そもそも、あいつの仕掛けは高過ぎるだろ」

「仕掛けはランディの個人所有にはなってない。どうして団長がランディだけを贔屓《ひいき》するっていうんだ？」

「そんなこと知るもんか、あいつは口がうまいんだよ」

シューティは肩を竦《すく》めた。

「あんたの僻《ひが》み根性には呆《あき》れるわ」リジィの相方でやや年上の黒人女性ジェヌが言った。

「団長は商売下手だけど、依怙《えこ》贔屓するような人間じゃないわ」

「商売下手にも程があるぞ。団員の殆どに逃げられちまって、これからどうするつもりだ？」リジィは愚痴った。

「そういうことをランディと相談してるんじゃない？　彼、結構アイデアが豊富だし」

「相談なら、俺たちにしてくれたらいいじゃないか」

「あんたに相談？　そんなことをするぐらいなら、ジャンボに相談した方がましだわ」

ジェヌは悪態を吐いた。

「老いぼれの役立たずの象と俺を一緒にするな！」

「ちょっと、それは聞き捨てならないわね」猛獣使いの白人女性レーラーが口を開いた。

「あの子はちゃんと芸ができるわ」

「玉乗りも逆立ちももうできないだろ？」

「でも、キャッチボールができるわ」

「でかい図体《ずうたい》の象が出てきてピエロとキャッチボールするだけだったら、観客はがっかりだ」

「あんたはなんにもわかっちゃいない」レーラーは苛立たしげに言った。「象はそこに存在するだけで、価値があるのよ。陸上で最大の動物なのよ。単なる偶像ではなく、生きている。見るだけで充分な価値があるわ」

「ああ。団長のおやじもそんなこと言ってたな。そういや、前の調教師はおやじだった。でも、そんなこと言うなら、芸なんかさせずに、金をとって動物小屋を観覧させりゃあ、いいじゃないか。移動動物園を始めるってのも手だぜ」

「あの子は芸をするのが生き甲斐《がい》なのよ」

「獣に生き甲斐も糞《くそ》もあるものか」

　レーラーは立ち上がり、手に持ったグラスを投げ捨てた。

「何だ、やるのか？」リジィは拳骨《げんこつ》を作り、戦いの構えをとった。

「二人とも、やめなよ」東洋系の女性オートバイ曲芸師のクワイが割って入った。「リジィ、あんたが悪い。ジャンボは家族なんだ。レーラーにとっても団長にとっても」

「そんなこと、知るかよ」

「女に手を上げるなんて最低だよ」ジェヌが言った。

「先に手を上げようとしたのは向こうだ」

「だったら、逃げるか謝ればいいんだ。本気で女を殴ろうってのなら、わたしはもうあんたと別れるよ」ジェヌは言った。

「おいおい。それは関係ないだろ」リジィは慌てて言った。

「関係なくはないよ。女に手を上げる男とは一緒にいられないからね」

状況はかなり険悪になっていた。まさに、一触即発と思われたとき、突然森の中からピエロが飛び出してきた。

「みんな逃げろ!!」

「今度は何だよ」シューティが溜《た》め息を吐いた。

「みんな……すぐ……車に……乗るんだ」ピエロが息苦しそうに言った。

「まず落ち着けよ。どうしたんだ？」シューティが言った。「熊か狼でも出たのか？」

「猛獣ならまだましだ！　吸血鬼が出たんだ!!」

一同はしばらくきょとんとした後、一斉にげらげらと笑いだした。

「冗談じゃないんだ!!」

「もし冗談じゃないなら、俺たちはあんたを病院に連れていかなくちゃならないぜ。酒を飲み過ぎたんだろうが」

「わしは素面《しらふ》だ！」ピエロは喚《わめ》いた。「本当に吸血鬼がいたんだ。中学生ぐらいの女の子だった」

「森の中に中学生の女の子がいたって？」

「ああ。中学生かどうかはわからないが、そのぐらいの齢《とし》の女の子だ」

「そのぐらいの子供は悪ふざけをよくするんだ。きっと友達と組んで何かのトリックを見せたんだろう。サーカスの団長なんだから、そのぐらい見抜けよ」

「違うんだ!!」ピエロは必死になって言った。もし顔に化粧をしていなかったら、顔面蒼白《そうはく》になっていることがわかっただろう。「あれは本物の吸血鬼だった。高い木の上から飛び降りても無事だったんだ」

「ワイヤを使ったんだろ。よくある手だ」

「ワイヤなら見えたはずだ」

「黒く塗ってあったなら、夜だと目立たない。人物に照明を当てたら、余計に見えなくなる。ひょっとして、夜なのにその子の姿だけはっきり見えたりしなかったか？」

「それは……ああ。その子の姿ははっきり見えたが、別に照明が当たってたりはしなかった」

「照明が当たってなければはっきりとは見えないさ」

「……そうだ。あの子の姿が変わったんだ。恐ろしい怪物の姿に」

「ＣＧだろ？」

「スクリーンの上の話じゃないんだ。現実にそこにいた少女の姿が怪物に変わったんだよ」

「プロジェクションマッピングだな」

「えっ？」

「最近、流行《はやり》のアトラクションだよ。建物とかにＣＧ映像を投影して、まるで形が変わったように錯覚させるんだ。人間に使えば変身したように見せられる」

「いや。あれはそんなものじゃ絶対なかった」

「そう感じただけだろ」シューティはピエロの肩を叩《たた》いた。「誰にだって勘違いはあるさ」

「こう見えてもわしはエンターテインメントのプロだ。本物と映像の区別は付く。そもそもプロジェクションマッピングには大掛かりな装置が必要なはずだ。そんなものをどこに隠しておけるというんだ？」

「そう言えば、森の中で丸太小屋を見付けたよ」背の高い白人女性――アクロバット芸人のキブキィが言った。「あそこに機材を隠してあったんじゃないかしら？」

「そうだ」ビストリィが賛同した。「テレビ局がドッキリ番組の撮影をしてるんだ。そうに決まっている」

「素人のネット作品作りかもね」クワイが言った。

「いや。あれは絶対に本物だった。ランディが証人になってくれる」

「そう言えば、ランディはどこなんだ？」

「ああ。森の中ではぐれてしまったんだ。あの怪物から逃げるためにばらばらの方向に走ったんでね」

「ちょっと待って。幸太郎とはぐれたって、どういうこと!?」アヤミが怒鳴り付けるように言った。「怪物の前に放り出してきたってこと？」

「落ち着くんだ、アヤミ」シューティが宥めた。「そもそも怪物なんかいないんだから、危険はない。だから、怒る必要もないんだ」

「でも、団長は怪物がいるって信じてるんでしょ？」

「ああ。本当に吸血鬼はいるんだ。信じてくれ」ピエロは懸命に言った。

「なのに、あんたは幸太郎を見捨ててきたのよね!?」

「だから、はぐれたんだ。見捨てたんじゃない」

「じゃあ、今から案内して。一緒に幸太郎を捜すのよ」

「御免だ」

「幸太郎を見捨てるの？」

「わしらだけじゃ歯が立たないってことだ。警察に連絡して助けて貰うんだ」

「吸血鬼が襲ってきましたってか？」シューティがふざけるように言った。「悪戯《いたずら》電話だと思われるのが落ちだぞ」

近くの木の枝が揺れた。

「ひゃあ!!」ピエロが逃げようとして転んだ。「助けてくれ!!　わしは旨《うま》くないぞ!!」

「おやじ、落ち着けって。こいつはランディだ」シューティが言った。

森の中から飛び出してきたのは顔面蒼白の蘭堂だった。

「幸太郎！」アヤミが蘭堂に駆け寄った。「何があったの？　団長はずっと譫言《うわごと》のようなことを言ってるけど」

「おやじは吸血鬼の話をしたのか？」蘭堂は尋ねた。

アヤミは頷《うなず》いた。

「わかった！」リジィが叫んだ。「おまえら、二人して俺たちを引っ掛けようとしてるな」

「リジィ、まず俺の話を聞いてくれ」蘭堂は必死に言った。

「まさか、おまえまで吸血鬼を見たって言うんじゃないだろうな？」シューティが言った。

「本当に吸血鬼かどうかはわからないが、森の中に少女の姿をした怪物がいた。これは確かだ」

「誰かの悪戯じゃないのか？」

「あんな仕掛けは不可能だ。マジシャンの俺が言ってるんだから間違いない」

「おい。みんなどう思う？」シューティが尋ねた。

「団長だけがおかしなことを言ってるんだったら酔っ払ってると思うところだけど、ランディが言ってるんだから、本当かもしれないわね」レーラーが言った。

「いや。二人して酔っ払ってるのかもしれないぞ」リジィが言った。

「俺たちは酔ってなんかいない。息を嗅《か》いでみろよ」蘭堂が言った。

「だとしたら、二人して俺たちを担ごうとしているか、もしくは二人は誰かの金を掛けたドッキリに引っ掛かったかだ」

「ドッキリだったら、どんなにいいか」

「でも、おかしいじゃないか。もし、本物の吸血鬼だったんなら、おまえらどうやってそんな怪物から逃げられたんだ？」ビストリィが疑問を口にした。

「それは俺が機転を利かしたからだ」

「そうだ。ランディのおかげで命拾いしたんだ」ピエロが言った。

「何をどうしたんだ？」ビストリィが不審な目で二人を見た。

「これだ」蘭堂が造花の咲いたステッキを見せた。

「何だよ、それ？」

「手品の道具だ」

「知ってるよ。既製品だろ」

「これを見せたら、逃げて行ったんだ」ピエロが言った。

「何だよ!?　全然たいしたやつじゃないじゃないか！」

「いや。これで助かったのは運が良かったんだと思う。あいつは俺を誰か別の人間と間違えて、びびってたみたいだから」

「別の誰かって誰だよ？」

「わからない。でも、たぶん吸血鬼ハンターだと思う」

「おいおい。吸血鬼の次は吸血鬼ハンターかよ！」

「で、どうするんだ？」シューティが言った。「駄目元で警察に連絡するか？」

「一応、警察には連絡しようと思う」蘭堂は唇を嚙《か》んだ。「だが、納得させるのは無理だろう。まず自分たちで対策を考えないと」

「全員で造花を持って追い払うか?」ビストリィが茶化した。

「もうあの手は通じない。逃げるしかないだろうな。車にガソリンは入ってるか?」蘭堂はバンの方を見た。

「まさか、今から車で逃げようっていうんじゃないだろうな?」リジィが不平を漏らした。「今日は疲れてるんだ。遊びの続きは明日の朝でいいじゃないか」

「車じゃないととてもあいつからは逃げられない!」蘭堂はリジィの胸倉を摑《つか》んだ。

「俺は見たんだ。あいつは、巨大な蝙蝠《こうもり》の姿になり、とてつもない高さまで上昇してから、流星のようにすっ飛んでいった」

「落ち着けよ。ランディ」シューティが蘭堂の肩を摑んでリジィから引き離した。「そいつは飛んでったんだろ? きっと、おまえの造花に恐れをなして逃げて行ったんだ。ここにいても大丈夫ってことだ」

「だとしても、ここにいるのは危険だ。寝小屋の中もだ。あいつが来たときにすぐに逃げられない。車なら、なんとかなる。今日は全員車の中で眠ろう」

「ちょっと、本気で言ってるの?」ジェヌが不平を漏らした。「ランディと団長の悪ふざけに付き合いたい人はバンの中で寝ればいいわ。でも、わたしは御免よ」

「わたしも」キブキィも言った。

「どうする、レーラー?」クワイが尋ねた。「わたしはどっちでもいいと思ってたけど、あんたが乗らないんだったら、やめとくわ」

「もちろん、乗る気はないわ。アヤミ、あんたもやめときなよ」

「でも……」アヤミは蘭堂の方を見た。

「怪物はいる。本当だ」蘭堂はアヤミの目を見て言った。

「わたしは車に乗るわ」

「じゃあ、決をとろう。車で寝たくないやつ」リジィは手を挙げながら言った。

　ジェヌ、ビストリィ、キブキィ、レーラー、クワイが手を挙げた。

「乗りたいやつ」

　蘭堂とピエロとアヤミが手を挙げた。

「シューティ、おまえはどっちなんだ？」

「正直、ランディとおやじの言ってることは馬鹿馬鹿しいと思う」シューティは考え込んだ。

「だったら、俺たちと一緒に寝小屋に行こうぜ」

「でも、どうも気になるんだ。ただの悪ふざけでこれだけ真剣になるか？」

「だったら、ドッキリだろう」

「今時素人相手にそんな大掛かりな悪ふざけをするのか、とも思うんだ。俺はもう少し二人の話を聞いてから決めることにする」

「じゃあ、勝手にしろ。俺たちはもう寝るぜ」

　車で寝たくない方に手を挙げた者たちは蘭堂たちに背を向けて、歩き出そうとした。

「みんな待ってくれ！　本当に化け物はいるんだ」蘭堂は言った。

「そんなこと言ったって、吸血鬼に遭ったと言ってるのは、おまえとおやじの二人だけだ。その二人だって、ぴんぴんしてるじゃないか」ビストリィが不機嫌そうに言った。

「ということはつまり、おまえらが本当のことを言ってるとしても、そいつはたいして危険じゃないってことだ」

「頼む！　頼む信じてくれ!!」蘭堂はビストリィの肩を掴んだ。「俺が間違っているとしても、一晩車の中で寝るだけのことだ。それがそんなに辛《つら》いことか？」

「そんなには辛くない。だけど、できればそんなことは避けたい。俺は柔らかいベッドで寝させて貰うぜ」ビストリィは蘭堂の腕を弾《はじ》いた。

「どうすればわかって貰えるんだ？」蘭堂は立ち尽くした。

「幸太郎、もう放っておいてもいいんじゃない？」

「放ってなんかおけない。この辺りにはあんな怪物がうろついてるんだ」

「でも、そんな気配は全然ないわ」

「君まで、俺を疑うのか？」

「疑っている訳じゃない。ただ、少し落ち着いて考えてみたらどうかしら？」

「糞っ！　どう言えばわかって貰えるんだ!?」

「ランディ、もう無理だ。あれの恐ろしさは実際に見た者じゃないとわからないんだ」

「なるほど。見ればいいのか」シューティが言った。「だったら、今からみんなでそいつを捜しに行こう。実際に見ればみんな納得するだろう」

「駄目なんだ。俺たちが逃げられたのは、全くの幸運だ。今度は逃げられるかどうかわからない」

「わたしたちは怪物捜しに付き合う気はないわよ」自分の寝小屋へ向かうレーラーが言った。「肝試しは十歳のときに卒業したから」

「とりあえず、わしらはバンに乗ることにしよう」ピエロが言った。

「わかった」蘭堂は決心した。「車を寝小屋の傍に移動しよう。何かあったら、すぐに全員が乗り込めるように」

「とりあえず、それでいいんじゃないか？」シューティも賛同した。「ここで怒鳴り合っても、何の進展もない」

蘭堂とピエロとアヤミとシューティはバンに向かって歩き始めた。

きいんという耳障りな音が響き渡った。

全員が空を見上げた。

それはあまりに速く、誰もその姿を見極めることはできなかったようだった。

黒い影はバンに、ほぼ真上から直撃したように見えた。

すぐ近くに落雷したかのような爆音と共に、バンの屋根材と内部にあった生活用品が周囲数十メートルに亘《わた》って飛び散った。

幸運なことに、それらのものは誰にも当たらなかったが、全員が呆然《ぼうぜん》とその場に立ち尽くした。

「ランドルフって誰？」バンの内部からぴったりとした黒い服を着込んだ少年が現れた。何にも摑まらず、ふわふわと浮かび上がっているように見えた。

「女の子だって言ってなかったか？」シューティが呟《つぶや》くように言った。

「確かに、女の子だった」蘭堂は唾《つば》を飲み込んだ。

「じゃあ、こいつは別のやつだな。それとも、女から男に変身したのか？」

蘭堂は無言で首を振った。

「この中の誰かがキリフィッシュに会ったんだろ？　なんかふざけた手で追い払ったらしいけど。ああ。そうそう僕の名前はウィーゼルって言うんだ。よろしく」ウィーゼルは空中でおじぎの動作をした。「ああ。それから、今日モーレイっていう女を殺したのも、おまえらかい？　いや。彼女のことはあんまり好きじゃなかったから別に怒ってる訳じゃない。でも、殺したのは誰か知りたいってものじゃないか。そうだろ？」

「悪いやつじゃないんじゃないか？」シューティが言った。「やつらの仲間を殺したやつを捜しているだけじゃないか？」

「クロスボウはどこだ？」蘭堂が小声で尋ねた。

「たぶん車の中だ」シューティも小声で答えた。

「俺がやつの気を引いている間に、持ち出してくれ」

「あいつ悪いやつじゃないかもしれないのに？」

「悪いやつだとわかってから、武器の用意をしても遅いんだよ」

「そもそもクロスボウで倒せるのか？」

「そんなことわからないさ。だけど、今使えそうな武器はクロスボウしかないだろ」

　シューティは頷いた。

「やあ、ウィーゼル君、初めまして」蘭堂は大声を出した。「君も吸血鬼なのかい？」

「おまえ、誰だ？」

「君の捜している人間かもしれないよ」蘭堂はウィーゼルに顔を向けながら、ゆっくりと歩き出した。

「おまえランドルフなのか？　モーレイを殺したのはおまえか？」

「…………」蘭堂は口の中でもごもごと言った。

「よく聞こえないぞ」

「ちょっと風邪をひいてね」蘭堂は咳《せ》き込んだ。「あまり大きな声で話せないんだ」蘭堂は咳き込みながら不自然にならないように少しずつ後退して車から離れた。

　ウィーゼルはじっと蘭堂を目で追った。「ランドルフは酷《ひど》いトリックを使うって聞いたぞ。おまえ、何か企《たくら》んでいるのか？」

　蘭堂は全身から汗が噴き出すのを感じた。

　どうかあいつに汗が見えていませんように。

「…………」蘭堂はまた口の中でもごもごと言った。

「ええい。何だよ、おまえ？」ウィーゼルはふわっと空中を漂いながら、蘭堂に近付いた。

シューティがバンの方に走るのが見えたが、もちろん蘭堂はそちらの方は見ない。そして、さらに後退する。

「すまん。咳が止まらないんだ」

ウィーゼルはすっと蘭堂の目の前に降り立った。「さっさと、僕の質問に答えろよ。面倒なのは御免だ。殺して、他のやつに訊《き》いてもいいんだぞ」

「俺を殺す気なのか？」

「ああ。質問に答えなければ殺す。答えたら、その後で殺す」

「どっちにしても殺すんだな」

「そうしろって言われたんだ。ここの全員を殺せって」

「聞いたか、みんな！」蘭堂は叫んだ。「逃げるんだ‼」

悲鳴が上がり、団員たちはばらばらに逃げ出した。

ただ一人、アヤミだけがこちらを見ている。

「何してるんだ⁉　早く逃げろ‼」蘭堂がさらに叫んだ。

「逃げてもいいよ。どうせすぐ追いついて殺すから」ウィーゼルは陽気に言った。「もちろん、逃げなくてもいい。おまえらは走って疲れずに済むし、僕も楽だ。ウィンウィンの関係だね」

アヤミに怯えている様子はなかったが、蘭堂を不安げに見詰めていた。

「畜生！　逃げろって言ってるんだ!!」蘭堂は絶叫した。

「おまえ、随分、あの女を逃がしたがってるな。よほど大事な女らしい」ウィーゼルはにやりと笑った。「あの女を先に甚振《いたぶ》り殺した方が面白いかな？」

「この糞野郎!!」蘭堂はウィーゼルに殴り掛かった。

ウィーゼルは素早く蘭堂の拳《こぶし》を避け、次の瞬間には蘭堂の喉《のど》を掴み、空中に持ち上げた。

蘭堂は呼吸ができなくなり、手足をじたばたさせた。

アヤミは悲鳴を上げ、二人に走り寄ってきた。

蘭堂は来るなと手振りで制したが、それもすぐに力なく垂れ下がった。

「このまま殺すのがいいか？　手足をもぎ取って、あの女に同じことをするのを見せてから殺すのがいいか？　迷うな」ウィーゼルはご機嫌な様子だった。「とりあえず血をいただくことにするか」彼の口は突如耳まで裂けた。その下顎《したあご》は胸まで下がり、無数の牙《きば》の生えた口内が丸見えになる。唾液《だえき》が滝のように噴出し、飛沫《しぶき》が蘭堂の顔に掛かった。

「その汚い手をランディから離せ、この吸血鬼野郎!!」どこか遠くでシューティの声が聞こえた。

「ほう、やはり、こいつがランドルフか」ウィーゼルが呟いたが、牙が多過ぎて滑舌は悪くなっていた。

違う。

蘭堂はそう言おうとしたが、声は一言も発することができなかった。

ウィーゼルの牙が蘭堂の頸《くび》に近付いてくる。

ああ。俺は死ぬのか。

肉の千切れる音がした。

蘭堂はてっきり自分の頸が喰《く》い千切られた音だと思ったが、そうではなかった。

ウィーゼルの頸を矢が貫いていた。

彼は口から真っ赤な血を吐き、蘭堂の喉から手を離した。

蘭堂は地面に落下し、ごほごほと咳き込んだ。

ウィーゼルの目は充血していた。そして、その顔は怒りのあまりますます人間離れしていった。

「誰だ」

「俺だよ」シューティは二本目の矢を番《つが》えようとしていた。

アヤミが蘭堂に走り寄ってきた。

蘭堂は来るな、と身振りで伝えたが、アヤミは止まりはしなかった。

ウィーゼルはじっとシューティを見ていた。蘭堂たちに興味はないらしい。

矢は頸の左側から右側に向けて確実に貫通していた。だが、血を吐きながらもウィーゼルは立ち続けている。どの程度のダメージなのかは判断が付かなかった。

ウィーゼルは矢を掴むと、ずるずると引き抜き始めた。

蘭堂はアヤミに支えられてよろよろと立ち上がった。

シューティは二人に、逃げろ、と目で合図した。

二人はなるべく音を立てないように森の方へと向かった。

ウィーゼルはついに矢を抜き切った。「うぉ――――!!」抜くときに鏃《やじり》が肉と皮を引き裂いたのか絶叫する。そして大量の出血。

刺さった矢を無理に引き抜けば、傷口を広げることになり、大量に出血する。しかも、刺さったのは頸だ。おそらくこれは致命傷だ。一分と立ってはいられまい。

蘭堂は逃げながら、そう確信した。

だが、ウィーゼルの出血は出し抜けに止まった。

「おまえ何してくれてるんだよ!!」すでに人間ではなくなったウィーゼルの声が夜の闇に響き渡った。

シューティは二本目の矢を番え終わっていた。

「これ、めちゃくちゃ痛いんだぜ!! もちろん、こんなのでは死なない。でも、めちゃくちゃ痛いんだよ!!」ウィーゼルは吠《ほ》えた。

こいつは頸を貫いても死なないんだ。どうすればいい? どこを狙えばいいんだ?

「おまえら、もう逃げてもいいよ」ウィーゼルは蘭堂たちに呼び掛けた。「他のやつのことはどうでもよくなった」彼はシューティに近付き始める。

シューティはごくりと唾を飲み込んだ。「俺に近付いたら、もう一発お見舞いするぜ！」

「すぐには殺さない。おまえはじっくり殺す。まずは追い回してやる。この森の中をどこまでもだ。そして、逃げ続け、ついに動けなくなったときに、今度は手足をちびちびと千切っていってやる。それから内臓だ。自分の内臓をたっぷり見せてやる。そして、最後に顔だ。鼻と耳と目を刳《く》り貫《ぬ》いたあと、血止めをしてじわじわと肉食性の昆虫に肉と脳味噌《のうみそ》を喰わしてやる」

シューティは震えながらも、ウィーゼルに狙いを定めた。

「おまえ、馬鹿か！　そんなもの効く訳がないだろう。早く逃げろよ。一分間は自由に逃げていいよ。その後は追い掛けるけどね。一瞬で追いつくだろうけど、捕まえたらまたそこで一分の自由を与えてやる。それをおまえが動けなくなるまで繰り返すんだ」

「俺が逃げなかったらどうする気だ？」

「そのときは仕方がない。じっくりと解体するしかないだろうな。でも、心配しなくても大丈夫だ。おまえは必ず逃げることになる」ウィーゼルが手に持っていた血塗《ちまみ》れの矢をシューティの方に投げ付けた。

シューティは目を瞑《つぶ》った。

矢は彼の頭上数センチの場所を通り過ぎた。

シューティは風圧でよろめく。

　同時に背後で、凄《すさ》まじい破壊音が聞こえた。振り向くと、直径数十センチの木の幹の目の高さ辺りの部分が爆破されたかのように弾け飛び、今まさに木がこちらに向かって倒れようとしていた。

　シューティは半ば転がるようにして、木を避けた。

　あちこちから悲鳴が上がった。

　団員たちはまだ近くに潜んで、様子を窺《うかが》っているらしい。

「どうだ？　これでも逃げないのか？」ウィーゼルはシューティに向かって微笑んだ。

　シューティは二発目の矢を発射した。

　矢はウィーゼルの顔面に向かって、一直線に飛んだ。だが、あと数センチのところで、ぴたりと止まった。

　ウィーゼルの手は矢を掴んでいた。

「馬鹿な。飛んでいる矢を掴むなんて……」

「同じ手を二度も喰らうかよ!!」ウィーゼルは力任せに手に持った矢をシューティのすぐ前の地面に投げ付けた。

　轟音《ごうおん》と共に大量の土砂が巻き上がった。土煙が消えたあとには直径一メートルはあろうかという擂鉢《すりばち》状の穴が空いていた。

「……化け物……」シューティは目を見開いて穴を見詰めていた。

「さあ、実力差はわかったろう。早く逃げろよ」ウィーゼルはゆっくりとシューティに近付いた。

「畜生！」シューティは森の中へ向かって走り出した。「みんな本気で逃げろ!!　まずは自分が生き延びることを考えるんだ。こいつを倒す方法を考えるのはその後だ!!」

「僕を倒すって？　本当に馬鹿だな。虐《いじ》め甲斐があるよ」ウィーゼルはへらへらと笑った。

「さあ、逃げるわよ」木の陰で二人の様子を見ていたアヤミが蘭堂の腕を引っ張った。

「でも、シューティを助けないと」

「今、出ていったら、全員あいつに殺されて終わりよ。シューティも言ってたじゃない。まず生き延びることを考えるの。自分たちの身の安全を確保してから、シューティを助け出すのよ」

　蘭堂は一度目を瞑り頷くと、アヤミと共に森の中に向かって走り出した。

「一、二、三、四、五、六、七、八、九、十、十一……」ウィーゼルは楽しそうにゆっくりと秒を数えていた。

9

　今から半年程前、給料の未払いに対し、我慢の限界に達した団員たちがピエロに詰め寄るという事件があった。

「給料が払えないってどういうことだよ！」テントの中で団員たちに説明するピエロに怒号が飛んだ。「こっちはちゃんと働いてるんだ！　ちゃんと今週分の金を支払ってくれ！」

蘭堂が入団してから、サーカス団の経営は悪化の一途を辿《たど》っていた。ピエロは毎日のように団員か借金取りかに吊《つる》し上げられ、僅《わず》かに残った金を毟《むし》り取られ続けていた。すでにサーカス自体の金はなく、ピエロ個人のなけなしの金まですべて取り上げられつつあった。

「ええと、テントの設営費と設備の修理代が嵩《かさ》んじまってな」ピエロは汗を拭《ふ》きながら弁明した。「来週にはなんとかなりそうだから、少し待ってくれないか」

「設営費も修理代も予《あらかじ》めわかってた出費だろ!?　どうして、賃金を残しておかなかったんだ？」

「いや。そういう細かい金勘定はどうも苦手で……」

「経営者なんだから、苦手で済むはずがないだろ!!」団員の一人はピエロの胸倉を摑《つか》んだ。

「まあ、待てよ」シューティが割って入った。「おやじだって、好きでサーカス団の経営をしている訳じゃない。前の団長が夜逃げしちまったから仕方なくだな……」

「そんなことはわかってるんだよ！」交渉する団員たちのリーダーであるジャンが言った。「あのときは確かに感謝したさ。だけどな、だからってタダで俺たちをこき使っていいという法はないだろう」

「おやじは何もタダでこき使おうって訳じゃない。なっ?」

「ああ。そうだ。少し待ってくれって言ってるだけだ」ピエロはどぎまぎと言った。

「少しっていつまでだよ」

「ああ……ええと……明日までだ」

「いい加減なことを言うな!! 明日までに金が入ってくるどういう当てがあるんだよ!?」ジャンは拳《こぶし》を振り上げた。

「暴力はよくないな」シューティはジャンの手首を掴んだ。

「何だ、おまえ、どっちの味方だ?」

「どっちの味方ってこともないが、おやじを殴っても何にもならないだろ?」

「いや。少なくとも、俺の気が済むぜ」

「年寄り殴って気が済むのか? おやじが動けなくなったら、誰がこのサーカスを経営するんだ?」

「そのときは、もうこのサーカスは終わりだ」ジャンはシューティの手を振り払った。

「だったら、終わらせないように、力を合わせようぜ」

「今更、何やっても無駄だろ。金の計算ができようができまいが、このサーカスを立て直すことなんてできないのさ!」

「いや。そんなことはない」蘭堂は発言した。

「何だ？　ポンコツ手品師、おまえ金を出せるってのか？」ジャンは胡散《うさん》臭いものを見るような目で蘭堂を睨《にら》んだ。

「いや。金は持ってない」

「だったら、口を挟むなよ」

「世の中には、ちゃんと経営してるサーカスはいくらでもある。だから、このサーカスだって健全に経営できるはずだ」

「どうやりゃ、この貧乏サーカスを立て直せるんだ？」

「簡単なことだ。ちゃんとした芸を見せればいい。そうすれば、たくさん客が入り、その金で給料が払えるし、その他の経費も払えるし、借金も返せる」

「それができないから、こうなってるんじゃないか！」

「それは……つまり……」蘭堂は言いにくそうだった。

　シューティがくすりと笑った。

　ジャンはシューティの笑った意味をしばらく考えていたが、ふと思い当たったようで、突然顔を真っ赤にして、ピエロを放し、代わりに蘭堂の胸倉を掴んだ。「おまえ、俺にちゃんとした芸がないって言いたいのか？」

「いや。そう言ったのは自分じゃないか。『それができない』って」

「いい加減にしろ」リジィはジャンに呼び掛けた。「自分だって自覚してるんだろ？　おまえの芸は中途半端だ」

「おまえたちの空中ブランコは完璧《かんぺき》だってか？」ジャンは吐き捨てるように言った。

「そう思ってるなら、さっさとこんなサーカス出ていって、もっとましなとこに行けよ！」

「サーカスが傾いている理由は二つある。一つは経営者の力不足だ」リジィは言った。

「ほら、おまえだって、おやじのせいだと思ってるじゃないか！」

「おやじは経営者としての経験は殆《ほと》どない。前の経営者が投げ出した後、残ったメンバーの中で一番年上だという理由だけで、代表の役割をしてくれているんだ。つまり、今や俺たち全員が経営者の役割を担っているってことだ」

「おい。そんな屁《へ》理屈《りくつ》で、おやじを擁護するつもりか？」

「もし、おまえがおやじに代わってこのサーカス団の経営をするっていうのなら、俺がおやじの代わりに殴られたって構わないぜ」

「本当か？」ジャンは蘭堂を突き放した。

蘭堂はよろけたが、なんとか倒れずに踏ん張った。

「ああ。だが、今後は経営に関する一切の責任をとって貰《もら》う」

「それは不公平だ。俺は経営の素人だ」

「おまえは経営の『け』の字も知らないおやじに無理な要求したじゃないか」

「まあ、いいだろう。経営の件は置いておこう。それで、もう一つの理由は？」

「これはさっきも話が出たが、芸人の完成度の低さだ」

「俺の綱渡りに文句があるのか？」

「今時、単に綱を渡るだけでは、芸とは言えない」

「綱を渡るのは相当な集中力が必要なんだ」

「それはおまえの理屈だ。観客の要求ではない」

「じゃあ、綱の上で宙返りでもしろというのか？」

「できるのか？」

「できる訳ないだろ!!」ジャンは毒突いた。

「だったら、芸を磨け。俺は毎年新しい技を編み出している」

「目隠しして空中ブランコをしたり、腕を繋《つな》いだまま二人同時に飛んだりすることか？」

　リジィは頷《うなず》いた。

「あんなものが芸か？」

「聞き捨てならないわね、ジャン」ジェヌが言った。「わたしらの芸をあんたにとやかく言われたくない」

「おまえたちの芸はもうピークを過ぎている」

　ジェヌの顔色が変わった。「いったい、何のことを……」

「気付いてないとでも思ったのか？　最近、本番中のミスが増えている。殆ど二人で練習してないだろ」

「それは、たまたま二人のタイミングが合わないだけで……」

「リジィは別の女にご執心だ」

「おい！」リジィがジャンの肩を摑んだ。

「おまえ、本番中に、いつも客席の同じ場所に座ってる女に色目を使ってるだろ。ミスをしてもしようがないよな」

ジェヌは手で目を押さえて顔を伏せた。

「ジェヌ、こんなやつの言うことなんか気にするな」リジィが言った。

「わたしが気付いてないとでも思ってたの」ジェヌの声は震えていた。「気付いていないふりをしていたの。……いいえ。気付いていないことにして、わたしは自分自身を騙《だま》していたんだわ」

「ジェヌ……」リジィはジェヌの腕に触れた。

「触らないで！」ジェヌはリジィの手を払いのけて、その場から立ち去っていった。

「こりゃあ、傑作だ。これでコンビ解消だな」ジャンは手を叩《たた》いて笑った。「新しい空中ブランコのパートナーを探さなきゃな。それとも、おまえが辞めて、ジェヌに新しい男をあてがうか？」

「黙れ」リジィは苛立《いらだ》たしげに言った。「もし、おやじや俺たちが気に入らないんなら、おまえの方が出ていくべきだ」

「そう言えば、俺たちが黙るとでも思ってるんだろ？」ジャンは言った。「ここを出ていく度胸がないと思って」

「度胸のことは知らない。出ていきたい者は出ていけばいい。それだけのことだ」

「わかったよ、出てくよ!!」

「いや。それは困る」ピエロが慌てて言った。「綱渡りがないと、番組が成り立たない」

「綱渡りだけじゃないぞ！　吊りロープも、大車輪も、火の輪くぐりも、オートバイショーも全部なしだ」

「どういうことだ？」リジィが尋ねた。

「みんな俺に賛同してるんだよ」ジャンが答えた。「なっ？」

芸人たちは頷いた。

「ちょっと待ってくれ」ビストリィが言った。「俺は聞いてないぞ！」

「ああ。当然だ。言ってないからな」

「どうしてだ？　俺にだって、選択の自由はあるだろう」

「キブキィを誘ったんだが、断られたんだ」ジャンは肩を竦《すく》めた。

「本当か、姐《ねえ》さん」

「ええ」キブキィは答えた。

「どうして？」

「わたしたちには、このサーカスが向いてるからさ」

「どうして、俺に相談がなかったんだ？」

「どうして、キブキィがいちいちおまえに相談する必要がある？」ジャンがキブキィに代わって答えた。「おまえは半人前だ。決定権なんかない」

「ジャン、俺はあんたらについていく」

「ちょっと、あんた何言ってるの？」キブキィが言った。

「残念だが、その申し出は断らせて貰う」ジャンは言った。「おまえの力量じゃ、まだ一本立ちは無理だ」

「そんな……」ビストリィは呆然《ぼうぜん》とした。

「あと十年程、キブキィ姐さんのとこで、修業するんだな。そうすれば、少しは使えるようになるかもしれんぞ」

ビストリィは眩暈《めまい》を覚えたのか、その場にへたり込んでしまった。

「レーラー、おまえも誘われたのか？」ピエロが尋ねた。

「ええ」レーラーは気の入らない様子で言った。

「行ってもいいんだぞ」

「駄目よ。ここの動物たちは連れていけないって言われたから」

「えっ？　だったら、何をするんだ？　猛獣使い以外の芸か？」

「犬や鳥や小動物を使った芸をしろって言われたわ。大型の猛獣は餌代もいるし、管理も大変だろうからって」

「ここの動物たちの面倒はわしがみてもいいんだぞ」

「団長には無理よ」

「いいや。わしだって、昔は……」

「もう齢《とし》だもの。ちゃんと自覚を持って」

ピエロは肩を落とした。

「どこに行く気だ？」シューティが尋ねた。

「他のサーカスで雇って貰う」

「これだけの人数をどこで雇うっていうんだ？　一つサーカス団ができちまうぜ」

「そこは交渉だ。格安の賃金でいいと言えば、雇ってくれるところもあるんだよ」

「自分たちを安く売る気なの？」アヤミは呆《あき》れ顔で言った。

「タダ働きするぐらいなら、安くこき使われた方がましだ」

「ちょっと待てよ。みんなこのサーカスで育てて貰ったんだろ？」蘭堂はみんなに言った。「簡単に見捨てていいのか？」

「ランディ」シューティが蘭堂の肩に手を乗せた。「仕方がない。みんな喰《く》っていかなきゃいけないんだ。出ていきたい者を無理に止めることはできない」

「そういうことだ」ジャンが言った。「悪く思わんでくれ。じゃあ、ここに残るのは、おやじとランディとシューティとアヤミとリジィとジェヌとキブキィとビストリィとレーラーだけだな。元気でな」

「わたしも残るよ」クワイが言った。

「ちょっと待ってくれ。先方には、オートバイ芸人が行くって言ってあるんだ」ジャンは焦ったようだった。「おまえが来ないと、面倒なことになるかもしれない」

「そんなこと、知ったこっちゃないよ」

「タダ働きは御免だって言ってたじゃないか」

「そう。もちろんタダ働きは御免だ。だからって、このサーカスから出ていきたいって訳じゃない。ここから出ていくことに賛同した覚えはないよ。あんたの勝手な思い込みだ」

「このサーカスにいる限り、タダ働きするしかないぞ。おまえ程の名人がこんなサーカスに埋もれているのは勿体《もったい》ない」

「確かに、勿体ないかもね」クワイはぽつりと言った。

クワイの言葉にピエロは動揺の色を隠さなかった。

「でも、逆に言えば、わたしさえいれば、このサーカス団はなんとかなるってことでもある」

シューティが笑い出した。「凄《すご》い自信だ」

「だから、わたしは全然心配していない。むしろ、あんたらが抜けることで、このサーカスの実力の平均値は上昇することになるんだよ。そうなれば、サーカスの人気は回復して客が押し寄せるだろう。タダ働きはちょっとの間だよ」

「言っとくが、おまえのことを『名人』と言ったのはただのお世辞だ」ジャンが言った。

「おまえなんかたいしたことはない。オートバイ乗りなんて、どこにでもいる」

「嘘だね」クワイは鼻で笑った。「さっきのあんたの眼は真剣だったよ」

「あれは演技だ。そう言えばついてくるって思っただけだ」

「矛盾してるよ。演技してまで引き抜きたい芸人なのに、たいしたことがないっていうのはね」

「調子に乗るな!!」ジャンは吐き捨てるように言うと、その場から去った。

数十人の団員たちも後を追って、出ていった。残った者たちにもごもごと別れの挨拶《あいさつ》を言う者たちもいれば、無視して目を合わせない者たちもいた。

蘭堂はもう一度呼び止めようと歩き出したが、ピエロはその手を引っ張った。「もういいよ。行きたい者は行かせてやってくれ」

「どうしてだ？　たった十人では、サーカス団は維持できないじゃないか」

「もちろん、わしだって、インクレディブルサーカスは維持したい。だけど、そのために芸人たちを犠牲にする訳にはいかないだろ」

「何を言ってるんだ？　じゃあ、俺たちは犠牲だっていうのか？」

「出ていきたいのなら、出ていって構わない。おまえは自分のマジシャンとしての腕前を活《い》かすために、このサーカスに入ったんだろ？　だが、もうここでは、おまえの才能を活かすことはできないかもしれない。もし必要なら、ここで作った仕掛けも持っていって構わないんだ」

「ちょっと待ってくれ。それはないだろ」蘭堂は少し混乱した。「俺なんか必要ないってことか？」

「そうじゃない」シューティが言った。「おやじはおまえがここに残るって言ってくれたことは嬉《うれ》しいんだ。だが、それでおまえの可能性を潰《つぶ》してしまうのは心苦しいって言ってるんだ」

「俺の可能性？」

「そうだ。おまえには可能性がある。ここにいていいのか？」

どうだろうか？　俺はここにいない方がいいのだろうか？

蘭堂は考えた。

劇場では彼のマジックはあまり受けなかった。ボードビルの中で、彼のショーだけが浮いていた。嵩張る舞台装置も興行主には不評だった。

悩んだ末、蘭堂は自らのマジックに適した舞台はサーカスだという結論に達した。サーカスに来る客は歌や踊りやお笑いを求めている訳ではない。彼らが求めているものは、視覚的な驚異なのだ。だからこそ、大掛かりな彼のマジックはサーカスに適している。蘭堂はそう確信していた。

そして、このサーカスは彼を受け入れてくれた。仕掛けのための資金まで提供して貰ったのだ。あの仕掛けはこのサーカス団のものだ。それまで持っていって良《い》い訳がない。俺はこのサーカスに救われたのだ。ならば、俺がサーカスを救うのは当然のことだ。

「俺には可能性がある」蘭堂は力強く言った。「そして、俺はこのサーカスで、その可能性を発揮する。ここは可能性を伸ばす場所だからだ」

ピエロは泣き崩れた。

10

リジィとジェヌは森の中を十分程駆け続け、ついに息が切れて立ち止まった。しばらくはあはあと荒い息をした後、ジェヌが口を開いた。

「あいつは何者なの？」

「聞いてなかったのか？　吸血鬼だとよ」リジィは苛立《いらだ》たしげに言った。「糞《くそ》っ！　何だよ、あいつ!!」

「どうしたらいいの？　警察に連絡すればいい？」

「それが正解だろうな。ひょっとすると、軍隊に出てきて貰《もら》った方がいいのかもしれない」リジィは携帯電話を取り出した。「あれ？」

「どうかしたの？」ジェヌは不安げに尋ねた。

「圏外になってる」

「昼間は、この辺りも圏内だったよ。木が邪魔になってるだけじゃない？」

リジィは携帯電話を持ったまま、うろうろとその場を歩き回った。「駄目だ。電波が入らない」

「おかしいわ。そんなことあり得ない。あんたが乱暴に扱うから携帯が故障してるだけじゃないの？」ジェヌは自分の携帯電話を取り出した。「……わたしのも圏外だわ」

「停電で基地局が停止してるのかな？」

「ちょっとあれ見える？」ジェヌが遠くを指差した。

「何だ、あれは？」

森のはずれでぱちぱちと火花が散っていた。

「あそこには、携帯電話の基地局があったはずよ」

「本当か？」

「ええ。きっと吸血鬼がこの近くの基地局を破壊して回ったんじゃないかしら？」

「だとしたら、電話会社は気付いているはずだ。もうすぐやってくるだろう」

「この夜中に？　それに、来たとしても、二、三人で見回りに来るだけだろうから、どっちにしても、吸血鬼には歯が立たないわ」

「これじゃ、警察を呼ぶどころか、仲間同士で連絡をとりあうこともできない」リジィは唇を噛《か》んだ。

「あいつらが全部の基地局を破壊したとは限らないわ。少し歩いて電波が届いているところがないか、調べてみましょう」

「とりあえず、それしか手がないか」

二人は月明りを頼りに、森の中を進んだ。

数分後、二人は奇妙なにおいに気付いた。

「何だ、このにおいは？　近くに獣でもいるのか？」リジィは鼻を押さえた。

「ちょっと待って。あそこに何かあるわ」ジェヌはにおいの源らしきものに向かって歩いていった。

「おい。気を付けろよ」

そこには、何か血塗《ちまみ》れのものが落ちていた。

「これ何かしら？」

「動物かな？　人間ぐらいの大きさみたいだけど」

ジェヌは携帯電話を取り出し、画面を照明代わりにして、その物体を照らした。

最初は何かわからなかった。何かの動物の皮と肉と骨をぐちゃぐちゃに掻《か》き混ぜたもののように見えた。だが、よく見ると、手足らしきものが生えているのがわかった。腕は比較的原形を保っていたが、両脚は互いに巻きつけられ、十か所以上で骨折して紐《ひも》状になっていた。衣服らしきものは纏《まと》っていたが、ぼろぼろに引き裂かれていた。服の隙間から見える肉体は不自然に捩《ね》じられ、腹部が破れ、腸《はらわた》が飛び出していた。悪臭の原因はそこらしかった。なぜか頭部はなかった。傷口から判断して、おそらく捩じ切られたのだろう。

「これ、人間なの？」ジェヌは激しい吐き気に襲われ、口を押さえた。

「女のようだ」リジィもだらだらと汗をかき、肩で息をしている。立っているのがやっとのようだ。

「あいつらがやったのかしら？」

「人間にこんなことができる訳がない。……だけど……」

「どうしたの？」

「あの若い吸血鬼が言ってただろ。モーレイっていう仲間が殺されたって」

「じゃあ、これは吸血鬼の死体なの？」

「たぶんな」

「吸血鬼同士で殺しあったんじゃないとしたら、誰が殺したの？」

「本当に吸血鬼ハンターがいるのかもしれない。そいつらに助けを求めれば……」

「いたとしても、そいつらもまともじゃないわ。正常な人間がこんな殺し方する？」

「ああ。確かに、そうだな」リジィは耐えられなくなり、モーレイの死体から離れた。

人間なら銃などの武器を使うはずだ。それに、吸血鬼と言えど、人間の姿をしたものを捩じり殺すのはさすがに異常だ。

「どうする？」

「街まで逃げるしかなさそうだ」

「逃げている間に、あいつに見付かったら？」

「全員がばらばらに逃げているとしたら、あいつも全員には手が回らないかもしれない」

「吸血鬼が一人とは限らない。あいつ、仲間がいるようなこと言ってなかった？　それにランディたちは女の子の吸血鬼に出会ったって言ってたし」

「あんなのがまだ何人もいるってのか？」リジィは頭を抱えて座り込んだ。「見付かったらまず勝ち目はない」

　ジェヌはリジィの横で腕組みをしていた。そして、徐《おもむろ》に言った。「それって本当？」

「何を言ってるんだ？」

「わたしたちじゃ勝てないって、決め付ける必要はあるのかって言ってるのよ」

「でも、どうやれば、あいつに勝てるって言うんだ？　あいつらは、空中に浮かんだり、怪力で矢を投げ付けたりすることができるんだぞ」

「あいつの得意な分野って」

「そう。あいつは何もないところで、空中浮遊したり、素手で矢を投げ付けて木を圧《へ》し折ったりできる。無敵じゃないか」

「空中を飛ぶのはわたしたちの得意分野でしょう。矢を撃つのは、シューティが得意だけど」

「空中を飛べるのは、空中ブランコがあるところだけだ」

「そう。つまり、空中ブランコがあれば宙を飛べるのよ」

「ちょっと待ってくれ。つまり、空中ブランコに乗って、吸血鬼と戦おうって言ってるのか？　正気なのか？」

「勝てないと思う？」

「勝てる訳ないじゃないか。勝てるとしても万に一つだ」

「空中ブランコに乗っても、勝てるのが万に一つだとしたら、空中ブランコもなしでどうやって勝てるというの？」

「……不思議だな。なんだか、おまえが正論を言っているような気がしてきたよ」

「大テントに行くよ。わたしたちが勝てるチャンスがあるのは、あそこだけだもの」

リジィは頭を掻き毟《むし》って、考えていた。

「よし。決めたぞ。あそこには、空中ブランコの他に、いろいろな道具もあったはずだ。それを使えば、なんとかなるかもしれない」

二人は来た道を戻り出した。

これは大きな賭《か》けでもあった。吸血鬼の立場に立てば、広大な森の中を捜し回るのは、効率が悪い。それよりも、サーカス団員たちが生活の場にしているテントの近くで待ち伏せした方が有利だと考えているかもしれない。その場合二人は、テントに辿《たど》り着くことすらできない。しかし、森の中を逃げ惑った挙句、吸血鬼に遭遇した場合は、全く勝ち目がない。テントに辿り着ける方に賭けるしかないのだ。

テントはぼんやりとした薄明りで闇の中に浮かび上がっていた。すでに電気の配線は済んでいるので、非常灯が点《つ》いているのだ。

二人はなるべく音を立てないようにして、大テントに近付いた。

吸血鬼の気配も他の団員の気配もない。

まだ側面しか布を張っていないため、天井はなく、真上には夜空が広がっている。中央の丸盆ステージの周囲の観客席はまだ設営が終わっておらず、仕切り用の板があちこちに散らばっている。そのうちいくつかは、丸盆に立てかけてあり、そのまま丸盆に上るスロープになっていた。丸盆への段差はたいしたことはないが、音を立てずに上るには役に立った。

二人はもう一度周囲の様子を確認すると、そろそろと中央の柱に取り付けられた梯子《はしご》を上り始めた。

いつもの見慣れた景色のはずだったが、明るい照明ではなく、非常灯と月明りだけだと、とても不安定で心細いものに感じた。

柱の中ほどまで上った状態で、二人は周囲の様子を三たび確認した。大テントの周囲に広がる寝小屋や動物小屋からも、僅《わず》かに灯《あか》りが漏れているが、中に誰かがいるとは限らない。防犯上、常に灯りを絶やさないことが習慣になっているからだ。もちろん、団員の誰かがあの中のどれかに逃げ込んで息を潜めている可能性はある。そして、吸血鬼がやってくる団員を待ち構えている可能性もまたあるのだ。

二人はさらに上り、柱の頂上付近にある張り出し台に到着した。ブランコを手繰り寄せ、手元に確保する。

「たぶん、チャンスは一回だけだろうな」リジィは言った。「俺たちは自由に飛べる訳じゃない。あいつの隙を突いて、一撃で決めないと、その後は吸血鬼の狙いたい放題になってしまう」

「思いっきり腹を蹴《け》り飛ばせば、致命傷になるかしら？」ジェヌが尋ねた。

「頸を矢で貫かれても死ななかったやつだ。何か武器が必要だろう」

「一応、下にあったナイフを持ってきたけど」

「飛びながら、これで刺すのは難しそうだな」リジィはナイフを受け取った。「……ここにワイヤがある。これの方が少しは役立つかもしれない」

「ブランコを引き寄せるための棒もあるよ」

「ああ。これは使えるかもな。だけど、持ったまま飛ぶのは難しいな」

「ベルトの背中側に挿し込んでおいたら、どうかしら？」

「う～ん。やったことないことをするのは、避けたいところだな……」リジィはポケットから煙草を取り出し、咥《くわ》えようとした。

「こんなときにやめなよ」ジェヌは煙草をもぎ取った。

「吸った方が集中できる」

「吸血鬼が煙に引き寄せられて来るかもしれないじゃないの」

「血を吸うんだから蚊みたいに煙で追い払えるかもしれないぞ」

「馬鹿なこと言ってないでよ」

「じゃあ、煙草はやめ……」リジィの言葉が止まった。

　ジェヌもその訳はわかっていた。

二人は凄《すさ》まじい戦慄《せんりつ》に包まれたのだ。それはウィーゼルの殺気とは全く違っていた。ウィーゼルのそれは少年に特有の陽気と狂気を孕《はら》んでいたが、この殺気は遥《はる》かに陰湿なものだった。自分以外の全てのものを否定する強烈な悪意を撒《ま》き散らしている。

リジィはジェヌに目で合図した。

ジェヌは黙って頷《うなず》いた。

敵にこちらの位置は簡単にわかるのかもしれない。だが、わざわざ教えてやる必要もない。

二人はそれぞれ台の両側の端にできるだけ音を立てないように移動し、眼下を監視した。

丸盆にも客席にも吸血鬼の姿はなかった。出入り口にも異状はない。

思い過ごしかしら？

ジェヌは思った。

気が昂《たかぶ》り過ぎて、ありもしない殺気を感じたのかもしれない。だけど……。

二人が同時に感じたのは偶然ではない気がする。やはり、何かが近付いているのかもしれない。

ジェヌはそろりそろりと台の端から下を覗《のぞ》き込みながら、一周するような動きをした。

リジィも約半周遅れで同じ行動をとる。

ここからはサーカス全体を見渡せる。見付からないということはやはり錯覚なのかもしれない。

「ねえ。これは釣り餌《え》にするための茶番なの？　それとも、本当に馬鹿なの？」真上から声が聞こえた。

ジェヌの全身はがたがたと震え出した。どうしても、抑えることができない。なんとか顔を少し上げると、リジィもまた恐怖のあまり動くことができないようだった。

ジェヌは唇を血が出るまで噛みしめた。

頑張れ、ジェヌ！

自分を鼓舞すると、いっきに上を見上げた。

そこには大きく胸の開いたドレスを着た成熟した女性がいた。彼女は鉄柱の頂上にすっと立ち、下眼遣いに二人を見下ろしていた。

そうだ。こいつらは飛べるのだから、下から来ると決めつけてはいけなかったんだ。大変な間違いをしてしまった。だけど、こいつはいきなり襲ってきたりはしなかった。まだ運は残っているわ。

ジェヌはちらりとリジィの方を見た。

彼もまた震えながらもなんとか、上を見ようとしていた。

そう。心が折れなければ、戦うことはできる。

「あんた誰？」ジェヌは声を震わせることなく、なんとか質問できた。

「もう本当の名前は忘れてしまったわ。でも、あたしのことを呼びたいのなら、キャタピラーでいいわ。みんなはそう呼んでるから」

「わたしたちを殺したいと思ってるの」

「別に殺したくはないわ。おまえたちみたいな屑《くず》を殺すのは、面倒だもの」

ジェヌは少しほっとした。こいつは兇悪《きょうあく》な殺人鬼ではないらしい。

「でも、殺せって言われてるのよ。皆殺しにしろって」

ジェヌはその一言で絶望に包まれた。だが、それを相手に悟られてはいけない。

「そんな必要はないんじゃない？」ジェヌは提案した。

「ああ。たぶんそうね。でも、やれって言われてるから……」

「わかったわ。あんたは下っ端って訳ね」

「今、おまえ何て言った？」キャタピラーは鉄柱の先端からすっと飛び降り、ジェヌの目の前の空中にぴたりと止まった。その目は冷たい怒りに満ちていた。

ジェヌは一筋の光明が見えた気がした。だが、それはまだとても微《かす》かだった。ただの希望的観測に過ぎないのかもしれない。

「あんたたちのボスは下っ端吸血鬼をこっちに寄越して来たんだって言ったのよ。本当のことでしょ？」

次の瞬間、キャタピラーはジェヌの胸を押した。それはほんの軽くだったように見えたが、ジェヌは激しい衝撃を受け、数メートル吹っ飛んだ。

リジィがジェヌに飛び付き、なんとか台の上に留《とど》まらせた。

「おまえ今糞つまらないこと言ったわね」キャタピラーは目をぎらぎらと光らせた。

「だってそうでしょ？　あんたはボスの命令を聞くしか能がない。ボスに殺せと言われたから殺すのよね」ジェヌは息も絶え絶えになりながら、なんとかそれだけ言うことができた。

肋骨《ろっこつ》が何本か折れた気がする。心臓の動きもおかしい。

死んでは駄目。

ジェヌは必死で深呼吸を繰り返した。なんだか、呼吸が止まると心臓も止まるような気がしたからだ。

果たして、キャタピラーを怒らせることに意味があるのかどうか、わからない。だが、このままだとどうせ殺されるのだ。怒らせて行動が変われば儲《もう》けものだ。

「ジェヌ、もうやめろ。俺がこいつをなんとかする」リジィが言った。

「一人でそんなことできる訳がないわ」ジェヌが答えた。

「そう。ただ殺すだけなら、グリズリの命令に従うだけということになってしまう」キャタピラーは誰に言うでもなく言った。「だったら、あたしは一つ条件を追加しよう。そうすれば、単純に命令に従った訳ではないことになる」

「どんな条件だ？」リジィが尋ねた。

「簡単なことだ。十秒間だけおまえたちに時間をやろう。十秒間あたしは一切何もしない。十秒の間におまえたちが何もできなかったら、おまえたちの命はない。だが、もし、十秒の間に何かできたのなら……」

「俺たちを見逃してくれるのか？」

「見逃すも何もない。十秒後、あたしがおまえたちを殺せる状態だったら、即座に殺す。それだけのことだ。生き延びたければ、十秒の間に何かしてみろ、糞虫ども」

「よし、吸血鬼、その話に乗ったぞ」リジィが言った。「だが、そこではなく、もう少し離れた場所にいてくれないか」

「あたしがそこまでおまえたちに妥協する必要はない」

「元々実力差があるのに、ハンデはたった十秒なんだぞ。もう少し配慮してくれてもいいんじゃないか？　あんたにはそれだけの権限もないのか？」

キャタピラーは冷たい瞳《ひとみ》で二人を見詰めた後、空中を少しだけ離れた場所に移動した。

「さあ、今から十秒間だ」彼女は目を瞑《つぶ》り、ゆっくり数えだした。「一、二、三……」

「偶然ながら、吸血鬼はベストの位置に来てくれた」リジィはジェヌの耳元で囁《ささや》いた。

「これで勝てないのなら、そもそも全く勝ち目はなかったってことだろう」リジィは台の上に固定されたブランコを見た。「ブランコは二つある。もし俺が失敗したら、仇《かたき》を討ってくれ」

「六、七、八……」

「待って。何か手を考えてから……」ジェヌは必死の思いで言った。

「その時間はもうない。信じてくれないかもしれないが、おまえに出会えて幸せだった」リジィはブランコを掴《つか》むと、空中に飛び出した。そして、身体を大きく揺らし、その爪先《つまさき》をキャタピラーの腹に突き立てるようにして、突き進んだ。

リジィの脚はベストの位置に当たった。手応えもあった。だが、キャタピラーには殆《ほとん》どダメージはなかったようだった。

「十！」キャタピラーは腹に当たったリジィの足首を掴んだ。

リジィは絶叫し、必死にもがいた。

「あれだけ大口を叩《たた》いて、本当にこれだけなのか？」キャタピラーの形相はどんどん獣じみていく。

ジェヌもまた絶叫した。

キャタピラーはリジィの脚を強く引っ張った。

リジィは耐え切れず、ブランコを離した。キャタピラーに脚を掴まれたまま、逆さ宙《ちゅう》吊《づ》りの形となった。

まだ、ネットは張っていない。今、キャタピラーが手を離したら、リジィは真っ逆さまに落ち、命はないだろう。

急がなくては。

ジェヌは必死に手を動かした。

「女、おまえは来ないのか？」キャタピラーは右手でリジィの足首を掴んだまま言った。ふらふらと宙を漂う度にドレスの裾《すそ》が翻る。

こんな状況でなかったら、綺《き》麗《れい》だと思ったかもしれない、とジェヌは感じた。

「こいつは蹴るしか能がなかった」キャタピラーは続けた。「おまえたちはあたしのように自力で飛ぶことはできない。これはまあ大変なハンディキャップね。だからと言って、対等であるべきだとは思わないけどね。おまえたちは、楽に死ぬこともできたのに、わざわざあたしに挑戦してきた身の程知らずなのだから、それ相応の報いを受けてしかるべきなのよ」

「勝手な言い草ね。わたしたちはあんたたちと戦いたいと思ったことは一度もないわ」

「そりゃそうでしょ。水の中の魚は釣られたいと思ってる？　空飛ぶ鳥は撃たれたいと思ってる？　農場の家畜は肉にされたいと思ってる？　おまえたちは殺されたいとは思ってない。それは知ってる。でも、そんなことは関係ない。世界は常に殺す側の意思が優先するようにできてるんだから」

もう少し。もう少し時間があれば……。

「苛々してきた」キャタピラーは言った。「今すぐ、この男を落として、おまえも血祭りに上げてやってもいい。だが、それではつまらない。おまえの戦い方を見せてくれ」

ジェヌは答えなかった。答えている暇はないのだ。

「じゃあ、おまえが来ざるを得なくしてやろう」キャタピラーは左手の人差し指を立てて見せた。その真っ赤な爪は見る見る伸び始め、三十センチ程の長さになった。「これは折れやすいただの爪じゃない。鋭い刃物だ」

なぜ武器を？　武器などなくても、わたしを倒せる自信はあるだろうに。

「今からこれで、この男の腕を引っ搔いてやることにする」

　リジィを傷付けて、わたしを誘おうとしているの？　リジィはどれだけ耐えられるかしら？　急がないと。

「ところで、こいつはおまえの何だ？　夫か？　愛人か？　兄弟か？」

　ジェヌは答えなかった。本当のことを言おうが、嘘を言おうが、どう答えてもキャタピラーを喜ばせる結果になりそうだと思ったからだ。

「答えないのか。じゃあ、おまえの愛人だと思うことにする。そう思った方が楽しめるからな」キャタピラーは左手を一振りした。

　あまりに速く、ジェヌの目には引っ搔いたのかどうかわからなかった。だが、次の瞬間、リジィの右腕の肘《ひじ》と肩の間辺りに傷口が現れ、血が噴き出した。

軽く振っただけに見えた。だけど、傷は相当深そうだ。

　リジィの腕がぽとりと落ちた。

　ジェヌは目の前で起こっていることを理解するのに数秒を要した。

　リジィは右腕を肩と肘の間で切断されたのだ。血が凄まじい勢いで流れ出している。目を見開いたまま、ぶるぶると痙攣《けいれん》している。一刻も早く止血しなければ、命に関わるだろう。

　ジェヌは吐き気を覚えた。

この怪物は生かしてはおけない。

「音が……聞こえる」リジィが呟《つぶや》いた。「だから……早まる……な」

「何⁉」ジェヌが言った。

「もう少し待てば……」

「たわ言を聞く必要はない」キャタピラーは決め付けた。「早く掛かって来い。そうしないと、左腕も切り落とすぞ。それとも、脚の方がいいか？」

「うわあああ‼」雄叫《おたけ》びを上げながら、ジェヌはブランコの横木を摑み、キャタピラーに向かって飛び出した。

キャタピラーは鋭い爪の剣を振り上げた。

ジェヌはブランコから手を離した。

キャタピラーは、ジェヌが手と脚のどちらかをブランコに掛けていなければならないと思っている。だから、両手両脚を離して飛び掛かられるのは想定外のはずだった。

ウィーゼルとキャタピラーの二体の吸血鬼の能力を見る限り、正面からぶつかった場合、人間は全く太刀打ちできないだろう。あいつらを倒すには、奇襲しかあり得ない。リジィの行った空中ブランコによる飛び蹴りは奇襲にはならなかった。だが、この攻撃は奇襲になるはずだ。

単に手を離したというだけではない。

ジェヌは背中に手を回した。ブランコを引き寄せるための棒を密《ひそ》かにベルトに挿しておいたのだ。それを引き抜きながら、宙を飛び、槍《やり》のようにキャタピラーの顔を突いた。顔には目がある。また脳に近い顔を攻撃すれば、ある程度のダメージを与えられると考えたのだ。

同時に両脚で、リジィの胴体を挟んだ。

キャタピラーは顔への攻撃で混乱したのか、浮遊が不安定となった上、掴んでいるリジィの身体を引っ張られたせいでバランスを崩し、降下した。

ジェヌの目論見《もくろみ》では、攻撃と同時にリジィを奪還するはずだったが、キャタピラーの腕力は思っていたより遥かに強力だった。

ジェヌとリジィとキャタピラーは繋《つな》がったまま同時に落下する。

がたん！

三人の身体は落下の途中で急停止した。

ジェヌは自らの胴体をブランコの横木にワイヤで結わえつけていた。後ろ手でこの作業をしていたため、リジィの救出までに時間稼ぎをする必要があったのだ。

ブランコにワイヤで括《くく》られたジェヌが両脚でリジィを掴み、そのリジィの足首をキャタピラーが掴んでいる。三人がぶら下がったまま、ブランコは揺れ続け、三人分の体重にブランコの揺れによる遠心力が加わる。ワイヤはジェヌの腹部を締め付け、リジィを挟む両脚の力も徐々に失われていく。

早く仕留めなければ……。

ジェヌは焦った。この攻撃は次には奇襲とはならない。倒すのに手間取れば手間取る程、この怪物は厄介な存在になっていく。

彼女は棒の先端に付いている金具で、キャタピラーの眼球を狙った。目を潰《つぶ》せば、さすがに戦闘力は激減すると思ったのだ。

一打目は目の下の頬に当たり、出血した。

目をはずしたのは残念だけど、こいつらを傷付けることはできる！

ジェヌはその事実に力付けられ、棒を渾身《こんしん》の力で突き下ろした。

棒が動かなくなった。

キャタピラーが噛み付いている。

ジェヌは引き抜こうとしたが、押しても引いてもびくともしない。

キャタピラーは首を大きく動かした。

ジェヌの手から棒がもぎ取られた。

キャタピラーはそのまま棒をばりばりと噛み潰し、床に向けて吐き捨てた。

「二人とも、絶対に楽には殺さない。糞人間ども!!」氷のように冷たかったキャタピラーの瞳に炎のような怒りが宿った。

ぐねぐねと肉体が変形を始め、その姿は巨大な蝙蝠《こうもり》のそれへと変化を始めた。

「リジィ、頑張ったけど、もう駄目かもしれない」ジェヌは弱音を吐いた。

「まだ……大丈夫……だ」リジィは掠《かす》れた声で呟いた。「音が……聞こえるだろ？」

変身を終えたキャタピラーは大きく翼を広げた。

11

蘭堂が入団して、一年が経とうとした頃、漸《ようや》く水中大脱出の装置が完成した。基本的な原理は脱出王と言われたマジシャン・フーディーニの頃とほぼ同じだったが、何か所か蘭堂独自の改良点があった。

まず床が開いてプールが現れる点だ。蘭堂は以前から床の上でごろごろと水槽を運ぶのは結構間が抜けていると考えていた。床を使うもう一つの利点はプール全体の大きさや深さをうまく誤魔化せるということだ。実際には水の入っている部分はごく僅《わず》かなのだが、屈折や反射による錯覚で結構大きく深い水槽のように見えるのだ。全体を見渡せる水槽だと、こういう錯覚は生まれない。

そして、頭上からは「棺桶《かんおけ》」も現れる。それは木で出来た四角い箱に過ぎないが、これもまた突然現れる。同じく木の蓋《ふた》がついていて、蘭堂が中に入ると、閉まるようになっている。もちろん、「棺桶」には種も仕掛けもあるのだが、素人にはわかるはずがない。客席から何人か舞台に上げて、確認させるつもりだが、サクラを使う必要すらない。「マジシャンが堂々と調べろと言ってるのだから、調べても何もわかるはずがない」という思い込みがあるからだ。仕掛けは精巧に隠してあるので、おざなりに調べたぐらいでは絶対にわからない。

そして、蘭堂は「棺桶」に入る。客の何人かに蓋を「棺桶」本体に釘《くぎ》で打ち付けて貰《もら》い、その後でちゃんと蓋が固定されているのを確認させる。釘穴が開いていたら怪しまれるので、蓋は毎回新しいものを用意する。

ここまでくればマジックは成功したも同然だ。実は釘は全くのフェイクであり、微妙に短く、蓋を貫通することはないのだ。では、なぜ蓋が固定されているかと言うと、内側に蓋を固定する機構が組み込まれているからだ。簡単なロックのようなものだが、目の前で釘を打ち付けた直後に蓋を確認すれば、たいていの者は釘で固定されていると思い込む。釘で固定されている蓋は内側からははずせない。しかし、実際は逆だ。蓋をはずせるのは内側からだけで、外側からははずせない仕掛けになっているのだ。

内側から自由に蓋をはずせるのだから、脱出は自由自在だ。だが、このマジックの新しい点はそこではない。「棺桶」のあちこちに直径数センチの穴がいくつか開けられていて、これを水に浸《つ》ければ内部に水が浸入することになる。水の浸入により、「棺桶」は一種の時限式の処刑装置となる。これは観客の緊張を高める効果を持っている。

蘭堂はマジックの開始前に、呼吸を止めていられるのはせいぜい一分程だと印象付ける。これで、処刑完了までの制限時間は一分ということになる。だが、これは嘘で、訓練により、蘭堂は三分以上息を止めていられる。日本の海女《あま》などには五分も止められる者がいるということなので、これは別段驚くべき数字ではない。さらに、穴から水が流れ込むのは、そんなに速くはない。内部が完全に水で満たされるまでに一分近く掛かる。
つまり、観客が一分程だと思っている制限時間は実は四分もあることになる。

　これだけ余裕がある上に開閉は中から行えるのだ。失敗する理由がない。これほど安全なマジックはないと言ってもいい。蘭堂はそう言って自慢していた。自分の設計した装置に完璧《かんぺき》な自信を持っていたのだ。

「サーカスの芸に慢心は禁物だよ」クワイは装置の確認をする蘭堂に近付いて言った。

「ああ。あんたのオートバイの曲芸はそうだろうね」蘭堂は言った。「でも、これには種があるんだ。マジックだから」

「サーカスを嘗《な》めていると、いつかしっぺ返しが来るよ！」クワイは不機嫌そうに、その場から離れた。

　蘭堂は溜《た》め息を吐いた。

　そして、本番の日がやってきた。

　まずは人体切断を含むいくつかのマジックを見せる。それほど目新しくないものを見せられて観客は多少退屈し始める。

　さあ、これからだ。

「会場の皆さん、あなたがたは実に幸運だ!!」蘭堂は大げさに言った。「なんと、これから皆さんは世界初公開の超大型脱出マジックを目撃することになるのです。さて、身近で最も危険なものは何でしょう？　サーカスの芸の多くは高所で行われます。人間の肉体は落下に対して、とても無防備です。ほんの数メートルの高さからの落下で命を失うことも稀《まれ》ではありません。そして、猛獣、これも恐ろしいですね。皆さん、知っていますか？　ペットの犬、そして猫ですら、全力で向かって来れば、人間の力では全く太刀打ちできないことを。このサーカスで扱っているライオンや虎はなおさらです。ここだけの話、彼らは人間の方が強いと錯覚しているから猛獣使いに従っているだけなのです。もし自分たちの方が強いと気付けば、その瞬間に猛獣使いは喰《く》い殺されてしまいます。だから、皆さん、約束してください。猛獣たちには、今の話は絶対に内緒ですよ」

　ここで少し笑いが生まれる。

　さて、いよいよ本題だ。

「しかし、皆さん日常生活で段差からの転落の危険はありますが、数メートルも落下するような局面はそうそうありませんね。猛獣についてもそうです。街中を歩いていて、虎やライオンに襲われる可能性はまずありません。では、日常生活で最も恐ろしいものは何でしょう？　そう。水です」

　ここで蘭堂は足下のスイッチを踏んだ。

　床が開き、プールが露《あら》わになる。

　蘭堂はしゃがみ、プールから掌《てのひら》に水を掬《すく》う。

「このように水にはなんの危険も存在していないように見えます。しかし、その見掛けにかかわらず、水は極めて危険なのです。なぜなら、水の中で人間は呼吸できないからです」ここで蘭堂は一息ついた。「さて、皆さんに質問です。呼吸しないで、人はどのぐらい生きられるでしょうか？　手を挙げなくても結構です。これは簡単に実験できます」蘭堂は何の変哲もないシルクハットから巨大な時計を取り出した。軽いマジックだ。「今から、皆さんと実験してみましょう。わたしが合図したら、全員で一緒に息を止めるのです。それだけで何秒ぐらいが限界かわかります。それではいきますよ。一、二の三！」

　時計の針が動き出す。

　最初から息を止めようとしない客もいるが、大半は一緒に息を止める。そして、たいてい三十秒程度で我慢できなくなる。訓練していない者はその程度だ。

　蘭堂は息を止め、四十五秒あたりで、限界に達した演技と共に、呼吸を再開する。

「失礼……今のは……失敗です。いつもは一分は……持つのですが……今日はあいにく、体調が……思わしくないせいです。……しかし、本番は……気力で乗り切るので……失敗はあり得ませんので……ご安心を」蘭堂は大げさに肩で息をした。

　これで観客には制限時間は一分——ひょっとしたらもっと短い時間——だと印象付けることができた。

「わたしはこのプールに入る訳ですが、ただ飛び込むだけなら、潜水と変わりません。これはショーなので少し趣向を凝らします」

　蘭堂はまた別のスイッチを踏む。

頭上から「棺桶」が下りてくる。まだ蓋は閉まっていない。

「これは『棺桶』です。縁起でもない？　でも、これはわたしが命名したものです。今更変えるつもりはありません。この『棺桶』をよくご覧ください。普通の棺桶と違う点があるのがおわかりでしょうか？　そうです。いくつか穴が開いています。これを水に沈めると、この穴から水が浸入してきます。そう。皆さんのご想像通り、わたしはこの『棺桶』に入り、プールに沈められます。しかし、ご心配なく。わたしは溺《おぼ》れる前にこの『棺桶』から脱出してご覧に入れます。さて、この一張羅を駄目にしてしまうのは、あまりにも辛《つら》いので、ここでわたしは水着に着替えることにいたします」

蘭堂は瞬時に燕尾《えんび》服《ふく》を脱ぎ捨て、水着姿になる。

「では、客席から立会人の方を選びたいと思います。我こそはと思われる方は挙手願います」

数十人の手が挙がり、蘭堂はそこから屈強そうな二人の男性を選んだ。

「ここに鎖があります。何重にしても構いません。これでわたしの手と足を縛って、最後に南京錠《なんきんじょう》をかけてください」

もちろん、マジシャンにとって、鎖抜けなど造作もない。観客もそのぐらいのことはわかっているだろうが、これも演出の一つだ。

蘭堂は徐《おもむろ》に「棺桶」の中に入った。この時点で「棺桶」は立てられているため、中の様子は観客によく見える。

「では、そこにある蓋を被《かぶ》せて、釘で打ち付けてください」

打ち付けが始まった時点で、蘭堂は蓋を内側からロックした。

これで、蓋は開かなくなった。釘が効いていないことには気付かれない。

「それでは『棺桶』を倒してください」箱の中から蘭堂が言う。

「棺桶」を倒すと、横に開いている穴から、中の様子が垣間《かいま》見える。すでに鎖ははずしているが、このときはまだ手に鎖を絡めておく。

「では、クレーンで、『棺桶』を持ち上げ、プールに沈めることにいたします。プールに沈むと、喋《しゃべ》ることはできなくなりますので、説明の方は今から助手の女性にバトンタッチいたします」

「では、これからはわたしが説明させていただきます」舞台に華麗に登場したアヤミが後を継いだ。

ピエロがクレーンを操作し、「棺桶」を運び、プールの上に持ってきた。

「今から、『棺桶』をプールに沈めます。制限時間は一分間、さあマジシャン・ランドーは無事生還できるでしょうか」

「棺桶」が降ろされていくのを感じた。やがて、穴から水が浸入してくる。水中に入ってしまえば、水面の乱反射で観客が穴を通して中を見ることは難しくなる。

蘭堂は手足の鎖を完全にはずし、ただただ待つことになる。

観客はすでに蘭堂が呼吸を止めていると思っているが、まだまだ「棺桶」の中には充分に空気がある。やがて、「棺桶」内部が水で満たされる。外の音は聞こえにくくなるが、アヤミの声はスピーカーで拡大されているので、聞きとることができる。

「さあ、一分が経ちました。そろそろ、マジシャンは限界のはずですが、大丈夫でしょうか？」

観客は限界だと思っているが、実際にはこれから約三分間の余裕がある。もちろん、三分すべてを使い切るつもりはない。脱出はあと二分後だ。

「ちょっと待ってください。……もう一分半が経ちました。何かトラブルが起きたようです」アヤミが不安そうな演技を始める。「今すぐ『棺桶』を引き上げてください」

「棺桶」は少し持ち上がった後、また沈み始めた。予《あらかじ》め、クレーンのロープははずれるように仕組んであるのだ。

よし。すべては手《て》筈《はず》通りだ。

「大変だわ。もう二分経ってる！　きっとマジシャンは窒息しているわ」

そろそろ外に出る準備をするか。

蘭堂は内側から蓋のロックをはずした。

「何か大きなトラブルがあったみたい。もし事故だったら、お客さまに見せる訳にはいかないわ。すぐにプールの周りに幕を下ろして頂戴《ちょうだい》！」

普通に考えれば、事故なのに幕で隠すという行為自体がおかしいが、緊急事態という思い込みが観客の判断力を鈍らせるのだ。

プールが幕によって、観客から隠されてからが本番だ。蘭堂は素早く「棺桶」から出る。同時にアヤミは幕の中に入り、服を脱ぎ捨て、水着姿となり、「棺桶」の中に入り込む。訓練により、二人はこれらの行動を十秒で行えるようになっていた。

何食わぬ顔で幕の外に登場した蘭堂は、呆気《あっけ》にとられた観客に向かって「さあ、早く彼女を助けないともう時間がない」などと言いながら、一分も掛けずに「棺桶」の蓋から釘を引き抜き、中からぐったりしたふりをしているアヤミを救出する。蘭堂は彼女の顔の前で指を鳴らす。

次の瞬間、アヤミはぱちりと目を開け、蘭堂に抱き着く。テントの中は割れんばかりの拍手に包まれる。

これこそが、入れ替わりと水牢《みずろう》脱出を同時にこなす大マジックだ。

おっと。脳内シミュレーションをしている暇はなかったな。

穴から外を見ると、幕は完全に下りたようだ。

蘭堂は蓋を押し上げようとした。

だが、蓋は動かなかった。

ロックのはずし忘れか？

蘭堂はもう一度ロックを確認した。確かにはずしている。

機構が壊れたのか？　しかし、壊れる程の複雑な構造ではない。たぶん何かが引っ掛かっているんだ。

蘭堂は全身の力を込めて、蓋を押し上げようとした。

びくともしない。

蘭堂は恐怖に襲われた。肺が縮まろうとし、口からぶくぶくと空気が逃げ出していく。

蘭堂は慌てて口を押さえる。

落ち着け。落ち着くんだ。俺は三分間息を止めていられる。まだ一分以上、余裕があるはずだ。

とにかく緊急事態だということを伝えなくてはならない。

蘭堂はどんどんと「棺桶」の内側を叩《たた》こうとしたが、水の抵抗でうまく叩けない。

すでにアヤミは服を脱ぎ、水着姿となって、プールの横で待機しているはずだ。だとしたら、まもなく異変に気付くはずだ。それまでどのぐらい掛かる？　一分か？　三十秒か？　アヤミは三十秒が生死を分けることを理解しているだろう。蓋が開くのが三十秒遅れた時点で彼女が異変に気付いたとして、救出まではどのぐらい掛かるか？

もう一度ロープを「棺桶」に括《くく》り付け、引き上げれば、中の水は穴から流れ出す。だが、その決断をするまで、どのぐらい掛かる？　そもそも誰が決断するんだ？

ピエロが決断するまで待っていたら、一時間は掛かりそうだ。

目の前が真っ暗になった。それが絶望によるものか、酸素不足によるものか、判然としなかった。

甘過ぎた。何か大きなミスをしたようだ。ちゃんとクワイの言うことを聞いておくべきだったのだ。

音が聞こえた。

何の音なのか、なかなか思い出せなかった。

いい音なのか、悪い音なのか。

今、思い切って、息を吐いて水を吸えば、楽になるんだろうな、と思った。

それとも、あと一分かそこら苦しみ抜くか。

俺のせいでサーカスは大変なことになるんだろうな。アヤミは苦しむことになるかもしれない。責任感の強い彼女は、きっと、自分がすぐに気付かなかったせいだと思ってしまうだろう。全てが俺のせいで、彼女には全く非がない。だが、それを伝えてやる方法がない。

涙が出ているのかどうかすら、わからない。

最後にひと足掻《あが》きするか。無駄だとわかっていても、蓋の裏側を掻き毟《むし》るべきだろうか？

やめておこう。足掻いても苦しいだけだ。

空気を吐いた。

そして、水を吸う。

苦しい。

激しく後悔した。

俺は死ぬ。

音が聞こえた。

今度ははっきりとわかった。

クワイのオートバイの音だ。

クワイ、君の忠告を聞かずにすまなかった。

蘭堂の意識がなくなるのと、オートバイが「棺桶」の蓋を突き破るのとはほぼ同時だった。

12

「お嬢さん、失礼じゃが、日本の方かの？」杖《つえ》を突いた老人が話し掛けてきた。日本語だ。「ああ。いや。うちの近くによく似た顔立ちの一家がいたんで」

吸血鬼の襲来の一週間前、テントの設営場所が決定して一段落付いたので、アヤミは広場の隅でぼんやりと日向《ひなた》ぼっこをしていたのだ。

本来、先乗りして、現地での手続きとライフラインや作業員の確保などをするのは、芸人ではなく事務方なのだが、今のインクレディブルサーカスの状況ではそうも言っていられない。芸人たちが互いに出番を融通し合って、交代で先乗りの役割を果たしているのだ。

「ああ。わたしの母が日系人なんです」アヤミは日本語で答えた。

「随分、日本語が上手じゃの。家ではふだん日本語かい？」

老人の頭髪は殆《ほとん》どなく、ところどころ白っぽいものが残っているだけだ。日焼けなのか、酒焼けなのか、日本人にしては皮膚の色が相当に濃い。顔中皺《しわ》だらけで、疎《まば》らに無精髭《ひげ》を生やしている。服装はラフでTシャツとジーンズだ。旅行者には見えない。

「少し前まではそんなにうまくはなかったんですよ。数年前から、日本人の方と一緒にお仕事をするようになって、日本語で会話をしてるので、多少は上達したのかもしれません」

「なるほど。その日本人ってのは、きっと男じゃな」老人は意味ありげににたりと笑った。「上達も速かろう」

「いえいえ。そういうのでは……」アヤミは慌てて、手と首を振って否定した。

「その態度で、男だというのは確信したよ」老人は前歯のない口でへらへらと笑った。

「お爺《じい》さんは日本の方なんですか？」アヤミは少しむっとした調子で言った。

「わしは岡崎徳三郎《おかざきとくさぶろう》という者じゃ。徳さんと呼んどくれ。日本から来たんじゃが、今はバックパッカーをやっとる」

「バックパッカーですって？」

「低予算で国外を個人旅行する旅行者のことをバックパッカーと言うんじゃよ」

「それは知ってますけど、若い人のイメージがあるので……」

「わしは見た目より結構若いんじゃ。まだ引退して三十年にしかならん」

「えっ？」

「今、この中に住んどるんじゃ」徳さんは杖で森の方を指した。

「野宿ってことですか？」

「さすがに、それはせん。丸太小屋を借りて住んどる。この辺りは夜は物騒じゃと言うしの」

「この辺りは犯罪が起きそうな場所ではないと思いますが」

「人間ではないそうじゃ」

「熊や狼ですか？」アヤミは少し不安になった。

団員たちはテントで寝泊まりする。もし猛獣がいるのなら、対策をしておかなくてはならない。

「いや。動物じゃない」

「人間でも、動物でもないって……」

「妖怪《ようかい》じゃよ」徳さんは真顔で言った。

　アヤミは笑い出した。

　徳さんも笑った。

　よく笑うお爺さんだ。第一印象はあまりよくなかったけど、そんなに悪い人ではないみたい。冗談好きだし。

「どうかね？　うちを見に来たらどうじゃ？　ＤＩＹで、日本の古民家風に改装したんじゃが、誰にも自慢できないのを残念に思っとったところでの」徳さんが言った。

　どうしようかしら？

　アヤミは少し迷った。

　初めての土地で見知らぬ人物についていっていいものかしら。

　確かに、老人だからといって信用していいとは限らない。だが、老人になら簡単にはやられないだろう。もし、仲間が待ち伏せしていそうな場所に近付いたなら、全速力で逃げればいい。

「じゃあ、拝見させて貰《もら》おうかしら？　ただし、家の外から部屋の中を見るだけね」

徳さんはじっとアヤミの顔を見た。「おお。用心深い人じゃの。まあ構わんさ。家はこっちじゃ」徳さんはさっさと森の中に入っていった。

　アヤミは慎重に後を追った。

　徳さんは鬱蒼《うつそう》とした森の中をまるでジョギングするようなスピードで突き進んだ。しかも、進路変更を最小限にし、僅《わず》かに身体を左右にずらすだけで、木々の間を擦り抜け、ほぼ直進しているのと変わらないように見えた。

　アヤミが後を追っても、到底その速度では歩けなかった。木の幹にぶつかり、服や髪が枝に絡まるのだ。

　この徳さんとかいうお爺さんは森の中の道を熟知しているのかしら？　それとも、身体能力と動体視力が極めて発達しているのかしら？

「あんた、なかなか身のこなしがいいの」徳さんが言った。

「わたしの身のこなしがいいですって？　こんなにもたついているのに？」

「あんたはわしにゆっくり行けとか、立ち止まれとか言わずに、同じ速度でついて来ようとした。自分の動きに相当な自信がある証拠じゃ。あんた、仕事は何かの？」

「……サーカス芸人です」アヤミは少し迷った末、答えた。

「サーカス？　近くにサーカスはなかったようじゃが？」

「来週、さっきの広場に来るんです」

「なるほど。それは楽しそうじゃ……と言いたいところじゃが、騒がしくなりそうな気がするの」

「今が寂し過ぎるから、ちょうどいいんじゃないですか？」

「寂し過ぎる？　とんでもない、もう少し人里から離れようかと思っとるところじゃ」

そう言えば、どんどん森の奥の方へと進んでいくような気がする。

森の中を五分程進んだ。あと一分何もなかったら、引き返そうと決心した途端、徳さんは立ち止まった。

「あそこじゃよ」徳さんは森の中の一点を指差す。

最初、アヤミにはただ森の中の木々を指しているようにしか見えなかった。ところが、その辺りをじっと凝視していると、ぼんやりと霞《かすみ》のように茂った枝葉の向こうに、小さな丸太小屋のようなものが見えてきた。徳さんは木々の間を擦り抜け、小屋の前で立ち止まり、さっとドアを開けた。ドアは小屋の大きさと比較して充分に大きく、一目で小屋の中を隅から隅まで見渡せた。

「どうじゃ。ここには誰も潜んでおらんぞ」徳さんが言った。

　アヤミは心の中を見透かされたような気がして、少し恥ずかしくなった。だが、見知らぬ土地であらゆる人間を警戒するのは恥ずかしいことでも何でもないと思い直した。

「ごめんなさい。気を悪くしましたか？」

「うんにゃ」徳さんは上機嫌で答えた。「むしろ、あんたの行動力に驚いていたところじゃ。森の奥までわしについてくる身体能力を持ちながら、小屋に対する警戒を怠らない。あんたの出し物はいったい何じゃ？」

「わたしはマジシャンのアシスタントです」

「なるほど。手品師か！　常に表面だけではなく、中身を知ろうとするわけじゃ」

「わたし自身はマジシャンではありませんよ」

「サーカスでやるのなら、テーブルマジックなどではあるまい。大掛かりな脱出マジックや消失マジックの類《たぐい》じゃろ？　そうだとしたら、あんた自身も手品師本人と変わらない運動能力と器用さを要求されるはずじゃ」

　アヤミはどきりとした。一瞬、徳さんの眼光が鋭く輝いて見えたのだ。

このお爺さん、なかなか侮れないわ。

「バックパッカーっておっしゃってましたけど、ずっとここに住んでいる訳ではないんですか？」

「そうじゃの。ここに来て、二、三週間かの？　気分次第じゃが、ここは暮らしやすいので、夏の間はここにおるかもしれんの」

「どうやって暮らしてるんですか？」

「魚を釣ったり、山菜を採ったりの生活じゃ」

確かに、小屋の前には川魚がぶら下がっている。おそらく干物にしているのだろう。小屋の中の床の真ん中あたりが四角く刳《く》り貫《ぬ》いてあり、そこに灰が敷かれている。天井からは自在鉤《かぎ》らしき竿《さお》状のものがぶら下がっていた。

「あら。日本式の囲炉裏ですね」アヤミが言った。

「ああ。これは結構便利なんじゃ。煮炊きができるだけじゃなく、夜は照明代わりになるし、冬は暖房にもなる」

「ご自分で作られたんですか？」

「まあの」

「自在鉤の取り付けも？」

「梁《はり》の上に登って、取り付けるだけじゃからたいして難しくないぞ」

「サーカスにスカウトしたいぐらいですね」アヤミはお世辞のつもりで言った。

「いやいや。それは無理じゃ。わしは自由人じゃからな。それに、旅に飽きたら日本に帰ろうと思っとるし」

相当な自信家だわ。

「それで、あんたの悩みは何じゃ？」

「悩み!? わたしの!?」アヤミは突然の言葉に面喰《めんく》らった。「どういうことですか!?」

「さっきの佇《たたず》み方は悩みのある佇み方じゃった」

「悩みのある佇み方って何ですか？ それに、誰にだって悩みの一つや二つはあるでしょ」

「やっぱり悩みがあるんじゃな」

「誘導尋問には引っ掛かりません」

「日本人の男か？ ……あんた、手品師の助手と言うとったな。ということは、その日本人は手品師か？」

アヤミはあっと声を出しそうになった。だが、芸人のパートナー同士が恋人や夫婦になることは珍しくない。おそらく徳さんは鎌を掛けて反応を見ているのだと、気付いた。

「黙ってしまったところをみると、図星じゃな」

「ずるいですよ。心理的なトリックを使って、話を聞き出そうとして」

「手品師なら、メンタルマジックも知ってて当然じゃな。もう素直に言ったら、どうじゃ？」

「どうして、見ず知らずのあなたに言わなくちゃならないんですか？」

「見ず知らずじゃからじゃ。身内の者に弱音を吐く訳にはいくまい。特に、その男にはな。新しい手品に挑戦しようとでもしているのか？」

「彼は……」

アヤミは一瞬躊躇《ためら》った。

この老人に言ったところで、どうにかなるものではない。だが、喋《しゃべ》ることによって、自分の心に整理が付くかもしれない。見ず知らずの老人だからこそ、話せることがある。

アヤミは決心した。

「一度失敗してるんです」

「一度も失敗したことのない手品師などおらんよ。かの名手品師フーディーニも脱出手品に失敗して命を落としたとか」

「あれは、映画用のフィクションです。フーディーニは実際には酔った学生に腹を殴られて死んだんです」

「いつの時代にも馬鹿な学生はいるもんじゃの」

「幸太郎は自信を失ったんです」

「たった一度の失敗で自信を失ったってことは、つまりそれまでが自信過剰だったってことじゃな」

「わたしがいけなかったんです。アシスタントなのに、トラブルが起きたことをすぐに察知できませんでした」

「トリックを考えたのはあんたかの？」

「……いいえ。彼のアイデアです」

「だとすると、問題はその幸太郎とかいう男にある」

「どうしてですか？」

「その男は、自分は絶対に失敗しないと考えていた。しかし、事実は逆だ。人間は必ず失敗する。失敗したときのことを考えない人間は愚かじゃ」

「でも、失敗を恐れていては、一歩も踏み出せません」

「もちろん、無暗《むやみ》に失敗を恐れていては何もできん。じゃが、失敗を恐れることと、失敗したときの対策をとっておくことは別のことじゃ。火災保険は万が一火事が起きたときのために入るものじゃ。だからといって、火の用心を怠ることはない。逆に火の用心をしているから、火災保険に入らない者も愚か者じゃ。どんなに用心していても、火事が起こるときには起こるからじゃ。その男は自らを過信した。自分に失敗はないと考えていた。それは思い上がりに過ぎない。人間はすべてのことを予想することはできない。だから、あらゆる最悪の事態を想定して、それに備える必要がある。それでも、失敗はある。じゃが、賢明な者は失敗のリスクを最小限にできるんじゃ」

「彼は立ち直ろうと必死に頑張っています」

「だったら、今あんたにできることは何もない。自分で気付かなければ、本当に気付くことはできんからじゃ」

そう。わたしは無駄な事で悩んでいた。彼を助けることができるのは彼だけなのだ。

今、わたしにできることは、ただ彼を信じることだけなのだ。

13

キャタピラーは巨大な蝙蝠《こうもり》の姿になっていた。ただし、完全な蝙蝠そのものではない。人間の面影を残している。それは醜怪そのものといってもいい、悪夢のような姿だった。

あり得ない。

ジェヌは思った。

蝙蝠と人間は同じ哺乳《ほにゅう》類とは言え、全く違う道筋で進化を遂げてきた。近縁種でもないのに、人間と蝙蝠が交雑種を作ることができるはずはない。もしそんなものがいるとしたら、神をも畏《おそ》れぬ非人道的な遺伝子実験の結果だろう。

この怪物がそのような実験の犠牲者なのか、自らそれを望んだ狂信者なのかはわからないが、常識が通じない怪物であることは間違いないようだ。

だとしたら、どうやってこの女怪を倒せばいいの？　何が弱点なの？

キャタピラーは翼を羽ばたかせた。その身体が空中に持ち上がる。

ジェヌはリジィの身体を離さないように強く脚で挟んだ。キャタピラーもリジィの脚を掴《つか》んだままなので、彼の身体は不自然な体勢のまま捩《ね》じれるように持ち上がった。右腕の切断面からは滝のように出血している。

　そのとき、何かのエンジン音が大きく響き渡った。

　クワイが大テントの入り口でオートバイに跨《またが》っている。

「何だ。臭いと思ったら、そんな大きな糞《くそ》蝙蝠がいたのかい？」クワイは大声で叫んだ。

　キャタピラーは軽く羽ばたくと身体の向きを変えた。

　リジィの胴はさらに捩じれ、呻《うめ》き声を上げる。

「オートバイの女、そこで待っていろ」キャタピラーの声は野獣が無理に人間の言葉を喋《しゃべ》っているかのようだった。聞くだけで嫌悪感で吐きそうになる。「この二人を殺してから、おまえも苦しませて殺してやる」

「嫌だね。殺《や》りたいなら、その二人にかまってなんていないで、今すぐわたしを殺しな。そうしないとこのまま逃げちまうよ！」

　キャタピラーから獣の笑い声が発せられた。「自己犠牲か？　駄目だ。おまえには絶望を与える。まずおまえの大事なこの二人から殺す」

「やめろ!!」クワイは絶叫し、丸盆に向かってオートバイを発進させた。

　蝙蝠は羽ばたきながら、もう一度ジェヌの方に身体を戻し始める。

「ありがとう……ちょうどいい体勢だ……」リジィはポケットに忍ばせていたナイフを取り出した。

キャタピラーはリジィの動きに気付き、咄嗟《とっさ》に彼の足首を摑んでいた手を離した。

だが、リジィはその行動をすでに予測していたようだった。

ナイフが一閃《いっせん》した。

足首を離されたことで、リジィの身体はバランスを崩し、起き上がるように回転し始める。その回転を利用して、蝙蝠の翼の先端から付け根近くまでナイフで切り裂いたのだ。


蝙蝠の翼は羽根の集合体である鳥のそれとは違い飛膜でできている。切り裂かれ、穴を開けられてしまったら、その機能はいっきに失われる。

もちろん、吸血鬼は翼の力を借りずとも、特殊能力で浮遊することが可能だ。だが、翼を使っている状態から、超常的な浮遊状態に移行するには、それなりの準備が必要なのだ。キャタピラーは片翼の浮力が急激に低下すると共に、ジェヌが脚で必死に摑んでいるリジィの足首を離したことで、落下を余儀なくされることになった。

もちろん、キャタピラーはそれを深刻になど考えてはいない。

本物の蝙蝠なら、飛膜を切られることは致命的だ。だが、吸血鬼にとって、その程度の傷は何でもない。治癒には一分も掛からない。そして、落下したとしても、すぐに体勢を立て直すことができる。ロスタイムはほんの数秒だ。最後の足掻《あが》きとしては、多少の意味があったかもしれない。しかし、キャタピラーにとっては、致命傷でもなんでもない。

このタイミングでなければ、この考えに間違いはない。しかし、リジィはこのタイミングで実行したのだ。十秒前ではなく、十秒後でもなく、このタイミングでキャタピラーの翼を切り裂いたのだ。じっと待って、漸《ようや》く摑んだ一瞬だったのだ。

キャタピラーは何度かリジィやジェヌを殺すチャンスがあった。しかし現に殺せていないのは、キャタピラー自身の慢心も原因だが、それ以上にサーカス芸人たちの行動が彼女の意表を突いたからでもある。予想外の行動を起こされる度に、彼女は一歩出遅れることになる。その遅れは数秒で解消されるのだが、そのときにはまた次の不意打ちがやってくる。もちろん、こんなことが永久に続く訳がない。限られた時間内でそれほどの仕掛けはできない。彼らはすぐに弾切れになるはずだ。ただ、簡単な行動をいちいちつまらない仕掛けで妨害されることで、キャタピラーはむかっ腹を立てていた。

あの二人は縦に身体を引き裂いてやる。それも、両脚を引っ張って股《また》裂きにしてやる。いっきには殺さない、臍《へそ》の上辺りでいったん裂くのをやめるんだ。そうやって、自分の身体がゆっくりと裂かれていくのを実感させるんだ。

体勢を立て直すまでの一瞬、キャタピラーは上を見上げ、二人を睨《にら》み付けた。

視界の端に違和感を覚えた。ないはずのものがそこにあった。

落下し掛かったとは言え、キャタピラーの高度はまだ二メートル半はあった。それなのに、自分の前方すぐのところにオートバイがあったのだ。

「やめろ!!」

クワイは一か八《ばち》か丸盆に突入することにした。

ちょうど作業途中で放り出されたままになっている板が丸盆に立てかけられていて、ジャンプ台として、利用できることに気付いた。二、三メートルは飛び上がることができるだろう。

うまくいけば、あいつをわたしの方に引き寄せることができるかもしれない。でも、引き寄せてからどうする？　あいつは一瞬でわたしを殺して、またジェヌたちの方に戻るだろう。それでは何の意味もない。なんとかあいつを足止めするのだ。できれば、戦闘不能にしたい。

クワイはそのための準備を始めた。

リジィがちらりとこちらを見た。

何かの合図のような気がした。

クワイは丸盆に向けて、オートバイを走らせる。

リジィは蝙蝠の怪物を切り付けた。

鮮血が迸《ほとばし》り、吸血鬼はばたばたと翼をはためかせながら、バランスを崩して落ちてくる。

クワイはリジィの作戦を理解した。理屈で理解したのではない。直感的に絵が見えたのだ。長年、サーカスで共に働いた仲間同士だからこそ、伝わる感覚のようなものだ。

おそらくあの程度であの怪物は殺せない。墜落しても、平気だろう。高度が落ちるのも一瞬だけかもしれない。だが、その一瞬が重要なのだ。

本来、オートバイは飛ぶための乗り物ではない。だが、ジャンプ台さえあれば、クワイはオートバイを宙に舞わせることができた。それも正確に軌道を計算して、思い通りの場所に到達できる。

この瞬間にリジィがあの蝙蝠の翼を傷付けたのは、わたしにやれと言っているのだ。

蝙蝠は翼をばたばたとさせながら、ふらついている。

だいたいのところを狙って突っ込むしかない。空中での軌道修正は難しいが、クワイの技術なら少しはできる。

アクセルを全開にし、全速力で板の坂を上り切り、空中に飛び出す。

幸運なことに蝙蝠は頭上を見上げていて、クワイには気付いていないようだった。

このままなら激突できる。

もしあの怪物がオートバイの直撃にも耐えたとしても、ある程度ダメージは受けるだろう。そのチャンスを最大限利用するのだ。そこらの椅子でも何でもいいから殴り付けて、動けなくするのだ。

怪物は突然顔を正面に向けた。

クワイと目が合った。

今更、遅い。もう逃げられないよ！

だが、蝙蝠は片翼だけを高速で羽ばたかせ、オートバイの軌道から逃げようとしていた。

クワイは身体をずらし、重心移動することで、怪物に命中するようオートバイの軌道修正をする。

だが、吸血鬼の移動速度は想像以上に速かった。このままでは、真横を擦り抜けてしまう。一度地面に着地して、体勢を立て直している間に、怪物は再上昇してしまうだろう。

このチャンスを逃す訳にはいかない。

クワイは今まで一度もやったことのない技に挑戦することにした。失敗したら後はないが、やらなくてもどうせ後はないのだ。

蝙蝠はさらに移動し、オートバイの軌道から完全に離れてしまっていた。

もはや迷っている場合ではない。

クワイはオートバイの本体を蹴《け》りながら、空中に飛び出した。

作用反作用の法則により、オートバイの軌道はぐぐっと曲がった。

クワイの身体は落下しながら、何度も回転した。

オートバイの前輪は怪物の鳩尾《みぞおち》の辺りに当たった。

吸血鬼にどれだけのパワーがあるのかはわからないが、質量はオートバイの方が遥《はる》かに上だ。そのまま空中を突き進んだ後、落下し、蝙蝠女を丸盆の上に叩《たた》き付けた。

吸血鬼とオートバイはそのまま一度跳ね上がり、再び落下する。

クワイも丸盆の上に落下し、くるくると受け身を繰り返し、衝撃を分散させる。

吸血鬼は何の受け身もできず、不安定な体勢のまま、丸盆の床にぶつかり、そのまま数メートル滑った。オートバイはもう一度跳ね上がり、怪物女の上に落下した。車軸が歪《ゆが》んだのか、凄《すさ》まじい摩擦音を発した後、エンジンが停止する。

クワイは立ち上がった。全身を強く打ったが、骨は折れていないようだった。手足が痺《しび》れてはいるが、歩けないことはない。

「クワイ、そいつが動けないうちに逃げて!!」ジェヌが絶叫する。

ありがとう、ジェヌ。でも、あいつに止《とど》めを刺さないと。

クワイは脚を引き摺《ず》りながら、オートバイの方に向かう。

蝙蝠女もまた立ち上がろうとしていた。

身体の上のオートバイの車体を掴み、空中に放り投げる。

それは数メートルも宙を飛び、床に激突した。

クワイはオートバイの方を見ずにじっと吸血鬼の顔を睨んでいた。

「おまえ、なぜ逃げないんだ!?」人ではないものの声が響いた。

「まだ、あんたを殺してないからさ」クワイはポケットを探った。

蝙蝠女はくんくんとにおいを嗅《か》いだ。そして、自分の手を顔の前まで持ち上げた。

ぽたぽたと滴が垂れている。液体が彼女を中心にして、床に大きく広がっている。

吸血鬼は倒れているオートバイの方を見た。

「ガソリンタンクの蓋《ふた》を開けて突っ込んできたのか？」

クワイは答えない。上着やズボンのポケットを探っている。

「最初からあいつらと連係する予定だったのか？　それとも、何かの方法で瞬時に連絡を取り合ったのか？」

どちらでもない。クワイはオートバイの近くに誘《おび》き寄せて、なんとかしてガソリンを掛けるという雑な計画を立てていただけで、オートバイを体当たりさせるつもりはなかった。そして、リジィはクワイがやってくるのを見て、空中でオートバイをぶつけるという作戦を思い付いたのであって、ガソリンを掛けることは想定外だったろう。オートバイをぶつけながら、ガソリンを掛けるというのは、全く偶然の仕業だ。だが、それが功を奏しそうだ。

早く火を点《つ》けるんだ。今、できるのはそれだけだ。

クワイはポケットを捜しつづける。

だが、ない。

「見付からないようだな」吸血鬼が言った。

どうして見付からないんだ？

「おまえの捜しているのはこれだろ？」怪物は足の先で床に落ちているライターを指した。

クワイは戦慄《せんりつ》した。

なぜ、あれがあそこにある？

「おまえがオートバイから飛び出したとき、おまえの服から転げ落ちたのさ。全く間抜けな話だ。せっかくの作戦が、こんなちっぽけなミスで台無しになるとはな」

駄目だ。勝てない。どうする？　逃げる？　ジェヌたちを置いて？　でも、ここにいては三人とも死んでしまう。一人で逃げる？　そんなことをして、これから先、生きていける？　そもそも、この怪物から逃げることなんかできるのか？

クワイは恐怖と義務感に囚《とら》われ、一歩も動くことができなくなっていた。

「おまえたちは無駄に足掻いた」吸血鬼はライターを拾った。「いろいろな手を使って生き延びようとした。だが、結果はどうだ？　確かに少しは効果があったようだ。でも、トータルで延びた寿命は一分かそこらでしかない。その代わり、あたしの肉体を傷付けたり、服を汚したりして、あたしの怒りを引き出すことになっただけだ。おまえたちは何も得をしていない。何もしなければ、すんなり死ねたものを、あたしの怒りを買ってしまったからには、安楽な終わりはないものと思え」そう言ってライターを握り潰《つぶ》した。

オイルが床に垂れ、ガソリンと混じる。

「どんな死に方がいい？　オートバイを操る女よ？」吸血鬼は言った。

　ということはわたしから殺す気？　だとしたら、あの二人には逃げるチャンスがあるかもしれない。今のうちに逃げて。

「おまえたちも殺すから、そこでじっとしていろ」蝙蝠はブランコにぶら下がったままの二人にも言った。

「クワイ……聞こえる……か？」リジィが力なく言った。

「喋るな。体力を消耗するだけよ」クワイが答える。

「俺の右腕だけど……拾っておいて……くれないか？」リジィはふっと煙を吐き出した。いつの間にか煙草を吸っているようだ。

「何を言ってるの？」

「結構綺麗《きれい》に切られたから、早く病院に行けば、くっ付くんじゃないかと思ってね」

「リジィ、今は腕に拘《こだわ》っているときじゃないわ。まずは、命を守ることを考えて」

「もちろん、考えている……だから、頼んでいるんだ……できたらでいい」

　リジィは大丈夫なのだろうか？　腕を切られたショックで混乱しているのではないだろうか？

「リジィ、自分が何を言ってるかわかってる？」

「わかってるさ。ああ。君にはわからないかもしれないね。それと、そこにいるキャタピラーとかいう糞吸血鬼にも」

キャタピラーは牙《きば》を剥《む》き、怒りの表情を見せた。

「今からおまえを殺す」

「でも、気にしなくていい。あと、一、二秒でわかるから」リジィの口はだらしなく開いた。

吸い掛けの煙草がすっと落下した。

キャタピラーよりも、クワイの方が先に、その意味に気付いたのかもしれない。だが、彼女は瞬時に動くことはできず、じっと煙草が落ちるのを見ていた。

そして、煙草はついに床に到達する。

「あ」クワイはつい声を出してしまった。

その声に気付いたキャタピラーはクワイの視線の先にあるものを確認したが、そのときにはもう遅かった。

おそらくリジィはガソリンが広がって、自分の真下まで流れてくるのを待っていたのだろう。ガソリンに触れた瞬間、火はガソリンが広がっている範囲全体を覆い尽くした。

キャタピラーは飛び上がろうとしたが、火が追いつく方が早かった。

翼の風圧で、余計に炎が舞い上がり、キャタピラーの全身を覆った。

「ぎゃあああああ!!」その叫び声はクワイが人生で一度も聞いたことのない音だった。

まるで、針金を編んで作った布を引き裂くような、無数の金属同士の摩擦音が入り混じったこの世のものとも思えない不快な音だった。

キャタピラーは炎に包まれたまま、まるで打ち上げ花火のように垂直に急上昇した。

クワイはそのまま上空で爆発することを期待したが、もちろんそんなことは起こらなかった。

キャタピラーは数百メートルの高度まで上昇してから、殺虫剤を掛けられた蠅のように空中をぶんぶんと飛び回った後、落下してきた。

クワイは慌てて武器となるものを探した。

だが、高度五十メートル付近まで落下したとき、キャタピラーはがくんと水平に進路を変え、森の方へと突っ込んでいった。森の中に入った瞬間、高さ百メートルにも及ぼうかという巨大な火柱が立ち、雷鳴のような音が轟《とどろ》いた。何本か木を薙《な》ぎ倒したのかもしれない。数秒で大きな炎は収まったが、森の奥にはまだ薄《うっす》らと赤い光が見えている。

このままだと森林火災になるかもしれない。だが、まずはこの場の消火が優先だ。

クワイは消火器を捜した。マジックや猛獣使いショーで火を使うことが多いため、消火器は会場のあちこちに必ず用意してある。

消火器を捜しているときに、丸盆の端に血塗《ちまみ》れの物体を発見した。燃え盛る炎までほんの二十センチ程の距離だ。

それがリジィの切断された腕だと気付いたクワイは滑り込んでなんとか燃える前に拾い上げた。腕を椅子の上に置くと、消火器を持ち上げ、炎に向かって噴射する。

すぐに鎮火し始める。

「クワイ、もし手が空いたら、こっちの方もお願いしていいかしら？」ジェヌの力ない声が聞こえた。

クワイが声の方を見ると、まだ二人はブランコにぶら下がっていた。

ジェヌは疲労困憊《こんぱい》した様子で、脚にリジィの胴体を挟んでいる。リジィは意識があるのかないのかわからないが、ぐったりと頭《こうべ》を垂れている。

クワイは慌てて床に落下している折れかけた棒を拾い上げ、柱に上り、ブランコを引き寄せた。

ジェヌはなんとか自力で降りた。リジィはロープで身体を固定し、クワイが背負って降りた。

ジェヌは降りると同時に床に転がった。

クワイはリジィを降ろすとすぐに傷の様子を確かめた。

「傷の状態は酷《ひど》いわ。すぐに止血しないと」クワイは自らの服を切り裂いて、包帯代わりにする。「それに身体のあちこち結構酷い火傷《やけど》になっているみたい」

「あの化け物女程じゃないけど、わたしらも相当火であぶられたからね」ジェヌは苦痛に顔を歪めた。

「あんたも火傷が酷い。他に怪我は？」

「わからないけど、あばらが何本か折れているような気がする。身体の中が物凄《ものすご》く痛いから、ひょっとすると内臓をやられているかも」

「どっちにしても、救急車を呼ぶ必要があるね」クワイはリジィの切断された腕をジェヌに渡した。「救急車が来たら、これも渡して。本当は氷水か何かで冷やしておいた方がいいんだろうけど、今ここにはないからね」

「あなた、どこに行くつもりなの？」

「森の方だよ」

「どうして？」

「森林火災になってないか、確認しなけりゃならない。それに、あの吸血鬼……何ていったかな？」

「キャタピラー」

「キャタピラーがちゃんと死んでいるかどうかの確認も必要だ」

「危険だわ」

「もしあいつが生きていたら、もっと危険だ。それに、あんたたちは、もう戦えないっぽいし」

「俺は……まだ……やれるぜ」リジィが呻くように言った。

「じゃあ、わたしがやられたら、そのときは頼むよ」クワイは立ち上がった。「救急車が来たら、わたしを待たずに行っていいからね」クワイは走り去った。

「クワイは……携帯電話が繋《つな》がらないことを……知らないみたいだな」

「そうね」ジェヌは床に座ると、リジィの頭を自分の膝《ひざ》の上に乗せた。「言っても、心配するだけだと思って言わなかったけど」

「ジェヌ、言っておかなきゃ……ならないことがあるんだ」

「後でゆっくり聞くわ」

「あの女の……ことだ。ジャンが客席にいたって言ってた……」

「そのことなら、もう気にしてないわ。……それとも、その女と一緒になりたいって言うの。だったら、わたしは身を引いても構わないわ」

「違うんだ。……あれは従妹《いとこ》なんだ。たまたま、興行先で出会ったから。それで、見に来いって」

「へえ。そうなんだ」ジェヌは微笑んだ。

「本当だ。言い訳みたいに聞こえるから、今まで黙っていた。あいつのことは妹みたいに……思ってる」

「そうね。でも、向こうは兄さんとは思ってないかもよ」

「あいつがどう思っていても構わない」リジィは左手でジェヌの手を強く握った。「なあ……腕って……時間が経っても……くっ付くのかな？」

「結構付くもんなんじゃない？」

「空中ブランコ……できるように……なるかな？」

「もちろんよ。万が一、繋がらなくったって、あんたなら片腕でもできるわ」

　リジィは少し引き攣《つ》り気味に笑った。

ジェヌはリジィの額に口づけした。

リジィは目を瞑《つぶ》り、喋らなくなった。

14

脱出マジックに失敗し、「棺桶《かんおけ》」の中で意識を失った後、気付くと蘭堂は静かな部屋で寝かされていた。

アヤミやピエロや他の団員たちが蘭堂を取り囲んで心配そうに見ている。

ああ。俺、死んだんだ。もう葬式が始まってるよ。今、棺桶の中にいるんだな。あの「棺桶」をそのまま使ったら洒落《しゃれ》てるけど、みんな悪趣味だって言うだろうな。

「ちょっと、ランディが目を開けてるよ!!」クワイが叫んだ。

死体なのに、目を開けてちゃ、おかしいか。

蘭堂は瞬《まばた》きをした。

死体が瞬きしたら、みんなびっくりだな。大騒ぎになるかも。

「おい。気が付いたんなら、なんとか言ったら、どうなんだ？」ビストリィが肩を揺すった。

咳《せき》が出た。

「幸太郎、返事して!!」アヤミも叫んだ。

蘭堂は左右を見た。

棺桶ではなさそうだ。これは病室のベッドだ。

「俺は助かったのか？」蘭堂は声を出した。

アヤミはほっとしたのか、泣き出した。

「クワイがオートバイで、『棺桶』の上に飛び乗って、蓋《ふた》を割ってくれたんだ。その後、シューティがプールに飛び込んでおまえを引き上げてくれたんだ」ピエロが言った。

「『棺桶』を引き上げて、それから蓋を壊していたら、何分も掛かっただろう」

「なぜ、蓋が開かなかったんだ？」

「釘《くぎ》で打ち付けてたからに決まってるだろ」シューティが答えた。

「いや。釘は効いてなかったはずだ。蓋が厚くて、釘は通らないんだ」

「それはおまえの思い込みだ。釘は蓋を貫通していた」

「そんなはずは……」

「蓋の厚みが足りなかったんだ」ピエロが言った。「蓋は一度使うと、釘穴が開いてしまうから毎回新しいものを使うだろ。大量に注文した中で、一枚だけ不良品があったんだ」

「そんな、俺はちゃんと設計図を渡したのに……」

「おまえの設計は正しかった。だが、設計を過信したため、完成品の検査をしなかった」シューティが言った。

蘭堂は愕然《がくぜん》とした。

自分は完璧《かんぺき》な計画が立てられる人間だと思っていた。仕掛けの設計も作業のスケジュールも完璧だ。一秒の狂いもなく、演じられる自信があった。

だが、それだけでは駄目だったのだ。何もかもが想定通りに進むわけではない。人間はすべてを予測することはできない。どんなに完全な計画を立てたとしても、必ず想定外の要素が入り込む。蘭堂のような自分の計画に絶大な自信を持っている人間こそが想定外に弱いのだ。あまりに綿密に計画を立てているために、全く無駄がないからこそ、一切変更ができないのだ。

「業者に損害賠償請求してやる」蘭堂は唸《うな》るように言った。

「それはおまえの自由だが、業者にすれば無体な話だ。蓋の厚みを間違えただけなんだから」

「しかし、その間違いで俺の命が危なかったんだ」

「業者に命に関わる部品だと伝えていたのか？」

「それは……手品の種に関わるものだから……」

「だとしたら、その要求は理不尽だろう。ただの板だと思って納品したのに、実は人命に関わるものだから賠償しろというのは」

その通りだ。シューティは正論を言っている。確かに、納入業者はミスを犯し、それは責められるべきものだ。しかし、人命に関わるものだと考えなかったことを責める訳にはいかない。

人命に関わるものだと知っていたのは、蘭堂の方だ。それなのに、蘭堂は人命に関わる材料のチェックを怠った。

今回は自分自身の命を危険に曝《さら》したが、一つ間違えば他人の命を奪っていたかもしれないのだ。正しく設計したからといって、罪を免れるものではない。

「まあいいじゃないか」ピエロが言った。「今回は無事だった訳だし、これから気を付ければいいんだ」

「ああ。そうだな」蘭堂は自分自身に呼び掛けた。「これから気を付ければいいんだ」

気を付ければいいんだ。


「また、測り直しているの？」アヤミが呆《あき》れたように言った。

「最終確認だ」蘭堂はノギスで板の厚みを測っていた。

深夜のサーカスの大テントで、蘭堂は仕掛けを全てばらして各部を調べ直していた。

「もう十回目ぐらいの最終確認なんだけど？」

「ちょっと気になるんだ」

「そろそろ組み立てないと、明日の公演に間に合わないわ」

「明日は事故後、初の公演なんだ。みんなが注目している。絶対に失敗は許されない」

蘭堂は釘を並べ、その長さも測った。そして、しばらく板と釘を見比べている。

「もう気が済んだんじゃない？」

「いや。ちょっと気になる」

「どう見ても、釘の方が板の厚みよりも短いわ」

「錯覚かもしれない」そう言うと、蘭堂は突然釘を板に打ち付け始めた。

釘を完全に打ち込んでも、裏側には貫通していない。

「この板は大丈夫なようだ」

「でも、釘を打ってしまったら、マジックには使えないわよ」

「この板と同じ厚みの板があるから大丈夫だ……待てよ。本当に同じ厚みと言えるか？」

「そう疑って結局釘を打ってしまうんでしょ？　もう十枚目よ。本番で使う板がなくなってしまうわ。いい加減にして」

「ああ。そうだ、じゃあ、釘は打たないでおく。その代わり、もう一度各部の測定をして形状を再確認する」

「確認も大事だと思うけど、眠っておかないと息が続かないわよ」

「そうか息か。息を止める練習もしておかないと」

「大丈夫。あなたは充分に長く息を止めていられるわ。今日の昼にも試したじゃない」

「今はもうできないかもしれない」

蘭堂は床に設けたプールの中に頭を突っ込んだ。

アヤミは慌てて引き上げる。

「あなた、何してるの？」

「確認だよ。息を止めていられる時間を計り直してるんだ」

「だから、それはもう何度も計り直してるじゃない」

「俺は今の状況を知りたいんだ」蘭堂は再び、頭を突っ込んだ。

　アヤミはもう一度引き上げ掛けたが、本人が納得しなければ同じことの繰り返しになると気付いて、しばらく様子を見ることにした。

二分半後、蘭堂は水の中から顔を上げ、時計を確認する。はあはあと苦しそうに息をしている。

「ほら。大丈夫だったでしょ？」

「大丈夫じゃない。以前、俺は三分以上も息を止めていられたんだ」

「それは調子のいいときでしょ？　二分半も止めていられるのなら、充分だわ。たった三十秒短いだけじゃない」

「この間、もしクワイたちが助けてくれるのが三十秒遅かったら、俺は死んでいたかもしれない」

「そんなこと、わからないじゃない」

「もう一度、練習する」蘭堂はまた頭をプールに突っ込んだ。

　今度は二分程度で、我慢できなくなる。

「どんどん短くなっている……」蘭堂の顔は蒼《あお》ざめた。

「続けざまに息を止めたら、そうなるに決まってるじゃない」

「そんなことじゃ駄目だ。完璧じゃなくちゃ駄目なんだ」蘭堂はまたプールに頭を突っ込む。

　アヤミは慌てて蘭堂の身体を引っ張ったが、蘭堂はアヤミを突き飛ばし、また水の中に頭を突っ込んだ。そして、一分半程で、顔を出し、ごほごほと激しい咳を始めた。

「ほら。続けてやるから、気管に水が入ったのよ」

「違う。君が邪魔をしたからだ！」

「えっ？」

「俺が練習しているのに、どうして邪魔をするんだ!?」

「わたしは、あなたのことが……」

「ランディ、いい加減にしろ！」いつから見ていたのか、シューティが近寄ってきた。

「いつまでも、アヤミに甘ったれてるんじゃないぞ！」

「俺は自分のやるべきことをやってるんだ！」蘭堂は反論した。「俺は一度失敗してる。もう二度と失敗は許されない」

「おまえの気持ちはわかる。舞台で失敗すれば誰でも、自信喪失するし、神経質になる。だが、おまえのやっていることは常軌を逸している。一度落ち着いて考え直せ」

「俺のアイデアは完璧なんだ。ただ、それを理想通りに実現できなかった。この間の失敗はそれが原因なんだ。メンタルは関係ない。完璧を求めなかった俺が悪いんだ」

「ランディ、その考えは危険だ。どんなに努力しようとも、完璧には絶対に到達しない」

「まあ、見ていろ」蘭堂はプールの中に飛び込んだ。

アヤミは蘭堂を引き上げるため、すぐにプールに入ろうとしたが、シューティに制止された。

「あいつは何度でも繰り返すだろう。とことんまでやらせるんだ」

一分、二分……。

「さっきよりは長いわ」

「そろそろ準備しといた方がいいな」

三分が経った。だが、蘭堂は動かなかった。

アヤミが助けに飛び込もうとした。

シューティはまた制止した。

「まだだ」

水中で、蘭堂はぶくぶくと泡を吐いた。まだ動かない。身体を硬直させるような素振りが見えた。

次の瞬間、アヤミが動くよりも早くシューティが飛び込んだ。蘭堂を担ぎ上げると、床の上に投げ捨てるように放り投げた。

蘭堂は動かない。

「幸太郎！」アヤミが駆け寄る。

水中から飛び出したシューティは蘭堂の鳩尾《みぞおち》の辺りを押さえた。

蘭堂の口と鼻から水がいっきに噴き出した。

そのまま身体をくの字に曲げてごほごほと咳き込んだ。

「おまえ、何やってるんだ？」シューティが蔑《さげす》むような表情で言った。「何度、溺《おぼ》れたら気が済むんだ？　いつも、俺が助けてやれるとは限らないんだぞ！」

「全部計画通りにやらなければならない。俺は絶対に失敗できない。だから、何もかも完璧にこなさないといけないんだ」蘭堂は床に倒れたまま、鼻水を垂らしながら言った。

そして、しくしくと泣き出した。

「おまえが失敗した理由を教えてやろうか？」

蘭堂は泣き続けていた。

「過信だよ。おまえは自分を信用し過ぎてたんだ」シューティはそのままテントから出ていった。

アヤミはずっと立ち尽くしていた。

15

森の中が、ぼわっと明るくなった。

ビストリィとキブキィは光の源の方を見た。

赤く光っている。大テントの辺りだ。

「火事かしら？」キブキィが不安げに言った。

「わからない」ビストリィは首を振った。

さっきからわからないことだらけだ。

光の中から火の玉が打ち上げられたように上昇していったかと思うと、そこら中をびゅんびゅんと飛び回り、いったん高度を下げた後、森の中のビストリィとキブキィがいるのとは別の場所へ向けて飛んでいった。着地点と思われる辺りで、数秒程大きな音と供に大きな炎が燃え上がった。

「今の何？」

「わからないけど、近寄らない方がいいんじゃないかな」ビストリィは答えた。

「近寄らない方がいいって、どっちの方？　火事の場所？　森の中の火の玉？」

「どっちもだ。あの怪物に関係しているとしたら、俺たちにはどうしようもない」

「そうかしら？　もし、あそこで団員の誰かが吸血鬼と戦っているとしたら？　助けに行かなくちゃならないんじゃないの？」

「見ただろ？　あの怪物は矢で貫かれても死ななかった。そして、素手で投げた矢が木を圧し折ったんだ。サーカス団員がなんとかできる話じゃないよ」

「じゃあ、誰ならなんとかできるの？」

「たぶん警察か軍隊だろう」

キブキィはスマートフォンを取り出した。「やっぱり圏外のままね」

「吸血鬼が何かしたのかもしれない。とにかく、今は逃げ切ることを考えよう」ビストリィは森の上部を見渡しながら言った。

「逃げるって言ったって。あいつらは飛べるんだよ。それに脚も速いみたいだし……。何見てるの？」

「この森だよ」

「森なら、ずっとあったわよ」

「森の存在には気付いてたけど、逃げ場としては考えてなかった」

「逃げ場？」

「吸血鬼は俺たちが地面を歩くか走るかして、逃げていると思ってるんじゃないだろうか？」

「現に地面の上にいるけど？」

「もし俺たちが木の上に登れば、木の葉に紛れて見付かりにくくなるんじゃないか？」

「確かにそうかも……。いいえ駄目よ。あいつらは飛べるわ。木の上にいるところを見付かったら逃げ場がなくなる」

「他の人間ならそうだ。だが、俺たちは違う」

「何、言ってるの？　わたしたちだって、飛んだりはできないわ。リジィとジェヌなら宙を飛べるかもしれないけど、それもブランコがあっての話よ」

「俺たちだって飛べる。綱から綱へ飛び移る芸をしたことがあるだろ？」

「前はやってたわね。最近は椅子を積み重ねる芸がメインだけど」

　ビストリィは枝を見上げた。

「俺たちなら、枝の上を走って、隣の木に飛び移ることができる」

「それ、正気で言ってるの？　そんな芸はやったことがないわ」

「できるさ。基本的にはサーカス芸と同じだ」

「サーカスの設備はいつも同じ寸法なの。間隔も一定。自然の木だと枝の太さも長さもばらばらじゃない」

「そこは長年の勘で補う」

「めちゃくちゃじゃないの。それに、長年って言ったたって、あんたのキャリアはたいしたことないわ」

「めちゃくちゃな相手にはめちゃくちゃな手を使わないと勝てないんだよ。キブキィ姐《ねえ》さん程じゃないにしても、俺だって、そこそこベテランだし」ビストリィはさらに森の中を分け進んだ。「ここは原生林じゃなくてかなり人の手が入ってるな」

「どうして、わかるの？」

「ほら。ここから先はあまり高い木はないだろ？」

「そう言えばそうね」

　鬱蒼《うっそう》とした森の中に突然広場のような場所が存在していた。そこには背の高さが二、三メートルの比較的低い木が並んでいた。

「木の高さが揃っているということは同じ時期に一斉に植樹したということだ」

「それがどうかしたの？」

「ここをうまく使えないかと思ったんだ。ここに吸血鬼を誘《おび》き出せば、周りから丸見えになる。俺たちは背の高い木の森の中にいれば相手からは見えない」

「そんなに都合よくいく？　何が悲しくて、吸血鬼がこんなとこでじっとしてなきゃいけないのよ？」

「それについては、今考え中だ。とりあえず木の上に登ろう」ビストリィはさっさと手近なところにあった木に登り始めた。

「待って。わたしが先に登るわ。あんたが先だと危なっかしい」キブキィはビストリィを乗り越えるようにして先に登った。

　空には月が出ていて、木の上まで登ると、森の全体がぼんやりと見渡せた。ただ、見えるのは木ばかりで、サーカスの団員の姿も吸血鬼の姿も見当たらなかった。炎らしきものも消えたらしい。

「よし、隣の木に移ってみよう。できるだけ音を立てず静かにだ」

　ビストリィは木の枝先に向かって器用に小走りで移動した。

　枝が細くなると、僅《わず》かに撓《しな》り出した。

　ビストリィはいったん止まって息を吸い込むと、助走もせずに跳躍した。微《かす》かにがさりと音を立てて、隣の木の枝に掴《つか》まることができた。そのままキブキィに手招きする。

キブキィは溜《た》め息を吐くとビストリィの後を追って木の枝から跳躍し、同じ木の別の枝に抱き着いた。キブキィの跳躍は見事で殆《ほとん》ど音はしない。

「ふむ。なかなかうまくいきそうだ」ビストリィは満足げに言った。

「何言ってるの？　こんなの全然うまくないわ」キブキィは苛立《いらだ》たしげに言った。「歩いた方が絶対に速い。木から木に飛び移るのじゃ、どの枝からどの枝に飛び移るかとか、どうすれば音を立てないで済むかとか、いろいろ考えないといけないじゃない」

「もう少し練習すれば、速く移動できるようになるかもしれないじゃないか」

「わたしたち、新しい出し物をマスターするのに何か月も掛かる。この森の中で何か月も練習するつもり？」

「いや。客に見せる訳じゃないんだから、見栄えを完成させる必要はない。ただ素早く飛ぶだけでフォームを気にしなくていいのなら、一晩もあれば……」

「一晩？　一晩、ここで栗鼠《りす》みたいに飛び移りの練習をするつもり？」

ビストリィは返事をしなかった。

「ちょっと聞いてるの？」

「しっ」ビストリィは唇に人差し指を当てた。「あれを見ろ」

キブキィがビストリィの指差した方を見ると、先ほどの低木の広場の向こう側近くを歩く人影があった。距離にして五、六十メートル程だろうか。それは少女のように見えた。

「あんな小さな子一人で危ないわ。一緒に連れていきましょう」キブキィは木を降りようとした。

「待ってくれ」ビストリィはキブキィの手を摑んだ。

「何よ？」

「女の子が一人で森の中を歩いてるなんておかしくないか？」

「おかしいと言えばおかしいけど、そんなこと言ったら、わたしたちだって、深夜の森で木の上に登っているわ」

「おやじやランディは女の子の吸血鬼を見たと言っていた」

「まさか、あの女の子が吸血鬼だっていうの？」

「絶対にそうでないと言い切れるか？」

「でも、もしあの子が普通の人間だとしたら、吸血鬼の餌食《えじき》になってしまうかもしれないじゃない」

　ビストリィはしばらく考えた。

「わかった。俺一人であの子を助けに行く」

「どうして、一人で行くの？　わたしも行くわよ」

「もし、あの子が吸血鬼だったら、二人とも犠牲になってしまう。俺一人で行けば犠牲は一人で済む」

「だったら、わたしが行くよ。あんたはここにいて」

「いいか。俺より姐さんの方がアクロバットの腕前は上だ」

「何よ、今更？」

「もし俺たちが吸血鬼を相手にする方法があるとしたら、それはアクロバットの技を使うことだと思う」

「それでも、相手にできる気はしないけどね」

「俺は可能性の話をしてるんだ。怪物を相手にするには、こっちの得意技を使うしかない。もちろん、それでも歯が立たないかもしれないが、それはもうどうしようもない話だ」

「ええ。そこは納得できるわ」

「もし、あの子が普通の人間だったら、ここに連れてくる。そして、三人で逃げる。あの子は枝から枝へ飛ぶことはできないだろうから、地面を走ることになるかもしれないが」

「それについては、不満はないわ」

「そして、もしあの子が吸血鬼だとしたら、俺は殺されるかもしれないし、捕まってしまうかもしれない。そのときは一人で逃げて欲しい」

「助けに来いって言うんじゃないんだ」

「当たり前だよ。高いアクロバット能力を持つ姐さん一人の方がまだ逃げられる可能性がある。姐さんがあの女の子のとこに行って、もしやられてしまったら、俺一人では到底逃げられない」

「褒め殺し？　あんたの腕前だってたいしたもんだよ」

「そう思ってたんなら、どうして引き抜き話のときに俺に相談してくれなかったんだ？」

「まだ、あのときのことを根に持ってるのかい？」

「そういうことじゃない。俺はまだまだ半人前だってことだ。姐さんの相手はつとまらない」

「相手？　ちゃんと、つとまってるけど？」

「そういう意味の相手ではなく……」ビストリィは口籠《くちごも》った。

キブキィはビストリィの言葉の真意に気付いたのか少し赤くなった。

「なんだか、乗せられてるような気がするけどね。まあ、いいわ。あんた一人で行くことには同意する」

「それがいい」

「だけど、もしあんたが捕まったら助けに行くし、殺されたら仇《かたき》をとる」

「何を言ってるんだ？　そんなことをしたら、二人とも犬死にだ」

「それが嫌なら、絶対に無事に戻ってきて」キブキィはまるで睨《にら》み付けるようにビストリィを見詰めた。「わたしはあんたの命を何度も救った。十五段積み重ねた椅子から転落したときも、ワイヤが首に巻き付いて、切断されそうになったときも。だから、絶対に粗末にして欲しくない。あんたの命はわたしのもんだ」

ビストリィは無言で見詰め返した後、低い声で答えた。「俺は絶対に戻ってくる。姐さんに救って貰《もら》った命は決して無駄にしない」そして、そのまま別の木に飛び移った。さらに次の木に跳躍し、キブキィの目から見えなくなった。微かに木の枝が揺れる気配だけが残っていた。


低木の広場を回り込むようにビストリィは進んだ。少女まで十メートル程の地点で木から降りると念の為、武器になりそうな長さ一メートル程の枝を拾い上げる。

もちろん、こんなもので吸血鬼に太刀打ちできるとは思っていないが、一瞬でも気を逸《そ》らせれば逃げ出すチャンスが作れるかもしれないと考えてのことだ。

木の間を静かに進む。

突然、目の前に飛び出したら、悲鳴を上げるかもしれない。少し離れた場所から小さな声で呼び掛けよう。

ビストリィは呼吸を整えた。

お嬢さん、俺は怪しいものじゃない。信じられないかもしれないが、森の中に何かの怪物がうろついているんだ。とにかく一緒についてきてくれ。

これでいいのか。とても、ついていきたくなるような台詞《せりふ》じゃないが。まあ、怪しまれたら、そのときはそのときだ。人間だとはっきりしたら、キブキィに来て貰えばいいだろう。さあ、行くぞ。

「お嬢さん、俺は……」

少女の姿はなかった。

どうしたんだ？　あれは幻だったとでもいうのか？　いや。彼女の存在はキブキィも確認していた。だったら、何があった？　まさか吸血鬼に襲われたのか？　しかし、何の気配も感じなかった。やつらはそれほど素早いのか？

「まさか、これって、本気なの？」背後から少女の声がした。

ビストリィは恐怖と戦いながらもなんとか振り向いた。

目の前、二十センチ程のところに逆さまの少女の顔があった。

ビストリィは恐怖のあまり、絶叫を止めることができなかった。

ああ。何てことだ。これは本物の化け物だ。

少女は逆さまになって空中に浮かんでいた。その美しい髪の毛はだらりと垂れ下がっていた。不思議な力は髪には及ばないのか、あるいはわざとなのかはわからない。顔は蒼《あお》ざめていたが、その目には狂った喜びが満ち溢《あふ》れていた。

「姐さん、逃げろ!!　こいつは……」それ以上叫ぶことはできなかった。

少女はビストリィの顔を摑んで口を開けなくしたのだ。

「ボクの名前はキリフィッシュだよ」少女は周囲に聞こえるようにわざと大きな声で言っているようだった。「近くにまだ誰かいるんだよね。出てきてよ」

駄目だ。来てはいけない。

だが、ビストリィはもごもごと呻《うめ》くことしかできなかった。

「あのね。ボク、このままおじさんの顔を握り潰《つぶ》すこともできるんだ」キリフィッシュの手が万力のようにビストリィの顔を締めつけた。

頭蓋骨《ずがいこつ》が音を立てて軋《きし》んだ。

キリフィッシュはずるずると体勢を変えて身体を回転させ、倒立から正常な状態になり、ビストリィと対面する形になった。

「だけどね。すぐには殺さないことにしたんだ」キリフィッシュは愉快そうに言った。

「ボク、いつも言われてるんだ。考えが足りないって。いつも考えるより先に行動して失敗するって。だから、今回はちょっとだけ考えてみたんだ。今、おじさんを殺したら、隠れているやつは逃げちゃうかもしれないよね？　本当にうまく気配を隠している。ボク気配を察知するのは得意なんだけど、うまい相手が意識して気配を隠したら、さすがに難しくなる。いや、おじさんを殺した後、じっくり森の中を捜してもいいんだけど、ほら、ボクって結構せっかちだろ？　さっさと見付けて、殺しちゃいたいのさ。だから、作戦を考えた」

ビストリィは自分の頭が引っ張り上げられるのを感じた。数秒後、脚が地面から離れるのがわかった。指の隙間から見ると、キリフィッシュは彼の顔を摑んだまま上昇を始めたようだ。

身体を動かして抵抗しようとしたが、足が地面から離れた瞬間、あまりの痛みに身体を動かすことができなくなった。首に全体重が掛かっているのだ。首の付け根と肩の骨がばきばきと音を立てた。今にも折れるか抜けるかしそうだった。

ビストリィは自分の顔を摑むキリフィッシュの手を引き剝《は》がそうとした。

いくら怪物だと言っても、女の子だ。大の大人の力なら、なんとかなると思ったのだ。

だが、その考えは甘かった。ビストリィが両手でキリフィッシュの指を摑んでもびくともしなかった。

地上から十メートルも持ち上げられたとき、突然衝撃を受けた。

だんっ!!

木の幹に叩《たた》き付けられたのだ。

吐き気を催したが、口を押さえられているので、吐くことができない。

チャンスだ。

ビストリィは思った。

おそらく最初で最後のチャンスだ。今、この怪物は勝ったと思って油断している。

ビストリィはなんとか離さないでおいた木の枝をしっかりと握りしめた。そして、全力でキリフィッシュに叩き付ける。

だが、キリフィッシュは目にも留まらぬ素早さで、枝を片手で摑んだ。

ビストリィは引き剝がそうとするがびくともしない。

「無理だよ。人間はボクたちには敵《かな》わない。まあ、凄《すご》い武器を持って集団で襲い掛かられたら、わからないけどね」キリフィッシュは凄《すさ》まじい力でビストリィの枝をもぎ取った。「ところで、おじさんたち、コンソーシアムじゃないみたいだね。自分が死に掛かっているのに、武器を出さないなんてことあり得ないもの。ボクの早とちりだったみたい。悪かったよ。……嘘。悪いだなんてこれっぽっちも思ってないよ。おじさんだって、自分の血を吸ってようが吸ってなかろうが、蚊を見たら殺すだろう。そんな感覚かな。まあ、どっちかというと、ボクたちの方が血を吸うから蚊っぽいけどね」

どうするつもりだ？　ここから落とす気か？　やるならさっさとやれ。

「で、これからボクがやろうとしているのは、蚊潰しじゃなくて、魚釣りかな？　もちろん、餌はおじさんだよ。それで、おじさんの仲間を釣り上げるんだ。ああ、まず餌に針を通さなきゃね」キリフィッシュは枝をくるりと回して、向きを変えた。「ちくっとするよ」

彼女は枝の先端をビストリィの肩に突き刺した。直径五センチはあろうかというその枝はビストリィの肩を貫通し、木の幹に深く突き刺さった。

ビストリィは言葉にならない絶叫をした。

キリフィッシュがビストリィの顔から手を離した。

ビストリィの身体はぶらんと傾く。

彼は目を見開き、口を半開きにした。口からだらだらと唾液《だえき》が流れ落ちる。あまりの痛みに声すら出せない。いや。呼吸すらままならない。

「ボクって冷静だろ？　普通なら、刺しやすい胴体のど真ん中に刺すところだけど。そんなことをしたら、何秒かで死んじゃうからね。生き餌《え》はできるだけ長く生かしとかなきゃならないんだ」

「……逃げろ。……来るんじゃない……」ビストリィは譫言《うわごと》のように言った。痛みで意識が朦朧《もうろう》としてきた。目も霞《かす》んでいる。

その霞んだ視界の端に動く影が見えた。

ビストリィにはそれがキブキィだということがわかった。おそらく彼を助けようとしているのだ。

駄目だ。こいつに近付くな。すぐ助けを呼びに行くんだ。

だが、ビストリィはもはや声を出すことができなかった。もし声を出すことができたとしても、キリフィッシュの前で呼び掛ける訳にはいかない。

キブキィは木から木へと飛び移りながら近付いてくる。

キリフィッシュが気付いているかどうかはわからない。だが、気付いていないにしても、キブキィにキリフィッシュを倒せるとは思えない。彼女が今なすべきことは助けを呼びに行くことだ。だが、彼女は逃げることは考えていないだろう。目の前で木に打ち付けられているビストリィを助けることで頭がいっぱいなのだ。おそらく、この状態が続けば痛みと出血でビストリィは一時間ともたないだろう。彼女は助けを呼びに行っている間に取り返しがつかないことになるのを恐れているのだ。

俺のことはどうでもいい。姐さんは逃げるんだ。

だが、ビストリィの思いは届かず、キブキィはどんどん近付いてくる。

「もうすぐ来るね」キリフィッシュはビストリィの耳元で囁《ささや》いた。「おじさんには見えているよね。あと十秒かそこらで、ここに来る」

来るな。

ビストリィはキブキィの方に顔を向けて必死で首を振った。

だが、キブキィは気付いているのか、いないのか、そのまま突き進んでくる。このままキリフィッシュに飛び掛かるつもりのようだ。

キブキィは彼を助けることに囚《とら》われ過ぎて、完全に我を忘れている。

どうすればいい。

強い痛みで朦朧とする中、ビストリィはキブキィを助ける方法を懸命に考えた。

おそらくキリフィッシュはキブキィが襲い掛かってくる瞬間を把握しているだろう。だから、彼女の攻撃は届かず、キリフィッシュの反撃をまともに喰《く》らってしまうことになる。だが、キブキィの攻撃と同時に俺もキリフィッシュを攻撃したら、どうだろうか？　今、この瞬間、キリフィッシュは俺が攻撃するだなんて、全く考えていないはずだ。前と後ろから同時に攻撃されたら、僅かに動揺して隙ができるだろう。俺にはその隙を使ってキリフィッシュを倒す程の力は残っていない。だが、キブキィにはできるかもしれない。可能性は限りなく低いがそれに賭《か》けるしかない。

だが、その瞬間は訪れなかった。キブキィは森の中で突然停止した。

がさがさと枝葉が揺れている。

「ふうん。おばさんは何か企《たくら》んでるみたいだね」キリフィッシュはビストリィににこりと笑った。「でも、ボクはもう騙《だま》されないよ。さっきもランディとかいうやつにすっかり騙されて逃げなくてもいいのに逃げちゃったんだ。あのおばさんも何かつまらない作戦を考えてるんだろうけど、どうせたいしたことないよ。おじさんはどう思う？」

ビストリィは返答できなかった。痛さだけが理由ではない。キブキィがこの無慈悲なキリフィッシュに襲われるということが恐ろしくて堪《たま》らなかったのだ。

キリフィッシュがビストリィを木に打ち付けたとき、キブキィはすでに救出に向けて木々の中を移動し始めていた。

ビストリィはあの怪物に近付くべきではなかった。片手で大の男を持ち上げ、さらに空中を浮遊し、木の幹に打ち付けるなんて想像を絶する能力だ。人間の勝てる相手ではない。しかも、彼女はビストリィを、キブキィを誘き寄せるための餌としか思っていない。キブキィがいつまでも近付かなければ、利用価値なしと判断する。何か手を打たないと、まもなくキリフィッシュはビストリィを殺すだろう。

その前に、わたしがあの怪物を倒さなくてはならない。

キブキィは歯を喰いしばった。

キブキィは自分の人並みはずれた芸は果てしない練習の賜物《たまもの》だと信じていた。彼女のアクロバットは観客から見ると、とても向こう見ずで命知らずの所業に見えた。だが、実際はまるで違っているのだ。彼女は決して賭けをしなかった。彼女は一つの技が完全に自分のものになるまで、繰り返し練習を行い、目を瞑《つぶ》ってでも勝手に身体が動くようになって初めて観客に披露するのだ。彼女自身は自分を大胆だとは思っていなかった。むしろ、極めて臆病《おくびょう》な人間だと考えていた。だから、ぶっつけ本番で新しい技を試すなんてことは絶対にあってはならないことだった。

でも、今日は例外になりそうだね。

キブキィは大きな決心をした。

彼女は服を脱ぎ、引き裂き、紐《ひも》状に投げ縄のような罠《わな》を作った。それとベルトを結んで自分の身体からはずれないようにした。

これをズボンの中に忍ばせれば、丸腰に見えるだろう。だが、こんなものがあの怪物に通用するとは思えない。チャンスがあるとしても一瞬だろう。あの少女はビストリィを摑んだまま上昇した。つまり、二人分の浮力を出せるということだ。決して侮ってはいけない。

キブキィは、できるだけ音を立てずに木の中を飛び進んだが、おそらくキリフィッシュには気付かれているだろうと思っていた。彼女に気付かれること自体が作戦のうちだ。

　ビストリィがキブキィの方を見て首を振った。

　もしわたしの作戦がうまくいったとしても、ビストリィはあのままになってしまう。サーカス団の誰かが見付けてくれるよう祈るしかない。でも、もし何時間も誰も気付かなかったら……。

　それは考えないでおくことにしよう。

　準備は整った。さあ、いつでも来ていいわよ、可愛子ちゃん。

「おばさんの衣装って、そんなセクシーな感じだったかな？」突然背後から声がした。

　全く気配を感じなかった。いきなり攻撃されなかったのが不幸中の幸いだ。おそらくキリフィッシュは自己顕示欲が強過ぎるのだろう。いきなり殺すのではなく、相手に自分の実力を見せ付けたいのだ。

　キブキィは振り向いた。

　キリフィッシュは浮遊しているのではなく、隣の木の枝の上に乗っていた。

　さらに御誂《おあつら》え向きだ。だが、キリフィッシュがキブキィを殺そうと決心したら、一秒以内に目的を達成することだろう。一刻の猶予もない。

　キブキィは自分たちの位置関係を計算し、数歩下がった。

　キリフィッシュは軽く跳躍して、キブキィのいる木に移ってきた。

　キブキィはちらりと下を見た。ちょうど低木の広場の端だ。

　頭の中でシミュレーションをする。

キブキィが新しい技をいきなり行うことは今までなかったことだ。

いいえ。わたしにはできるはずよ。

この化け物は人一人の命と引き換えでなければ到底殺すことはできないだろう。そして、もしこのままビストリィが死んでしまったら、どうせわたしは生きてはいけない。

さあ、覚悟はできた。おまえの息の根はわたしが止めてやる。

「どうやって殺すの？」キブキィはキリフィッシュに尋ねた。

「殺され方が気になるの？　どういうのがいい？　痛いのと、苦しいのと」

「どう違うの？」

「さあ」キリフィッシュはキブキィの腕を摑み、締めあげた。

ああ。折れるな、とキブキィは思った。

でも、この子が腕に気を取られてくれて助かった。

自分の腕の骨が砕ける音を聞きながら、キブキィはキリフィッシュの頭から罠を被《かぶ》せる。

右手はキブキィの腕を摑んでいたため、右肩から左脇にかけての襷《たすき》がけになったが、それで充分だった。

キブキィは罠を締めあげた。

「馬鹿なの？　こんなの痛くもなんともないよ」キリフィッシュは笑った。

「めちゃくちゃな相手にはめちゃくちゃな手を使わないと勝てないんだよ」キブキィは

言った。

「今、何て言った？」

「わたしの言葉じゃない」キブキィはキリフィッシュに飛び掛かった。

人間は空を飛べない。木の上で全力で飛び掛かったりしたら、自分も落ちてしまう。だから、飛び掛かってくることなんかあり得ない。

キリフィッシュはそう思っているだろうと推測したのだ。

二人は一体となって、木の枝から落下を始めた。キリフィッシュは仰向《あおむ》け、キブキィは俯《うつぶ》せの体勢だ。

さっきキリフィッシュが空中にビストリィを持ち上げた様子から、浮遊能力の発動には数秒掛かると考えた。だから、おそらくすぐに浮きあがることはできない。

キブキィは勝利を確信した。

キリフィッシュは全く焦っていなかった。

二人とも落下したとして、ダメージを受けるのは、キブキィの方だけだ。自分は無傷で地上に降り立つことができる。

キリフィッシュは体勢を整えるため、キブキィを突き放そうとした。だが、短い投げ縄状の罠が二人を繋《つな》いでいるため、二人は絡み合ったままだった。

なるほど。このためのものだったんだ。

この時点で漸《ようや》くキリフィッシュは何かがおかしいと感じた。

キリフィッシュの腕力なら、こんな紐は簡単に千切れる。しかし、その時間はもうなかった。彼女が紐に手間取る僅かな時間——それだけで充分だった。

低木の先端がキリフィッシュの背中に突き刺さった。痛みを感じる前にそれは彼女の胴体を貫通し、腹を突き破った。

この女、わざと木の上に突き落としたんだ。

キリフィッシュは怒りに我を忘れた。

これは相当な大怪我だ。めちゃくちゃ痛いし、治癒のために体力を削《そ》がれてしまう。

あの女も同じ目にあわせてやる。

だが、その必要はもうなかった。

低木の先端はキリフィッシュと共に、キブキィの胴体も貫いていたのだ。

ああ。そりゃ当然そうなるわな。

二人は低木の枝を折りながら、さらに落下を続け、地上数十センチ付近で漸く停止した。

「ほら。……めちゃくちゃすれば……勝てる……」キブキィがビストリィの方を見た。

そして、口を動かした。もう声は出ないようだった。

夜なのに、相当離れているのに、なぜかビストリィにはキブキィの口の動きがはっきりと見えた。

あ、い、し、て、る。

その瞬間、ビストリィは痛みを感じなくなった。

キブキィは大量の血をキリフィッシュに吐き掛け、動かなくなった。

「畜生!!」キリフィッシュは力任せにキブキィの肉体を殴り付けた。

低木はそのままキブキィの脇腹を引き裂き、外に飛び出した。キブキィは半ば胴体が千切れた状態で地面に転がった。

ビストリィは絶叫した。全身をめちゃくちゃに動かし、肩に打ち込まれた枝を引き抜こうとした。

キリフィッシュもまた血を吐きながら絶叫した。

キリフィッシュは紐を手繰って、キブキィの肉体を引き寄せた。そして、その頸筋《くびすじ》に噛《か》み付く。頸を半分喰い千切る程の勢いだった。

胴体からの大量出血にもかかわらず、キブキィの肉体にはまだ多くの血が残っているようで、キリフィッシュはその血をがぶがぶと飲み干した。その肉体は黒い野獣の姿へと変質し始めた。

「やめろおおおお!!」ビストリィは叫び続けている。

キリフィッシュは、紐を引き千切り、キブキィを投げ捨てると、低木の幹を握り、ずるずると自分自身を引き上げていく。

木の幹がさっきとは逆の向きに身体の中を通っていく。

キリフィッシュは苦痛に呻き、ごぼごぼと血を吐きながら、木の先端まで登っていった。そして、彼女は自分の背中に手を回し、最後の一押しをした。

木の先端はキリフィッシュの胴体からずるりと抜けた。

キリフィッシュはそのまま落下し、地面に激突する。

十秒程動かなかったが、すぐにぴくりぴくりと動き始め、ゆっくりと立ち上がった。

腹と背の傷は徐々に塞《ふさ》がっていく。

獣人となったキリフィッシュは罵《ば》倒《とう》し続けるビストリィを見上げ、両手を広げた。ずるずると飛膜が発生する。そのまま羽ばたくと上昇し、ビストリィと同じ高さにまで到達した。

「殺してやる!!」ビストリィは叫んだ。「おまえを引き裂いて、汚い腸《はらわた》を糞溜《くそだ》めにばら撒《ま》いてやる!!」

「ボクは怒ってるんだ」キリフィッシュはこの世のものではない声で言った。「あのばばあはボクを串刺《くしざ》しにしたんだ。だけど、死んでしまったから仕返しができないんだ。こんな酷《ひど》い事ってあるかな？　本当なら何時間も掛けて少しずつ身体を切り刻んでやったのに」

「うわあああ!!」ビストリィは肩の枝を抜こうと暴れまわった。だが、枝はびくともしない。

キリフィッシュが少しビストリィに近付いてくる。

ビストリィはキリフィッシュを蹴《け》ろうとして、身体を振り何度も幹にぶつかった。肩の傷口はめちゃくちゃな状態になり、出血がさらに増えた。

「あの女に仕返しができなくなったから、ボクはおまえに仕返しをすることにした。このまま、ほったらかしにする。すぐに死ぬかもしれないけど、それでもいい。うまくいったら、このまま何日も生き延びて、傷口に蛆《うじ》が湧くかもしれないからね」キリフィッシュは獣じみた声で笑った。

ビストリィは暴れ続けている。

キリフィッシュは悠々と森の中を飛び去っていく。

暗い森の中にいつまでもビストリィの絶叫が響き渡った。

16

蘭堂の復帰公演は中止された。

自分の寝小屋に引き籠《こも》り、何日も殆《ほとん》ど姿を現さない状態が続いた。食事だけはアヤミが運んでいたが、それ以外の者は誰であろうと近寄ることを拒否された。

何人かの団員は、このサーカスにタダ飯喰《ぐ》らいを置いておく余裕はない、直ちに蘭堂に解雇の宣告をしろ、と迫ったがピエロは決して首を縦に振らなかった。

三週間が過ぎた頃、突然蘭堂がピエロの小屋に現れた。

「おっ。珍しいじゃないか」ピエロは顔を顰《しか》めた。「何日、風呂《ふろ》入ってないんだ？　めちゃくちゃ臭いぞ」

蘭堂は無精髭《ひげ》を生やし、髪も伸び放題だった。

「これを見てくれ」蘭堂はピエロの言葉を気に掛けず、目の前に設計図を広げた。

「何だ、これは？」

「新しい『棺桶《かんおけ》』だ」

「引き籠っている間、これを描いていたのか？」

蘭堂は頷《うなず》いた。

「前とどう違うんだ？」

「ここを見てくれ。蓋《ふた》はボルトで留める仕様にした」

「釘《くぎ》とどう違うんだ？」

「ボルトの穴は形状が決まっているから、間違って貫通してしまうことはない」

「それはそうかもしれないが、木の板に最初からネジ穴が開いてるのは不自然じゃないか？」

「木じゃない。金属で作るんだ。『棺桶』の材質が金属になることで、観客には頑丈に見え、さらに脱出は不可能に思えるはずだ。そして、金属なら使い回しでも最初からネジ穴が開いていても、不自然ではなくなる」

「ちょっと待ってくれ。この図面だと厚さが三センチもあるぞ」

「そのぐらいの厚みがないと、ボルトが短くなり過ぎる」

「縦二百センチ、幅六十センチで、体積は三万六千立方センチにもなる。アルミニウムで作っても百キロ近くになる。中から開けるときはジャッキのような仕掛けを使うとして、観客に扱わせるのは無理があるだろう」

「アルミどころかスチールでも構わないと思っているぐらいだ。観客に運ばせるのではなく、床下から俺を取り囲むように『棺桶』が起き上がるようにするんだ。その状態では前面だけが開いていて、最後に蓋がせり上がる。観客は『棺桶』を確認して、ボルトを締めるだけだ。その後、床が傾いて、『棺桶』はプールの中に滑り落ちる仕掛けにする。派手に水飛沫《みずしぶき》を上げ、激しい衝突音を立てるようにすれば、『棺桶』の頑丈さをさらにアピールできる」

「面白い」ピエロは興味深げに図面を見ている。「だが、失敗したときはどうなるんだ？　金属製だと、この前みたいにクワイのバイクでは壊せないぞ」

「プールに仕掛けがしてある。底にバルブが設置してあり、これを開けると、丸盆の下に水が全て放出される。プールの水がなくなれば自動的に『棺桶』の中の水も穴から放出される。観客席も水浸しになるが、それは緊急時なので仕方がない。バルブは全部で六か所あり、『棺桶』がプールのどの位置に来ても、穴から手を伸ばすことができる。また、俺が気を失っても対応できるように、俺以外の人間が無線でバルブを開けることもできる。さらに、無線が故障しても丸盆の下から潜り込めば、プールの外から手動でバルブを開けることもできる」

「もう失敗のない完璧《かんぺき》な舞台は目指さないのか？」

「もちろん、完璧な舞台を目指す。だけど、失敗したときのことも考える」

「ふむ」ピエロは図面を見直した。「この図面は問題ないように見える。だが、わしはマジックの専門家じゃないから、まだ判断が……」

「専門家のチェックも受けるつもりだ」

「おまえのアイデアが漏れてもいいのか？」

「もちろん、秘密保持契約は結ぶ。だけど、そもそも俺のアイデアは、今までのマジックのアイデアの積み重ねの上にあるものだ。万が一漏れたとしても、これからのマジックの基礎になってくれるだろう。マジックとはそうしたものだ」

「ふむ」ピエロは腕組みをした。

17

「こんな不気味なものは見たことがない」蘭堂は森の中で吸血鬼らしき遺体を見て呆然《ぼうぜん》としていた。「いったい誰にこんな殺し方ができるっていうんだ？」

「あの吸血鬼は自分たちの仲間をわたしたちが殺したとか言ってたわ」アヤミは吐き気

を堪《こら》えながら言った。「だけど、人間にこんなことができるはずはない」

「だとすると、あいつらも知らない怪物がいることになる」

「吸血鬼を殺してくれるなら、味方なんじゃない？」

「それは期待すべきじゃないだろうな。さらに兇悪《きょうあく》なやつかもしれないし、吸血鬼のような知性すら持たない怪獣かもしれない」

　どーんという轟音《ごうおん》が聞こえた。

　二人は音のした方向を見た。

　この音は約一分ごとに聞こえてくる。おそらくウィーゼルが一分間シューティを逃がし、一分後に一瞬でシューティを攻撃して、また逃がすのを繰り返しているのだろう。もちろん、攻撃はわざとシューティに当たらないようにしているはずだ。やつはシューティが動けなくなるまでこれを続けるつもりだ。この絶望的な鬼ごっこが始まってすでに一時間が経過している。

　いったんウィーゼルたちから離れた蘭堂とアヤミは、音を頼りにずっとシューティとウィーゼルの後を追っているのだ。

　シューティはジグザグに逃げているようで、二人は全力で走らなくても、追跡ができている。だが、あまり長時間モーレイという吸血鬼だろう遺体に関わっていたら、追いつけなくなる程距離が開いてしまうかもしれない。

「とりあえず、この死体の件は後で考えることにしよう。まずはシューティの後を追うんだ」

「シューティを助けるプランはあるの？」

「キリフィッシュもウィーゼルも最初は人間によく似た姿をしていた」

「怪物が人間に化けているだけかもしれないわ」

「そうかもしれない。だけど、少なくとも人間の姿になれるということは、吸血鬼も人間とさほど違わない生き物なのかもしれない」

「生き物？　投げた矢で大木を倒すような化け物が生き物だとでもいうの？」

「じゃあ、君はやつらをどう思うんだ？　古代の悪霊か？」

「霊のようには見えなかった。少なくとも怪我をして出血していたわ。……そうね。あなたの言うようにあれは生き物だったのかもしれない」

「生き物だとしたら、あいつらは自然法則に従うはずだ」

「そうかもしれないわ。でも、あいつらの能力は桁外《けたはず》れよ」

「それでも、生き物なら必ず隙ができるはずだ。一人の人間を相手にしているうちは目立たないかもしれないが、二人で挟み撃ちにすれば、どこかで必ず隙が出る」

「あなたとシューティで、ウィーゼルを挟み撃ちにするつもりなの？」

「可能性があるとすればそのぐらいだ」

「だったら、三人で取り囲めば、もっと可能性は上がるわ」

「いや。二人で充分だ」

「どうして？　一人より二人がいいなら、二人より三人がいいに決まってるでしょ。話が矛盾してるわよ」

「いや。君には我々が失敗した場合、やつらの存在を世間に伝える役目があるから……」

「何、それ？」

アヤミが反論しようとしたとき、大テントの方角で赤い光が見えた。

「火事？」アヤミが呟《つぶや》いた。

光の中から飛び立った火の玉が一度落下し掛かってから、こちらへと猛スピードで飛行してきた。

「危ない！」

蘭堂とアヤミは互いに庇《かば》いあうように地面に伏せた。

火の玉は二人の頭上を飛び越え、森の奥へと飛んでいった。姿が消えたかと思うと火柱が立ち上がり、徐々に小さくなったが、森の中はまだぼんやりと赤く輝いている。

「今の何？」アヤミが尋ねた。

「わかる訳がないだろ。とにかく危険そうに見えた」

アヤミは赤い光の方をしばらく見ていたが、はっと気が付いて言った。

「徳さんの小屋の方だわ！」

「誰？」

「森の中に住んでいるお爺《じい》さんよ」

「御伽話《おとぎばなし》か何か？」

「日本人のバックパッカーが森の丸太小屋に住んでいるの」

「さっきお爺さんって言わなかったか？」

「お爺さんのバックパッカーよ」

「……まあ、この時世いてもおかしくはないな」

「知らせに行かないと……」

どーんという轟音が聞こえた。

「これ以上、シューティから離れる訳にはいかない」蘭堂は苦悩の表情を浮かべた。

アヤミの躊躇《ちゅうちょ》は一瞬だった。

「だったら、徳さんにはわたし一人で知らせに行く。あなたはシューティを追い駆けて」

「君一人じゃ危険だ」

「ウィーゼルとかいう吸血鬼を追い駆けるのと、森の中のお爺さんに危険を知らせに行くのとどっちが危険かしら？」

蘭堂は肩を竦《すく》めた。

「確かに、どっちが危険とは単純に判断できない」

「わたしは徳さんに危険を知らせたら、すぐにシューティを追い駆けるから、きっと合流できるわ。少しだけ、待ってて」アヤミは走り出そうとした。

「待て」蘭堂はアヤミの手を摑《つか》んだ。「もし吸血鬼がいたら、近付かずに全力で逃げろ」そして、アヤミを抱き締めた。

「わかったわ。逃げる。絶対に立ち向かったりしない」アヤミはゆっくりと蘭堂から身体を離すと、微笑み、そして走り始めた。

18

火の玉が突っ込んできたとき、周辺の木々が何本も倒れ、一瞬百メートル程の火柱が立った。そして、倒れた木に引火した炎はぱちぱちと燃え続けていた。

重なり合った木々が崩れ、中から黒い影が立ち上がった。影は両腕を広げ、空を仰いで咆哮《ほうこう》した。全身から煙が立ち上っている。

「無様だな、キャタピラー」しわがれた声がした。木々の間を老人らしき腰の曲がった影が近付いてくる。

「トー……タ……ス」キャタピラーは途切れ途切れに言った。

「どうした？　喋《しゃべ》れないのか？」年老いた黒衣の吸血鬼が尋ねた。

「舌と唇が……焼けて……しまった」キャタピラーの口中の修復が進んだのか、少し言葉がまともになった。「おまえ、今までどこにいた？」

「森の中を偵察していた。だが、コンソーシアムに関係ありそうなものは見付からなかった。ただ、近くに小屋のようなものがあったから、今から調べに行こうとしていたとところだ。おまえは、コンソーシアムと交戦したのか？」

「コンソーシアムなんかじゃなかった」キャタピラーの口からぼろぼろと炭化した組織が脱落していった。「あいつらはただのサーカス芸人よ」

トータスは犬歯だけが残った口を開けてげらげらと笑った。

「じゃあ、何か？　おまえはサーカス芸人にこっ酷《ぴど》い目にあわされたっていうのか？　こりゃ、お笑いだ」

「油断していただけ」キャタピラーはケロイドで覆われた顔を顰《しか》めた。「それと、運が悪かった」

トータスは露骨にキャタピラーの肉体を眺めた。

「全身の皮膚が焦げ付いてるぞ。服も溶けて皮膚にくっ付いちまってる。なぜ修復しない？」

「体内の修復を優先した。体表の修復に使う体力が惜しい。あいつらを殺すまで体力は温存しておく。体表の修復はあいつらの血を飲んで体力を回復してからね」

トータスはキャタピラーに駆け寄ると、その身体を蹴《け》り飛ばした。

キャタピラーは木の幹に叩《たた》き付けられ、黒い汁を吐き散らした。

「この糞《くそ》じじい！　何しやがる！」キャタピラーは牙《きば》を剝《む》いた。

「糞はおまえだ！　この恥さらしが!!　人間ごときに後れをとるとはどういうことだ!?」

「言ったでしょ！　油断していたから……」

トータスはキャタピラーの右腕を引っこ抜き、それで彼女の頭を殴り付けた。

キャタピラーは地面の上を転がり、周辺は血の海となった。

キャタピラーは獣化し始めた。伸びた口吻《こうふん》からだらだらと唾液《だえき》が流れ落ちる。

トータスは人間態のままキャタピラーに対峙《たいじ》する。

「何のつもり、トータス？」キャタピラーは牙を剥いた。

「油断だと？　わしらにはあるまじきことだ。それに、運を理由にするやつは生きる価値のない屑《くず》だ。自分の力と運を過信せずに、常に備えを怠らなければ、自分以下の存在に負けるはずがない」

「おまえだって、あの場にいたら……」

「その火傷《やけど》から推測するに、どうせガソリンか何かの液体燃料を掛けられて火を点《つ》けられたんだろ？　液体燃料を掛けられた時点で、火を点けられるのは当然予想すべきだった。すぐに空中に避難して、高速飛行すれば、燃料はすべて風圧で吹き飛ばすことができたはずだ」

「あいつはライターを落としていたんだ。だから、火を点けられる可能性は……」

「相手がライターを一つしか持ってないと決めつけたのはおまえだ。なぜ、二つ目のライターの存在を予測しなかった？」

「いや。そいつが二つライターを持ってた訳じゃなくて……」

「誰が何個ライターを持っていたとか、細かい話はどうでもいい。要はおまえは馬鹿だということだ。燃料を掛けられたり、火を点けられたり、人間にいいようにされた理由は何だ？　つまらない意地や虚栄心を満たすための無駄な言動があったからじゃないのか？」

「いや。そんなことは……」

「人間と話はしたのか？」

「まあ、少しは……」

トータスは引き千切ったキャタピラーの腕を投げ付けた。

キャタピラーはなんとか避けることができた。

腕は地面の上で潰れた。

「なぜ、話なぞする必要があるのだ？　姿を見せた次の瞬間には殺しておけばよかったのだ。つまらない暇潰《ひまつぶ》しなぞしようとするから、そんな目にあうのだ」

キャタピラーは自分の腕を拾い上げ、切断面に繋《つな》ぎ始めた。

「わかったわよ。あたしが全部悪い。だけど、もうこんな失態はない。だから、これ以上、あたしを侮辱するな」

「おまえの挑戦は後で受けよう。だが、今はサーカス団員の殲滅《せんめつ》を優先すべきだ」トータスは馬鹿にしたように言った。「まあ、自分の容姿よりも体力の温存を選択したのは正解だ。そこだけは誉《ほ》めてやろう」

「それ以上、わかったような口を利くようだったら、今すぐ……」

「待て」トータスはキャタピラーを制した。「人間が二人程近付いてくる」

「殺してやる!!」キャタピラーは駆け出した。

だが、次の瞬間、トータスに喉《のど》を摑《つか》まれ、引き摺《ず》り倒された。

頸《くび》の骨がぐきりという音を立てて折れた。

「何するんだ!?」

「まだ、動くのは早過ぎる」トータスは落ち着いて答えた。

「見付けたらすぐに殺せと言ったのはおまえだろ」キャタピラーの頸はぐねぐねと動き自己修復を始める。

「こちらの姿を見せたらの話だ。我々の五感は人間より遥《はる》かに鋭敏だ。戦いの前に情報をできるだけ摑んでおくのだ。どんな場所か？　相手の年齢は？　持っている武器は何か？　どんな能力を持っているか？　それらを正確に把握すれば、こちらはより安全となり、手間も減るのだ」トータスはキャタピラーの髪を摑んだ。「あと、一分程でやつらはここを通る。我々は上空からじっくり観察するぞ」

トータスはキャタピラーの髪を摑んだまま、上昇した。

19

目の前に突然、進路を遮るように人影が飛び出してきた。

走っていたアヤミは避けきれず、相手に体当たりしてしまい、その場に転倒した。

相手も同じように倒れている。

アヤミは咄嗟《とっさ》に武器となるようなものを探した。

とりあえず目の前にあった枝を折り取る。

目を狙おう。目が傷付けば、しばらくは動けないはず。その間に少しでも逃げよう。

アヤミと相手はほぼ同時に起き上がった。

アヤミが枝を振り下ろすと、相手が突き出してきた石にぶつかった。

漸《ようや》くそのときになって相手の顔が見えた。

「クワイ！」アヤミが叫んだ。

「何だ、アヤミか。てっきりやつらの一人かと思っちまったよ」クワイは安心したのか、その場に座り込んでしまった。

「他のみんなは？」

「ジェヌとリジィは無事だよ。酷《ひど》い怪我だけど。……あんた、ランディと一緒じゃなかったのかい？」

「ランディはシューティを追い駆けている。わたしはさっきの火の玉が気になって……」

「あの火の玉はキャタピラーっていう吸血鬼さ」

「吸血鬼は火の玉にもなれるっていうこと？」

「説明すると長くなるけど、あいつの能力じゃない。わたしら三人で火を点《つ》けてやったんだ」

「火を点けられて逃げ出したってこと？　まだ生きているのかしら？」

「わからない。普通の人間なら死んでいるところだけど、あいつら普通じゃなさそうだからね。わたしはあの怪物が死んでいるかどうか確かめに来たんだ。もし生きていたら、止《とど》めを刺さないと。あんたは何しに？」

「この先にある丸太小屋にお爺《じい》さんが住んでいるの」

「何の話だい？」

「この間、知り合ったの。先乗りで来ていたとき」

「爺さんにナンパされたのかい？」

「そういうのとは違う。……と思うけど。とにかく、その徳さんというお爺さんに吸血鬼のことを知らせないといけないと思って」

「だったら、まず一緒にその爺さんの小屋に行こう。爺さんが無事だったら、逃げるように言って、それから吸血鬼を捜すことにしよう」

「わかったわ。もしキャタピラーが生きていたら、わたしも倒すのを手伝うわ」

「あんたにそんなことができるのかい？」

「あなた一人で戦うよりはましでしょ。さあ、まず徳さんのところに急ぎましょう。こっちよ」アヤミは走り出した。

　数メートル走ったところで、突然クワイはアヤミに体当たりし、地面に押し倒した。

「いったい何⁉」アヤミは少し怒っていた。

二人の数十センチ上をキャタピラーが掠《かす》めるように通り過ぎる。そして、ふわりと一メートル程の高さに浮かんだ。

「こいつの気配を感じたんだ。この殺気は忘れない」クワイは憎々しげに言った。

「リジィたちを怪我させたのはこいつ？」アヤミはクワイに尋ねた。

「皮膚の状態が酷いから確信は持てないけど、この感じはたぶんそうだ。まだ生きていたとは驚きだよ」

「おまえ……よくも、やって……くれたな」キャタピラーは白濁した瞳《ひとみ》でクワイを睨《にら》み付けた。「おまえらは……ただの人間だ！　一撃で殺せる！　いや。一撃では……殺さない。何時間も……いや何日も甚振《いたぶ》ってから……殺してやる‼」口の中が完治していないためか、キャタピラーはうまく喋《しゃべ》れず、だらだらと涎《よだれ》を垂れ流した。

「何か言ってるわ」アヤミが言った。「こいつに、どうやって止めを刺すの？」

「考えてなかった」クワイは白状した。「こんなに元気だとは思ってなかったよ。もう歩く力もないと思ってたのに、まさか飛べるとは」

「でも、何か手を打たないと、このまま二人とも殺されてしまうわ」

「ちょっと待って。何か手を考えるから」

キャタピラーはすっと宙を滑るように近付いてきた。

「そんな時間はないか。わたしがあいつに体当たりするから、その隙に逃げて！」クワイはキャタピラーに向かって走り出した。

アヤミは逃げずに、クワイの後を追った。

キャタピラーはアヤミには目もくれず、クワイに襲い掛かろうとした。

だが、その瞬間、キャタピラーは半ば蝙蝠《こうもり》と化した別の吸血鬼に摑《つか》まれ、そのまま急上昇した。

「何？　仲間割れ？」アヤミは空を見上げた。

「徳さんの小屋まではどのぐらい？」クワイは尋ねた。

「そうね。ここからは百メートルもないかも」

「だったら、走るよ。そこで籠城《ろうじょう》するしか方法はないね」

「でも、そんなことをしたら、徳さんまで巻き込んでしまうことになるわ」

「そうかもしれない。だけど、こんな吸血鬼だらけの森の中にお年寄り一人でいる方がもっと危険かもしれない。わたしたちが守った方が安全じゃないか」

「ええと……」

「考えている暇があったら、走って！」クワイはアヤミの尻《しり》を蹴《け》飛《と》ばしそうな勢いだった。

吸血鬼たちは上空で揉《も》みあっている。

このまま、小屋に入ったら、あいつらに丸見えだ。だが、どうせ小屋は見えているのだから、いずれ吸血鬼たちは徳さんにも襲い掛かることになるだろう。

アヤミは決心して走り出した。

クワイは一瞬遅れて走り出し、数秒後にはほぼ並走していた。

アヤミは全力だったが、クワイはまだ余裕があるようだった。

小屋に到着すると、アヤミはドアを開けた。幸運にも鍵《かぎ》は掛かっていなかったらしい。

徳さんは囲炉裏の前に座っていた。自在鉤《かぎ》に鍋《なべ》を掛けて、魚も何尾か串《くし》に刺して焼いているようだった。

「徳さん、今すぐ隠れて！　怪物が来るわ」

「はあ？」徳さんは間の抜けたような声を出し、歯の抜けた口を半開きにした。

「そこに……怪物がいるの」アヤミは息を切らしながら言った。

「まあ、落ち着いてくれんかの」徳さんはにっこりして言った。「そっちの娘さんもサーカスの芸人さんかの？」

「爺さん、落ち着いて聞いてくれ」クワイが言った。「わたしたちは吸血鬼に襲われたんだ。それも一人じゃない。今ここはとても危険だ。だけど、外に出るのはもっと危険だから、わたしたちと一緒にここに立て籠《こも》るしかないんだ」

「ええと。この国にもドッキリ番組はあるのかの？　さっき火柱が立っとったようじゃが、あれも関係あるのかの？」徳さんはどうもぴんと来ないようだった。

しかし、それは無理もない。誰だって、そんな話、すぐには信じられないだろう。

「その話が本当だとして、立て籠ってどうするんじゃ？」徳さんは杖《つえ》を摑んで、ゆっくりと立ち上がった。

「助けが来るまで待つ」

「中に押し入ってきたりはせんのか？」

「そこが問題だ。ドアに鍵は掛けられるか？」

「鍵はない。まあ、つっかい棒ならないこともないが……」

「じゃあ、今すぐつっかい棒をして」

「その吸血鬼とやらはつっかい棒で防げるのかの？」

「う〜ん。たぶん無理っぽいけど、ないよりはましだから」

「それで、中に入ってきたら、どうするんだ？」

「そのときは仕方がない。ここにあるものを使ってわたしたちで戦う」

「わしは？」

「爺さんは隠れていればいい」

「いや。目の前で暴力を振るうっていうのに、見て見ぬふりはできんな」

「わからん人だね。相手は人ではなくて吸血鬼なんだ」

「クワイ、そんなことを徳さんに言ったって、納得できるはずがないわ」アヤミが言った。「徳さんは何も見てないんだから」

「だけど、吸血鬼を見たらその時はもう手遅れなんだよ」クワイが言った。

「徳さん、ここで起こることは全部わたしたちが責任をとるわ。だから、静かに隠れていて欲しいの」

「わしに証拠もなく、あんたらの言うことを信じろと？」

「徳さん、わかって」

「信じたいのは山々なんじゃがの」徳さんは腕を組んで長考を始めた。

「アヤミ、駄目だ。押さえつけて縛って猿轡《さるぐつわ》もして床下にでも放り込んでおこう」クワイは痺《しび》れを切らしたようだった。

「この小屋には床下はない。他に隠れるところもない」徳さんが言った。

「じゃあ、せめて、わたしたちの後ろにいて、窓からも離れていて。絶対に安全とは言えないけど、それ以外に手はないわ」

「う〜ん」徳さんは腕組みをしながら、顔を天井に向けた。

キャタピラーはまだ暴れ狂っていた。

「落ち着けよ。まず相手を観察するのが肝心だと教えたはずだ。いきなり、飛び出しやがって。これで、奇襲は難しくなってしまったではないか」トータスは呆《あき》れて言った。

「一撃で殺せるだと？　その油断がおまえをそんな姿にしたんだろ？　現に殺せてないんだから、慎重に行動しろ。まずはあいつらの装備や能力を観察して、どんな危険があるかを確認するんだ」

全身を焼かれて体力が消耗しているため、トータスに逆らえないようだった。

とは言え、トータスは完全にキャタピラーを持て余していた。このまま拘束し続けるのは可能だが、これほど騒がれては、身動きできない。

さて、どうしたものか。

そして、キャタピラーを放しても特に問題はないんじゃないかと気付いた。あの女たちは一見危険はなさそうだ。だが、トータスは見掛けに騙《だま》されるようなことはない。あくまで、慎重に敵の実力を見極めるタイプだ。だが、こうやって、キャタピラーを押さえ込み続けていたら、いつまで経っても敵を見極めることなんてできっこない。

だったら、キャタピラーを自由にしてやるのも一つの手だ。もし、あの女たちが無害なら、キャタピラーの望み通り、すぐに肉片に変わるだろう。そして、何かの武器を隠し持っていたとしても、それで被害を受けるのはキャタピラーだ。トータスはキャタピラーが受ける攻撃を観察することによって、敵の実力を推し図ることができる。トータスには何の損もない。

トータスはその考えをさらに検証した。

そんなことはまず考えられないが、最悪、相手がとてつもなく強くても、トータスはキャタピラーを見殺しにして逃げればいいだけだ。やはり被害を受けるのはキャタピラーだけだ。

よし。それでいこう。

トータスはキャタピラーを摑んだまま急降下し、彼女を地面に叩《たた》き付けた。

骨の砕ける音が響き渡り、キャタピラーは全身のあちこちから激しく出血した。

「これで少しは落ち着くだろう。今から言うことをよく聞け」

キャタピラーは獣が吠《ほ》えるような声を上げた。

「今からおまえを解放してやる。女どもはあの小屋に逃げ込んだ。どうやらたいしたやつらではなさそうだ。おまえの餌食《えじき》にして構わない。思う存分、やつらの血を飲み干して、その肉体を修復するがいい」トータスはキャタピラーを蹴り飛ばしながら、宙に浮かんだ。

キャタピラーは脱兎《だつと》のごとく地を走り、樹木を弾《はじ》き飛ばしながら、小屋に向かって一直線に突進した。

トータスは一度空中で宙返りした後、興味深げにキャタピラーの動向を眺めた。

キャタピラーには最初からドアを開けるつもりなど全くなかった。

全速力で体当たりする。ドアは小屋の内側に向かって吹き飛んだ。

キャタピラーはいったん立ち止まる。

部屋の中には二人の女がいた。

ドアはくるくると回転しながら、二人の間をぎりぎり擦り抜け、部屋の奥の壁に激突した。ドアは砕けて四散し、壁には直径一メートル近い穴が開いた。

女二人は壁の方を見ず、キャタピラーを睨み付けていた。先ほどバイクに乗っていた方は薪《まき》らしき木の太い枝を、もう一人は斧《おの》らしきものを持ち、戦闘の構えを見せていた。

キャタピラーは二人を少し観察した。身を焼かれたことで多少は学習していたのだ。闇雲に戦いを挑んで敵の罠《わな》に掛かってはつまらない。

構えを見るに、二人とも全く戦闘慣れしていないようだった。そして、武器にも特に仕掛けはなさそうだった。

つまらない。

キャタピラーは思った。

これなら、鋭い爪の一閃《いっせん》で二人とも、胴体を引き裂くことができ、戦いは一秒以内で終わってしまう。本来なら、甚振《いたぶ》って殺したいところだ。特にオートバイ乗りの方は。しかし、さっきは、相手を侮った油断で大怪我をしてしまった。同じ失敗は繰り返したくない。

まずは致命傷を与えよう。それからじっくりと嬲《なぶ》り殺しにする。

「時間を掛けて殺してやる！　覚悟しろ!!」キャタピラーは二人に向かって、飛び掛かろうと構えた。

床を蹴った次の瞬間、キャタピラーは女二人の腸を小屋の床中に撒《ま》き散らしているはずだった。

だが、背中にどんという衝撃を受けたかと思った次の瞬間、キャタピラーには不思議な光景が見えていた。それはぼんやりとした様々な物体が液体の中に浮いている様子だった。

顔面が燃えるように熱くなった。

いったい何がどうなったのかわからない。何かに躓《つまず》いて倒れたのか？

キャタピラーは顔を鍋の中に突っ込んでいたのだ。

キャタピラーは起き上がろうとした。だが、身体はぴくりとも動かなかった。呼吸すらうまくできなかった。まるで何か棒状のものが背中から胸にかけて突き抜け、脊椎《せきつい》を粉砕したようだった。

キャタピラーが部屋の中に飛び込んできた時、徳さんは梁《はり》の上に登っていた。位置はちょうど囲炉裏の上辺り。

キャタピラーが二人に向かって走り出そうとしたタイミングで、杖を下に向けて彼女の背中に飛び降りた。

杖の先端は前かがみになっていた彼女の背中を突き刺し、そのまま胴体を貫通し、鳩《みぞ》尾《おち》辺りから飛び出した。

さらに徳さんが背中に乗っかったことで彼女はそのまま倒れ、鍋の中に顔から突っ込んだのだった。

ぴくぴくと動いているのは不随意の反応だろうか？

「ああ。鍋が台無しになっちまった」徳さんは残念そうに言った。「もう一度煮たら喰《く》えるかの？」

「どうやったの？」アヤミが目を丸くして言った。

「いや。落下の力を使ったまでじゃ。自由落下すれば、たいした力がなくてもこのぐらいのことはできる。杖の先は細いので、力が集中して相当の圧力になるということもあるしの」

「そうじゃなくて、あの速さで動いているものにどうやって命中させたの？」

「いや。本当は頭《ず》蓋骨《がいこつ》を粉砕しようと思っとったから、相当はずしとるぞ」

「そういうことではなくて、どうやってあの動きを摑んだのかってことよ。わたしには、殆《ほとん》ど見えないぐらいだった」

「実際に動いたのを見た訳じゃない。この齢《とし》になると、いろいろと経験を積んどるのでな。筋肉の緊張具合で、飛び出すタイミングはだいたいわかるんじゃ。ただ、思ったより、瞬発力があったので、命中させたい場所から相当ずれちまったの」

「最初はわたしたちの言うことを信じてなかったのに、どうして助けてくれたんだい？」クワイが尋ねた。

「もちろん、信じるべきかどうか迷ったんじゃ。もしあんたらの言うことが本当なら、吸血鬼の前で躊躇《ためら》っている時間はないじゃろ。すぐに反撃しなければ、こちらがやられてしまう。しかし、もし真実でなかったら、人間を傷付けてしまうことになる。じゃから、わしは梁の上に登って相手を見極めることにしたんじゃ。すると、相手は木製のドアを吹き飛ばして小屋の中に突っ込んできた。その瞬間、わしはこいつを人間でないと判断した。そして、この怪物はあんたらを殺す、と言った。つまり、正当防衛が成立する訳じゃ」

「徳さん、そんなことまで冷静に判断していたの？」

「そんなことより、問題はドアじゃ」

「ドア？」

徳さんはとことことドアに近付いた。

「蝶番《ちょうつがい》ごと吹き飛んどる。これは修理が大変じゃ」

「修理より心配することがあるよ」クワィが言った。「吸血鬼はこいつだけじゃないんだ。少なくとも、もう一人すぐ近くにいる」

「じゃったら、なおさらドアの手当てをしないと」

「今の見ただろ？　こいつらにはドアなんか役に立たないのさ」

だが、徳さんはクワイの言葉が耳に入らないのか、ドアのあった場所に開いた穴の周囲をうろうろと歩き回っていた。

　トータスの視力は人間の基準に置き換えるなら、五・〇以上はあった。双眼鏡がなくても、キャタピラーの無様な姿はよく見えた。鍋の中に顔を突っ込むなど群れの恥だ。

即刻、あそこにいる三人を殺して話が広まらないようにしなければいけない。

だが、トータスは年老いた慎重な吸血鬼だった。キャタピラーのような馬鹿な真似はできない。

手際の良さから考えて、あの小屋には最初からあの老人が隠れていて、女二人が誘《おび》き寄せる手《て》筈《はず》になっていたのだろう。キャタピラーの敗因はよく確かめもせずに小屋に飛び込んでいったことだ。

さて、キャタピラーがやったことでよかったことが二つある。

一つは、ドアを取りはずしてくれたことだ。おかげで内部で行われていることがじっくりと観察できた。

二つ目は、人間たちに倒されてくれたことだ。これで相手のやり口が確認できた。

あとは今の戦闘を分析して、相手の裏をかけばいいだけだ。

トータスはほくそ笑んだ。

あの老人はうろうろと小屋の入り口の様子を確認している。よほど、キャタピラーのパワーに度肝を抜かれたようだ。わしのパワーはあんなもんじゃない。だが、もちろんわしは自らのパワーをこれ見よがしにひけらかしたりはしない。相手に認識される前に倒すつもりだ。わしはそうして長い年月を生き延びてきた。ここ何世紀かに生まれたやつらとは年季が違う。

敵は三人。ひょっとすると、まだどこかに隠れているのかもしれないが、キャタピラーを倒すのに、力を温存する意味はない。おそらく、三人で全部だろう。

まず、女二人は筋肉の付き具合からして体力はそこそこありそうだが、構えを見るに戦闘能力はたいしたことはない。並の人間よりは体力があるが、吸血鬼の敵ではない。次に老人。こいつは、やや不可解だ。まぐれでうまくキャタピラーの背中を貫いたとも思えるが、わしはそんな楽観主義者ではない。あの老人はキャタピラーの背骨を狙ったと考える。体力はたいしたことはないが、戦闘能力は相当高い。老人の経験は馬鹿にはできない。

だが……。

トータスは考える。

キャタピラーは杖で貫かれたのだ。あいつらにとって、キャタピラーは圧倒的な怪物だ。それなのに、なぜ武器に銃や手榴弾《しゅりゅうだん》ではなく、杖を使ったのか？　答えは簡単だ。杖しかなかったからだ。斧の方が強力そうではあるが、落下の威力を利用するなら、ある程度の長さが必要だ。短いと体勢が不安定になってしまう。つまり、杖より射程の長い武器は存在しないということだ。

射程の長い武器を持っていることを悟られないために、わざと隠している可能性は？　それはあり得ない。仲間が隠れている可能性がないのと同じ理由だ。キャタピラーを倒すのに力を温存する意味がない。

つまり、今あの小屋の中には標準よりやや高い体力を持った女二人と、体力は並だが戦闘能力の高い老人が一人ということになる。

注意すべきは老人一人だ。キャタピラーが負けた理由はただ一つに絞られる。彼女はあの老人の前で動きを止めてしまった。吸血鬼の動きは到底人間に見切れるものではないが、キャタピラーは動きを止めてしまったため、老人に行動を予知されてしまった。

しかし、逆に考えれば、動きさえ止めなければ、あの老人に付け込まれる隙を作ることもない。つまり全速力であの小屋に入り、一秒以内に三人を殺してしまえば問題ないということになる。もちろん、即死させる。じわじわ楽しんで殺すようなことはしない。人道的な配慮ではなく、自分の身を守るためだ。人間は死なない限り、反撃しようとする。たいていは無力な攻撃だが、わしは絶対に油断しない。それが長生きの秘訣《ひけつ》だ。

よし。作戦は立った。

トータスは小屋の中を見た。

三人は互いに向き合って、小屋の中央付近で話し合っている。しかも、好都合なことに最も手強《てごわ》いと思われる老人はこちらに背中を向けている。

今だ。

トータスは下半身のみを狗狼《くろう》態に変化させ、まるで超低空を飛行するように疾走した。

小屋までは四、五秒だ。

女たちは気付いたようだが、もちろんもはや何もできない。

「徳さん、後ろ……」女の一人がトータスを指差そうとした。

老人は振り返ろうとした。

だが、そのどちらの行動も完結することはないだろう、とトータスは思った。

なぜなら、一秒後にはすべてが終了しているからだ。

トータスは止まらずに小屋の中に入り、その速度を保ったまま老人の頸《くび》を切り落とそうとした。

だが、なぜかトータスの爪は老人の頸を擦り抜けた。

なぜだ？

トータスは深く考えず、女たちを先に殺すことにした。

だが、方向を変えることはできなかった。

穴の開いた壁の残った部分にぶち当たる。

床に転がる。

片方の女が悲鳴を上げた。

もう一人は睨み付けている。

老人は興味深げに眺めている。

トータスは立ち上がろうとした。だが、全く身動きがとれなかった。

身体を壁に打ち付けたぐらいでどうして動けないんだ？

トータスは原因を探ろうと周囲を見回した。

部屋中に誰かの手足が散乱していた。胴体の一部も切断された状態で転がり、内臓がどろりと流れ出している。どうやら切断されて何秒も経っていないようだった。

いったい誰の肉体だろう？　キャタピラーか？

だが、キャタピラーはまだ鍋の中に顔を突っ込んだままだった。

ああ。なるほど、そうか。

トータスはやっと気付いた。

あれはわしの身体だ。

血と内臓のにおいが漂ってきた。

トータスの右腕は肩のところで、切断されていた。左側はもっと酷《ひど》く、肋骨《ろっこつ》の一部まで削り取られている。胴体も鳩尾のすぐ下の部分から切断されていた。

トータスは慌てて筋肉を収縮させ、出血を止めた。

すでに相当血が流れ出してしまったが、辛うじて動くことはできる。

いったい何があったんだ？

トータスは入り口の近くをもう一度観察した。

空中に赤い筋が浮かび上がっていた。そして、そこから滴が垂れている。

「釣り糸じゃよ」老人が言った。「ドアがないのは不用心なんで、さっき入り口のところに何往復か釣り糸を張っておいたんじゃ。たぶん、次のやつも全速力で突っ込んでくると思ったんでな。大怪我をするとは思ったが、まさか切断してしまうとはな。よっぽどの速度だったんじゃな。肉体の物質としての強度自体は人間とあまり変わりはないらしい。ただし、頭と胸だけの状態でも生きられる」

トータスは自分が大きなミスを犯したことに思い至った。

こんな状態になっていたのなら、死体のふりをすればよかった。だが、時すでに遅し。

もはや、この状態でもトータスが生きていられることが相手に知られてしまっている。

「おまえ、何者だ？　どうして生きていられる？」老人が尋ねた。「見る限り、相当の齢のようじゃな？　わしより年上かの？」

「殺さないでくれ」トータスはできるだけ憐《あわ》れに聞こえるように言った。「わしはそこの吸血鬼に脅されていただけなんだ。見てくれ。わしはもう年老いて力もない。それに、人間を殺したいと思ったことは一度もない。わしはこのサーカスの人間を一人も殺してないんだ。それにさっきおまえたちの命をキャタピラーから救ってやったじゃないか」

「本当かの？」老人は女たちに尋ねた。

「さっき、何者かがキャタピラーから助けてくれたというのは本当よ。でも、この吸血鬼だったかどうかはわからないわ」

「それがわしだったんだよ！　信じてくれよ」トータスはただを捏《こ》ねるように頸をぐりんぐりんと動かした。そうやって、少しずつ移動していた。目的は比較的近くに転がっている自分の左腕だ。

あれに近付けば片腕だけでも取り返せる。もう手足を生やすだけの体力は残っていないが、片腕があればここにいる三人を殺すことぐらいはできるだろう。

「こんな状態では、もう長くは持たない。せめて最期は静かに過ごさせてくれ」トータスは懇願した。「こんな状態で何ができるって言うんだ？」

うまい具合に右肩を左腕のすぐ近くに持っていくことができた。左右逆転するので、使いづらいだろうが、背に腹は代えられない。切り口を合わせ、神経と血管と筋繊維の結合を始めた。

「苦しいなら、楽にしてやろうか？」老人は女から斧を受け取った。

「その必要はない。痛みはコントロールできる。ただ、静かに最期を迎えたいだけだ」

痛みはコントロールできるというのは嘘だった。トータスは発狂しそうなぐらいの痛みを感じていた。だが、それを教える気はなかった。

「具体的にはどうすればいいの？」女が尋ねた。

「何もしなくていい。ただ、こうやって見守ってくれるだけでいい」

「家族に伝えたいことはある？」

「わしに家族はいない。群れには所属しているが、ただ力関係があるだけで、愛情も友情もない。伝えることは何もない」

「吸血鬼って、寂しいのね」

寂しい？　わしが？

トータスは笑いそうになったが、そんなことより、漸《ようや》く筋肉と神経の修復が終わったことの方が重要だ。

まず誰を倒すべきか？ 今話し掛けてきた方の女はたいしたことはなさそうだ。手強そうなのは、キャタピラーが恨んでいたオートバイ乗りと老人だろう。老人は思ったほど力はなさそうだ。どちらを先に殺そうが、たいした違いはなさそうだが、体力で言うとオートバイ乗りの方を先に殺すべきか。

腕の力で飛び上がり、いっきに押し倒し、喉笛《のどぶえ》を噛《か》み切る。そして、驚いている老人にも飛び掛かる。その後はもう一人の女だ。

トータスは頭の中でシミュレーションした。

五秒もあれば全て終わる。

トータスは無駄に時間を費やす気はなかった。作戦を決めた瞬間に、宙に飛び上がり、オートバイ乗りに飛び付こうとした。

彼女は反射的にトータスを腕で払った。

トータスは弾かれて、後方に飛んだ。

何が起きているのか、わからなかった。人間の力で自分が簡単に飛ばされるなんてあり得ないことだった。

ああ。そうか。わしは今極端に軽いんだ。

頭と胸部と片腕だけしかないトータスは元の五分の一程の体重しかなかった。肉弾戦はパワーだけの問題ではない。体重が問題なのだ。どれだけ力があっても、身体が軽ければ、運動量が足りず、弾かれてしまう。

　作戦変更だ。相手を押し倒すのではなく、とにかく相手に摑まることを優先しよう。骨さえ圧《へ》し折れば、動けなくなる。そして、血を吸って……

　だん！

　さっき取り戻したばかりの腕が叩き切られた。

　トータスは絶叫した。

「さっき『人間を殺したいと思ったことは一度もない』と言ったの」腕を斧で切断したのは老人だった。「じゃあ、今初めてそう思ったのか？」

「切りやがった。……せっかく繋《つな》いだわしの腕を……」トータスは憎悪に満ちた目で老人を睨んだ。

「身体の殆どを失っても死なないし、ばらばらになった肉体を再結合できる。おまえらは死なんのかの？」

「ああ、そうだよ！」トータスは毒づいた。「わしらは不死身なんだよ！　絶対に死なない！　だから、もう諦《あきら》めろよ。おまえたちはもう助からないんだよ!!」

「だったら、仕方ないの」老人は諦め顔で言った。「殺すことができんのなら、動けなくなるぐらいのこま切れまで刻まんとな」老人は斧を振り上げた。

　何度も振り下ろされる斧の音を聞きながら、キャタピラーは懸命に考えていた。

トータスのあの様はなんだ？　何だかあたしが馬鹿で、自分は頭が切れるみたいなこと、言ってなかったか。確かに頭は切れてるみたいだ。頭以外の全身もだけど。

キャタピラーは自分の思い付いた冗談で笑いそうになったのをなんとか堪《こら》えた。

トータスの最大のミスは死んだふりができなかったことだ。たいていの人間は下半身がなかったり、杖が胴体を貫通している肉体を見ると死体だと思う。動かなければ、見過ごされ、いくらでも反撃のチャンスがあったのだ。

キャタピラー自身脊椎は粉砕され、すぐには動けなかったが、心臓が無事だったのは不幸中の幸いだった。血液の供給さえできれば、組織の修復はできる。

キャタピラーはトータスが切断されている間に、脊髄の修復を続けていた。とは言っても、背骨のど真ん中を杖が貫通しているので、それを迂回《うかい》するように神経を再生しなければならない。イレギュラーな形態であるため、なかなかうまくいかなかったが、それでもなんとかなりそうだった。

試しに手を動かしてみる。

ぴくりと小指が動いた。

いい感じだ。あと十数秒で手足が動くようになる。まず倒すのは徳さんと呼ばれている老人だ。あいつは意表を突く行動をして厄介だ。だが、あいつさえ倒してしまえば、残りの二人は脅威ではない。当初の予定通り、じっくり苦しませてから殺してやる。

あと十秒程の辛抱だ。十秒間死体のふりを続ければ……。

「ええと、そっちの吸血鬼……名前は何だったかの？」徳さんが言った。

「キャタピラーよ」クワイが答えた。

「キャタピラーさん、生きとるんじゃろ？」

確信がある訳じゃないに決まっている。慌てて動いたりしてはいけない。

「いや。もう一人のやつがあんな状態で生きとったのに、あんただけが死ぬのはおかしいじゃろ？　生きとるよな？」

答える必要はない。あと何秒かの辛抱だ。

「死んだふりを続けるなら、それでもいいが、とりあえず切り刻ませて貰《もら》うよ」

まずい。どうする？　命乞《いのちご》いをしてみるか？　信じさせる必要はない。何秒間か躊躇《ちゅうちょ》させればそれでいいのだ。

だが、人間に命乞いをすることはキャタピラーにとって、この上ない屈辱であった。

彼女は必死で考えた。

いや。そんな無様な真似はしなくてもいい。手足のどれかを切断されたとしても、あたしは充分、こいつらに勝つことができる。いいだろう。好きなところを切るがいい。

「手足を切り落とすんですか？」女が不快感いっぱいの声で言った。

「いや。一本ずつ切り落とすのは時間が掛かるから、手っ取り早く頭を切り落とすんじゃ。脳がなければ手足は動けまい。大怪我をしているあんたらの仲間も助けに行かんといかんから、ぐずぐずしとられんじゃろ？」

キャタピラーは恐怖した。

やはり命乞いをしよう。

彼女は決心した。

だが、手遅れだった。

徳さんは躊躇などしなかったのだ。

20

激しく咳《せ》き込みながら、シューティは地面に突っ伏した。

顔面には血の気がなく、ぐっしょりと冷たい汗で濡《ぬ》れており、全身が小刻みに痙攣《けいれん》していた。

「おい！　怠けるなよ！」ウィーゼルが真上から声を掛けた。「あと五秒間走れよ！」

「もう……駄目だ。……走れ……ない」シューティは虫の息だった。「もう一歩も……俺は……ああ……殺すなら……殺せ」

「本当？　もう諦《あきら》めるの？」

シューティはこくりと頷《うなず》いた。

「つまらないなあ」ウィーゼルは欠伸《あくび》をした。「もっとタフなやつかと思ったが」

「人間には……限界が……」

「だから、その限界を突破させてやろうってんだよ!!」ウィーゼルは着地すると、シューティの脇腹を蹴《け》った。

シューティはごほごほと血を吐いた。

「ふうん。走れないふりをしているだけじゃなさそうだね。でも、僕はこんなところで許す程優しくはないんだよ」ウィーゼルはシューティに顔を近付けた。「さっさと走れよ、おっさん」

「殺……せ」シューティは白目を剥《む》いた。

「聞いてないのかい？　僕は優しくないんだよ」ウィーゼルはシューティの耳朶《みみたぶ》を摑《つか》んだ。「じいいいいい」まるでファスナーを開けるような調子で耳朶をゆっくりと引き裂いた。

鮮血が迸《ほとばし》る。

「あああああああ」シューティは地面を転げまわった。

「ほら。まだ、転がれるじゃないか。転がりながらでもいいからさっさと逃げろよ」

シューティは動かなくなった。

「おまえみたいなタフなやつが今ぐらいので、失神する訳ないだろ！　休憩してないで、さっさと走れよ、屑《くず》が!!」ウィーゼルは苛立《いらだ》たしげにシューティに近付いた。

あと、二、三歩まで近付いたところで、シューティはさっと身を翻した。

手には二本の矢を番《つが》えた小型のクロスボウが握られていた。

ウィーゼルは馬鹿にしたような目で見た。

「ほう。まだそんなの隠し持ってたん……」

二本の矢は同時に放たれた。

一本は手で弾《はじ》かれたがもう一本は右目に命中した。

「痛っ！　畜生!!」ウィーゼルは自分で矢を引き抜いた。

血塗《ちまみ》れの眼球がどろりと眼窩《がんか》から抜けた。

「俺はな」シューティははあはあと肩で息をした。「一つのクロスボウで……二本同時に矢を放てるんだ。……両方とも別々の的に……命中させられる」

「ほう。たいしたもんだね。サーカスの芸か」ウィーゼルの声は怒りと憎しみに満ちていた。「でも、二本とも目に当てることはできなかった訳だ。だったら、あまり意味がない。片目さえあれば、おまえの様子は見ることができるし、失った目も一分もあれば元通りだから。でも、おまえの耳はもう元には戻らない。おまえと僕の間の決定的な差だよな」ウィーゼルは指で摘《つ》まんでいた耳朶をシューティに投げ付けた。

耳朶はシューティの額に当たり、ぴしゃりと音を立てた。

「じゃあ、次はもう片方の耳を千切るよ。それとも、鼻がいいかな？」

ウィーゼルはシューティに近付こうとして、突然振り向いた。

そこには木の枝を突き出しながら、突進してくる蘭堂がいた。

ウィーゼルは右手を伸ばして、枝の先端を掴んだ。そのまま蘭堂ごと枝を投げ捨てる。

蘭堂は太い木の幹に叩《たた》き付けられた。

「おまえの相手は後廻《あとまわ》しだ。まずはこのガンマンで遊んでからだと言っただろ」

「シューティング……スター……だ」シューティが言った。

「はっ？　何か言ったか？」ウィーゼルはへらへらと笑った。

「俺の名は……シューティングスターだ!!」シューティは血の混じった唾《つば》を吐いた。

「自分で付けた芸名だ。気に入ってるんだ。勝手に変えるな!!」シューティは震えながらも立ち上がった。

「シューティ、無理するな！　この餓鬼は俺がなんとかする！」蘭堂は言った。

ウィーゼルはちらりと蘭堂を見た。

「何だ？　餓鬼呼ばわりして、僕を怒らせようって作戦かい？　残念でした。僕はおっとりした性格だから、簡単には怒らないのさ。だけどね。物事には礼儀ってものが必要だと思うんだよ。おっさんが無礼でもいいってことはないよね？」ウィーゼルはシューティに近付くと、その身体を蹴りあげた。

シューティの身体は数メートルも飛び上がり、蘭堂に直撃した。

二人は共に地面に倒れ、転がった。

「シューティ、大丈夫か？」先に起き上がったのは、蘭堂だった。

「大丈夫かって？　もちろんだ。……すべて計画通りに進んでいる」

その言葉がただの強がりなのか、意識混濁による妄想なのか、蘭堂には判断できなかった。

「おまえらの関係は何だ？　友達か？　兄弟か？　恋人か？　場合によっては、こっちの男を先に殺した方がガンマンを苦しめられるのかもな」

「俺はおまえが……追いつくのを……待ってたんだ」シューティが言った。「あいつには殆《ほとん》ど隙がない。……だから、おまえの協力が……必要だったんだ」

「もうわかった。喋《しゃべ》らなくていい」

「俺は森の中を大回りで進んだんだ。……そして、気付かれないように、テントの近くまで戻ってきた。そうすれば、……おまえに見付けて貰《もら》えると思ったんだ」

「テントの近くでなくても、追いつけたけどな」

「そうか？　思ったより……時間が掛かったぞ」

「それは死体を見付けたり、火の玉を見たりして、手間取っちまったんだよ」

「それは僕の気を逸《そ》らすための嘘かい？」ウィーゼルはいつの間にかすぐ傍に来ていた。

「信じたくなければ……信じなくてもいい」シューティは言った。「でも、遺体があったってことは、……この辺りには、おまえたちより……強いやつがいるってことだ」

「何か隠しているのかい？」

「シューティ、今だ」蘭堂は後ろを振り向き、小声で言った。

「駄目だ。やつはまだ……油断していない」シューティは悲痛な声で言った。

「僕は隠し事が嫌いなんだ。何を企《たくら》んでるんだ？」ウィーゼルは蘭堂の胸倉を摑み、投げ飛ばした。

　蘭堂は大きな岩に激突し、息ができなくなった。

　シューティは勢いよく飛び上がると共にポケットから左手で取り出したナイフをウィーゼルの喉元《のどもと》に突き付けた。

「死ね!!」

　ウィーゼルはシューティの左手を叩いた。

　ぼきりという鈍い音を立て、シューティの左手は折れ曲がり、ナイフはどこかへ飛んでいった。

　次の瞬間、ウィーゼルの手刀がシューティの腹部に深く刺さった。

「あっ」ウィーゼルは気の抜けたような声を出した。「ついうっかり、致命傷を与えちまったじゃないか。これじゃあ、長く苦しめることができない。全く興ざめだ」ウィーゼルはシューティの腹から手刀を引き抜いた。

　シューティは目を見開いたままどさりと地面に倒れた。口と腹からはどくどくと血が流れ出した。

「シューティ!!」蘭堂はシューティのもとへと這《は》いずって近寄った。

「本気で、こんなナイフで僕を殺せると思ったのかい？　それとも、楽に殺されるために、僕を騙《だま》したのか？　後者だとしたら、僕はまんまと騙されたことになるね。癪《しゃく》だけど、まあ、せいぜい苦しむようにこのまま放っておくことにするよ。そうそう。おまえが死んだら、この男をできるだけ長く苦しませて殺すと約束しよう。そうすれば、死ぬ前に、おまえに少しは嫌な思いをさせられるからね」

「シューティ！」蘭堂はシューティに覆いかぶさるように抱き締めた。「しっかりしろ！」

「これで……いいんだ。……計画……通りだ」シューティは血を吐きながら咳き込んだ。

「喋るな。じっとしていろ」

「今……やつは……油断した……」シューティは蘭堂の服の袖《そで》を力いっぱい握り、引き裂いた。

蘭堂は目を瞑《つぶ》った。

「今だ」

蘭堂は動かない。

「何を……している。俺を……無駄死に……させるつもりか」

「おまえたち、何を言っているんだ？」ウィーゼルが眉《まゆ》を顰《ひそ》めた。

「早く……ランディ」シューティが言った。

蘭堂は絶叫し、シューティの身体の上から飛び退いた。

身体を起こしたシューティの口には、蘭堂の服の袖口だった破れた布が咥《くわ》えられ、手には二本の矢を番えたクロスボウが握られていた。

「おいおい。またかよ。その手はさっきも使っただろ？　痛みで、頭、いかれちまったんじゃないのか？」

「ランディ……よく見ておけ。……俺の……遺言だ」シューティの口から布が落下した。

「わかったよ」ウィーゼルはにこやかに両手を広げた。「さあ、やってみせてく……」

　布がシューティの指の上に被《かぶ》さった。

　次の瞬間には、ウィーゼルの鼻の下と左胸に矢が突き刺さっていた。

　ウィーゼルの片目はじろりとシューティを見たが、そのまま後ろ向けにどうと倒れた。

　同時にシューティも倒れた。

　蘭堂はシューティに駆け寄った。

「あいつは……俺の指の動きで……発射のタイミングを察知していた」シューティは言った。「だから……布で……指を隠した」

「これ……だ。俺の……遺言……弱点」シューティはごぼごぼと血を吐いた。

　ウィーゼルの身体は数秒間、痙攣していたが、すぐに収まった。

「もういい。少し休むんだ。今、助けを呼んでくる」

　シューティの身体から力が抜けた。腕がだらんと下がった。目は見開いたままだったが、すでに光は失われている。

「シューティ、どうした？　おまえが死ぬ訳ないだろ！　悪ふざけはやめて、さっさと起きろよ」蘭堂は震えながら言った。

だが、シューティは動かなかった。

「駄目だ。俺はおまえを死なせない!!」

自分がサーカスに居場所を見付けられたのは、シューティのおかげだ。どこの馬の骨とも知れない俺の願いを聞いて、団長に話を繋《つな》いでくれた。

俺がマジックに失敗して絶望したときにも、厳しく接しながらも、ずっと俺を見守っていてくれた。

俺は一生掛けても、シューティに恩返ししなくてはならないんだ。今、死なれてたまるか！

蘭堂はシューティに心臓マッサージを施した。そして、大声で何度もシューティの名を呼び続けた。

三十分もそんなことを続けた頃、漸《ようや》く蘭堂は我に返った。

心臓が止まって十分も経てば、蘇《そ》生《せい》はほぼ絶望的だ。

気が付くと、蘭堂は泣いていた。

自分自身を抑え付けるようにして、なんとか心臓マッサージをやめた。

長時間力を入れ続けたため、ぱんぱんに腫《は》れ上がっていた腕を無理やり動かして、傷口の状態を調べた。

蘭堂はシューティの傷が胴体を貫通していたことに気付いた。

何十秒かでも生きていられたこと自体が奇跡的だ。即死でも不思議ではなかった。

蘭堂は絶叫した。今まで感じたことのない怒りに全身の震えを止めることができなかった。

殺してやる。やつらを皆殺しにしてやる！

蘭堂は立ち上がった。

「うわああああ!!」蘭堂は獣のように吠《ほ》え、腫れ上がった腕で、森の木々を殴り続けた。拳《こぶし》が張り裂け、血《ち》飛沫《しぶき》が飛び散った。だが、痛みなど感じない。

ランディ、落ち着け。

シューティの声が聞こえたような気がした。

蘭堂はシューティの亡骸《なきがら》を見下ろした。

何だろう？

蘭堂は違和感を覚え、考え込んだ。

いったいどういうことだろうか？

シューティの腕は地面の上に垂れていたが、その指先はまだウィーゼルの方向を指し示していた。

いったい何が言いたかったのか？

蘭堂は慎重にウィーゼルに近付いた。

もうぴくりとも動かない。

むらむらと激しい怒りが込み上げてきて、衝動的に手近にあった石でウィーゼルの顔を殴り付けた。

矢が途中で折れ、顔の骨がぐしゃりと凹《へこ》んだが、反応はない。

どうやら本当に死んでいるようだ。

ウィーゼルがシューティにやったことを思い出し、ぐちゃぐちゃになるまで顔面を潰《つぶ》してやろうかと思ったが、それはなんとか思い止《とど》まった。

冷静さを欠いては、できることもできなくなってしまう。この死体は貴重なサンプルだ。無闇に損壊すべきではない。

蘭堂はウィーゼルの死体をもう一度観察した。

顔面の中央が陥没しているのは、蘭堂が石で殴ったからであり、おそらくシューティの伝えたかったこととは関係ない。

他に特徴的なものとしては顔と胸に刺さった矢だ。おそらくこの矢傷が致命傷となったのだろう。

このとき、蘭堂は漸く違和感の正体に気付いた。

ウィーゼルは一度頸《くび》をシューティに射貫《いぬ》かれていた。あのときは絶命せずにすぐに回復していた。今回はなぜ死んでしまったのか？

矢に特別な仕掛けはなさそうだった。だとしたら、その前の無効な攻撃とは何が違うのか？

大きな違いは刺さった位置だ。今回は鼻の下と左胸で、もちろん、正確に急所に命中させているが、最初に狙った頸だって立派な急所だ。
だとしたら、単に人間の急所を狙えばいいというものではないらしい。

胸に刺さった矢は心臓を貫いているように思われた。おそらく心臓は動きを阻害されただろう。ひょっとすると破裂しているのかもしれない。心臓が停止すれば、血液の循環も止まり、全身に酸素の供給ができなくなる。この怪物の心臓が人間と同じ機能を有しているのなら、こいつらを殺すのに心臓の破壊は有効だということになる。

鼻の下から斜めに刺さった矢は脳幹部を直撃していそうだった。脳幹部に矢が達すれば、呼吸や血液循環を含む様々な生命維持活動に必要な中枢が破壊されることになる。これもまた全身への酸素の供給を阻害することになる。

なるほど。そういうことか。他にも何か所かあるのかもしれないが、少なくともこの二か所を攻撃すれば、吸血鬼を倒すことができる。

シューティはそれを伝えたかったんだ。

まずはこのことをみんなにも伝えなければならない。そして、もしこいつらと遭遇した場合に備えて武器が必要だ。

シューティの手から小型クロスボウを拾い上げた。

威力は小さいし、シューティのように二本の矢を同時に番えることはできないが、うまく近付いて至近距離から発射できれば、効果があることはわかった。これは持っていこう。ただし、矢がない。

蘭堂はウィーゼルの身体から矢を引き抜いた。血で汚れているし、軸が少し歪《ゆが》んでしまっている。ないよりはましだが、真っ直ぐ飛ばせる自信はない。

ちゃんとした矢が欲しいが、矢はテントまで取りに行くしかなさそうだ。そして、テントに近付くほど危険が増すことは容易に想像がついた。

だが、せっかくシューティが教えてくれた吸血鬼の殺し方だ。この情報を無駄にはできない。

蘭堂はテントに戻る決心をすると、シューティの身体を近くの木陰まで運び、そこに横たえた。比較的葉が残っている枝を何本か被せ、シューティを隠す。

気休めかもしれないが、剝き出しで置いていく気にはならなかったのだ。

蘭堂はシューティに黙礼すると、テントの方に向かって走り出した。

21

猛獣使いのレーラーは背を丸めながら、森の中を速足で歩いていた。数十歩ごとに立ち止まっては、周りをきょろきょろ見回し、また進み始める。

大テントの方の火は消えたようだったが、とても心配だ。こうして歩いているのももどかしいが、あの怪物に見付かったら大変だ。こうやって、こそこそと進むしかない。

レーラーは溜《た》め息を吐いた。

そのとき、肩を摑《つか》まれた。

「どうして、テントの方に向かってるんだ？」

レーラーは悲鳴を上げて、その場に蹲《うずくま》った。

「どうか、食べないで」

「わしはよく、人を喰《く》ったやつだと言われるが、実際に喰ったりはしないから安心しろ」

聞き覚えのある声だ。

レーラーは恐る恐る顔を上げた。

そこにいたのはピエロだった。

「団長！」レーラーは喜びの声を上げた。

「しっ！　大きな声を出すな」

「あっ。わたし、悲鳴上げちゃった」

「やってしまったものはしょうがない。それに、脅かしたわしも悪かった。脅かす気はなかったんだけどな」

「いつからついてきてたの？　気配を消して森の中を進んでいたのに」

「二、三十分前からかな。森の中でごそごそと音がするので、もしやと思って覗《のぞ》いてみたら、へっぴり腰で森の中を進んでいくおまえだったんだ。一人で行かせるのは危ないと思って、二、三メートル程後ろをついていったんだが、どうやらテントの方に向かおうとしていることに気付いて声を掛けた」

「わたし、気配消せてなかった？」

「全然。そして、すぐ後ろのわしの気配にも気付いていなかった。わしの方は特に気配を消そうとは思ってなかったがな」

「攻守とも不合格ってことね」レーラーはがっくりと肩を落とした。

「ところで、さっきの質問だが、どうしてテントに向かってるんだ？」ピエロはもう一度尋ねた。

「さっき、大テントの方で、火の手が上がったのに気付いた？」

「ああ。それから、火の玉が森の上を飛んでいったのにもな」

「火の玉？　それは気付かなかったわ。大きな音は聞いたけど」

「頭を下げて進んでたからだろ。あいつらは空から襲ってくるかもしれんのだから、上を見ないと危ないぞ」

「時々止まって、空を見上げてたわ」

「時々じゃ駄目だろ。あいつら、速いんだから。……それで、どうしてテントの方に向かってるんだっけ？」

「火事になっているのを見て、思い出したのよ。エルザたちをほったらかしで逃げてきちゃったって」

「あいつら、猛獣の血も吸うのか？」

「そんなことわかる訳がないじゃない。でも、もし吸うんだったら、逃がしてあげないと」

「猛獣を逃がすのは犯罪だぞ」

「何言ってるの？　ここには、猛獣より恐ろしい怪物がうろついてるのよ。今更、猛獣が何頭か檻《おり》から出ても、どうってことないでしょ」

「どんな怪物がうろついていようが、猛獣を逃がすのは犯罪だ」ピエロはぽりぽりと頭を掻《か》いた。「だが、今回は緊急事態だ。見逃すことにしよう」

「ありがとう。じゃあ、わたしは動物小屋の方に行くから、団長はうまく逃げてね」レーラーはまた身を屈《かが》めて歩き出した。

「ちょっと待て」ピエロはレーラーの手を掴んだ。

「何？」

「わしも一緒に行く」

「どうして？」

「女性一人を危険に曝《さら》す訳にはいかない」

　レーラーは笑った。

「前時代的ね。どう考えても、わたしの方が団長より体力があるわ。それに、二人掛かりだってあんなやつに勝てる訳がないから、行くのは一人がいいわ。その方があいつらに見付かったときの犠牲は一人で済む」

「いや。あいつらと戦おうって訳じゃない。二つの目より、四つの目の方が広範囲を見張れるっていうことだ。特に檻を開けるときは、周囲に気を配れないだろ？」

レーラーは考え込んだ。

「そうね。一人より二人の方が生き延びる可能性は高いかもしれない。でも、それを言うなら、団長は一緒に行かない方がずっと安全よ」

「おまえだって、わざわざ大テントに行かずに逃げた方が安全だ」

「わたしには、あの子たちがいる。見捨てては行けないわ」

「それはわしも同じだ」

レーラーははっとして、ピエロの目を見た。

「……そうね。そうだったわ。ここで言い争っていても仕方ないわね。さっさとあの子たちを助けましょう」

「そうと決まったら、善は急げだ」

二人は並んで、森の中を進みだした。

程なく、森の出口に達した。

テント村までは、ささやかな広場となっている。距離にして、五十メートル程だ。

「ここが一番危ないわね」

「ああ。丸見えになるからな」

「わたしが一人で行くから、団長はここで待ってて」

「また同じやり取りを繰り返す気か？　わしも行く」

「一緒に行ったら、一緒に殺されるかもしれないじゃないの」

「一緒に行く訳じゃない。まずわしが一人で広場を突っ切っていく。動物小屋とは別の方にだ。その後、おまえが動物小屋の方に向かう。どちらかが吸血鬼を見付けたら、大声を出して逃げ出す。二人とも相手のことは考えず、自分の命だけを考えて逃げる」

「その作戦で正しいの？」

「正しいかどうかはわからんがこれ以外の手は思い付かん」

「わかったわ。でも、まずわたしが先に行くわ」そう言うと、レーラーはピエロが止める間もなく、広場に入り、大テントに向けて走り出した。

ピエロは不本意のようだったが、すぐに飛び出さずに、レーラーが離れるのを待っていた。

広場はテントからの灯《あか》りでほんのりと明るく、見通しはいい。怪物の姿は見当たらない。

レーラーはまず小さい方の動物小屋へ飛び込んだ。

小屋の中は灯りが点《つ》いておらず、外からの光を頼りに檻を開けるしかなかった。しかも、できるだけ音を立てずにだ。

中にいる猛獣は二頭だ。ライオンのエルザと虎のナオト。

元は十頭以上もいたのだが、サーカスの経営が苦しくなって、どんどん手放していったのだ。

こんなことになるのなら、この子たちも手放しておけばよかった。

レーラーは後悔しながら鍵《かぎ》を取り出し、二つの檻を開けた。

「さあ、二人とも、外に出て。森の中に逃げるのよ」

だが、二頭とも、何かを警戒しているように、開け放たれた檻の中でじっとしている。

「どうしたの？　早く行きなさい」

ひょっとすると、外が怖いのかもしれない。

レーラーは猛獣たちが外に出たことがないのに気が付いた。

テントの外はこの子たちにとって、未知の世界なんだわ。どうすれば、外に出ようと思わせることができるのかしら？　お外は安全って言う？　いいえ。今は全然、安全じゃなかった。

レーラーは壁に掛かっている鞭《むち》を手に取った。

とりあえず、鞭で脅せば出ていくはず。でも、その後は？　広場でうろうろしていたら、やつらに見付かってしまうかも。

仕方がない。この子たちの生存本能に期待して、森の中に逃げ込んでくれることを祈るしかないわ。

レーラーは鞭を振り上げた。

「レーラー！　逃げろ!!」ピエロの叫び声が聞こえた。

小屋の中から顔を出すと、血塗《ちまみ》れの少女が宙を飛び、ピエロを追い駆けているのが見えた。

少女はきょろきょろと周囲を見ている。

おそらくピエロの呼び掛けた相手を探しているのだろう。

ピエロは必死に走って息も絶え絶えのようだったが、少女は余裕たっぷりだ。このままでは、すぐに追いつかれてしまう。

レーラーは小屋を飛び出した。

「お嬢ちゃん、こっちよ！　わたしはここにいるわ！」動物小屋から離れながら、レーラーは声を振り絞って叫んだ。

少女はレーラーの方を見た。

「何をしてるんだ⁉　早く逃げろと言っただろ！」ピエロが真っ青になって言った。

「相手のことは考えず、自分の命だけを考えて逃げ出すって約束じゃないか‼」

「ごめん、約束は守れそうにないわ」

少女はしばらくピエロとレーラーを見比べた後、すっと空中をレーラーの方に近寄ってきた。

「あんた、レーラーっていうの？　ボクはキリフィッシュ。よろしく」

「血塗れね」レーラーは顔を顰《しか》めた。「あんた、汚いわ」

キリフィッシュの表情は見る見る険しく歪《ゆが》み始めた。

「ボクが汚くなったのは、あんたの仲間のせいだよ！」

「あら。わたしの仲間もなかなかやるじゃない」レーラーは胸騒ぎを覚えた。「誰にやられたの？」

「名前は聞いたかどうかも覚えてない。木登りの得意なおばさんだよ」

高所が得意なのは、ジェヌかキブキィだろう。実際に素早く木に登ったとしたら、おそらくキブキィの方だ。でも、キリフィッシュを傷付けた後、どうなったんだろう？　この吸血鬼が生きているということは、キブキィが逃げたか、キリフィッシュの方が逃げたか。それとも……。

キブキィがやられたという可能性は考えたくなかった。彼女は慎重だ。そう簡単にはやられないと信じたかった。

「言っとくけど、そのおばさんはちゃんと殺しといたから。でも、齢《とし》くってるんで、血はあんまり美味《おい》しくなかったな」キリフィッシュはつまらなそうに言った。

「こいつの話に乗るな！」ピエロが叫んだ。「おまえが怒るのを見て、楽しもうとしているだけだ」

そう。こんな吸血鬼の言葉なんか、信じる必要はない。怒りの感情をコントロールするんだ。

レーラーは拳《こぶし》を握りしめた。

「そうそう。あのおばさんと一緒にいた男を木の枝で串刺《くしざ》しにしたら、物凄《ものすご》く怒って面白かったよ」

その言葉を聞いた瞬間、レーラーは頭が真っ白になった。鞭を握りしめると、キリフィッシュの方に走り出した。

「へえ。やる気になったんだ」キリフィッシュはゆっくりと降下した。「本当のところ、今ボクは腹が立って仕方がないんだ。腹いせに、あんたを生きたまま標本にしようと思ってる。いいよね？」

レーラーの耳にはもうキリフィッシュの言葉は聞こえていなかった。広場をいっきに走り抜け、鞭を振り上げ、キリフィッシュに向かって振り下ろした。

キリフィッシュは逃げようともせず、鞭を掴みとろうと、手を伸ばした。

ピエロがキリフィッシュに体当たりした。彼はそのままその場に転んだ。

僅《わず》かにキリフィッシュの手がぶれた。

鞭先は掌《てのひら》を掠《かす》り、キリフィッシュの頬に命中した。頬の皮膚を削り取り、大きく弧を描き、レーラーの背後に戻る。

キリフィッシュは指先で自分の頬を擦《こす》って確認した。血を見て、彼女の目は大きく見開かれ、激しい怒りの形相になった。

「ボクは……ボクはね、傷付けられるのが嫌いなんだ」

「あらそうなの。だったら、わたしたちも傷付けないで」レーラーは目を逸《そ》らさずに言った。

「あのね、勘違いしてるみたいだけど、ボクたちとあんたたちは対等じゃないんだ。人間とゴキブリは友達になれないよね。あんたの友達がゴキブリを潰《つぶ》したとして、そのとき『自分が潰されたら嫌でしょ。だったら、ゴキブリを潰さないで』って言う？　言わないよね？」

「わたしたちはゴキブリじゃない」

「そう思い込んでるだけだ。あんたらはゴキブリだよ。……糞《くそ》じじい、おまえもだ!!」

キリフィッシュはまだ起き上がっていないピエロに向かって怒鳴り付けた。

「団長！　逃げて！」レーラーは叫んだ。

「へ？」ピエロはキリフィッシュに睨《にら》み付けられて、怖気《おじけ》づいてしまったのか、座り込んだまま、きょとんとレーラーの方を見詰めていた。

キリフィッシュはピエロに向き直った。

「逃げて!!」レーラーは叫ぶと同時にもう一度鞭を振るい、キリフィッシュの頸筋《くびすじ》を打った。

「ぐわあああ!!」キリフィッシュの口が突然裂けて、無数の牙《きば》を剝《む》き出しにして、レーラーを威嚇した。

「ひえええええ〜!!」ピエロは漸《ようや》く立ち上がり、逃げ出した。

レーラーは溜め息を吐いた。

これでしばらくキリフィッシュの関心をわたしに引きつければ、団長は逃げられる。

少しでも時間稼ぎをしなければ。

一度咆哮《ほうこう》した後、キリフィッシュの顔は徐々にあどけない少女のものに戻っていった。

「これって、作戦のつもり？」

レーラーは何も答えず、鞭を構えた。

「二度もボクを打ったね。一度目はあのじじいがぶつかったからだ。二度目もあのじじいに気をとられていたから。あんたは実力でボクを傷付けた訳じゃない」

レーラーは鞭を構えたまま、じりじりと体勢を変えた。

「もう、あのじじいは逃げてしまった。だから、今度は絶対に当たらない。さあ、打ってみてよ」

レーラーは挑発に乗らなかった。

「ボク、今日は特に機嫌が悪いんだ。最初はあいつだった。ランディとかいうおっさんに騙《だま》されて、それで仲間に思いっきり馬鹿にされたんだ。それから、変なおばさんに串刺しにされた。それから、あんたみたいな下手くそな鞭使いに二度も鞭を当てられた。ボクはとっても苛々《いらいら》している。わかってる？」

まだだ。こいつをもっと怒らせないと。

レーラーは軽く鞭を振るった。

キリフィッシュは鞭を掴もうと手を出したが、鞭はその遥《はる》か手前を空振りする。

レーラーはにやりと笑った。

「ボクを馬鹿にして怒らそうとしてるんだね。でもね、ボクを怒らせるのは間違いだよ。

一分後、あんたはこう思う。こんな残酷な状態で生かされるのなら、早く殺して欲しい。ああ。あの可愛いキリフィッシュちゃんを怒らせるなんて、なんと馬鹿なことをしてしまったのかしらってね」キリフィッシュはウィンクした。

ピエロの姿はいつの間にか見えなくなっていた。

さあ、そろそろか。

レーラーは充分にタイミングを計って、鞭を振るった。

キリフィッシュの背後から、巨大なライオン――エルザが咆哮しながら飛び掛かった。

できれば吠《ほ》えずに飛び掛かって欲しかったけど、動物には無理な話ね。

レーラーは思った。

エルザは小屋の外の異変を察知し、キリフィッシュに音もなく近付いたのだ。キリフィッシュはレーラーに気をとられていたことと、敵は人間だけだと思い込んでいたことで、エルザの存在に気付くのが一瞬遅れたのだろう。

キリフィッシュに戸惑いの表情が見えた。彼女はまず鞭の先端を摑み、そして振り向こうとした。

なぜ鞭を摑むことを優先したのかはわからない。三度も鞭打たれるのはプライドが許さなかったのかもしれない。とにかく、その一瞬の迷いがエルザに有利に働いた。

エルザは背後からキリフィッシュの頸の付け根に嚙《か》み付いた。

レーラーの位置からもばりばりと骨が砕ける音が聞こえた。

キリフィッシュの上半身が狼と蝙蝠《こうもり》の中間的な獣の姿に変わった。

彼女は絶叫しながら、掴んでいる鞭を引っ張った。

レーラーは鞭を離すまいと両手で懸命に握りしめた。

驚くべきことに、キリフィッシュはレーラーごと鞭を振り回した。

レーラーは宙を飛び、地面に叩《たた》き付けられた。痛みと衝撃で、頭がくらくらし、息ができなくなった。

立ち上がらないと。

レーラーは踏ん張ったが、どうしても立ち上がれない。

キリフィッシュは鞭を離すと両腕を背中に回し、エルザの頭を掴んだ。

エルザとキリフィッシュ、二頭の獣の咆哮が重なる。

キリフィッシュは強引にエルザの頭を自身の首の付け根から引き離そうとした。

エルザは噛むのをやめなかった。

ばりばりと筋肉と皮膚が引き裂かれる音が聞こえた。

だが、キリフィッシュは怯《ひる》まなかった。自らの大量の血と肉片と骨片を撒《ま》き散らして、百キロ以上あるエルザの肉体を引き離し、持ち上げた。

エルザは苦しみ、咆哮した。口からキリフィッシュの組織が地面にぺちゃりと音を立てて落下した。

キリフィッシュはエルザを自分の目の前の地面に叩き付けた。

エルザの頸が変な方向に捩《ね》じれ、ぴくぴくと痙攣《けいれん》している。

「エルザ!!」レーラーは漸く立ち上がれた。なんとか息もできる。

キリフィッシュがレーラーに向かって何か言ったが、獣の吠える声にしか聞こえなかった。

どうせ、恨み言か嫌味を言ってるんだろうから、理解できなくても問題ないか。

キリフィッシュはちらりとエルザを見たが、もはや戦えないと思ったのか、レーラーの方に向かってきた。

レーラーは奇跡的に手放していなかった鞭を振るった。

キリフィッシュは一瞬、動きを止めた。

だが、鞭はキリフィッシュを狙った訳ではなく、地面を打った。

キリフィッシュは鞭の先端に注目していた。

もちろん、これは直接的な攻撃ではない。

ナオトへの合図だ。

体重三百キロ近い虎がキリフィッシュに飛び掛かった。しかも、吠えずにだ。

ナオト、ナイス！

ナオトの爪はキリフィッシュの脇腹に突き刺さり、そのまま引き裂いた。

キリフィッシュの身体は弾みで、独楽《こま》のように回転した。

折れた肋骨《ろっこつ》が露出し、腸《はらわた》が垂れ下がった。

キリフィッシュは傷口を押さえながら、ナオトに対峙《たいじ》した。

キリフィッシュは同じミスを繰り返した。猛獣が一匹しかいないと思い込んでいたのだろう。

さて、問題はこれからだわ。エルザの攻撃もナオトの攻撃も不意打ちだった。だから、キリフィッシュにダメージを与えることができた。だけど、正面切って戦った場合は、いったいどうなるか。

さっき鞭ごと投げ飛ばされた感じだと、この吸血鬼には重機並みの力がありそうだ。ナオトが全力でぶつかっても勝てるかどうか。

別の咆哮が聞こえた。

エルザが立ち上がっている。

さっきのはやられたふりだったのか、それとも短時間で回復したのか。どっちにしても、なかなかのものよ、エルザ。これで三対一に持ち込めたわ。

もちろん、二頭に戦略を伝えることなんかできない。野性の勘で、適宜動いて貰《もら》うしかない。

キリフィッシュは二頭に目を配りながらも、レーラーを睨み付けた。

ああ。まずいかも。そりゃそうよね。わたしが一番弱そうだから。わたしを狙うわよね。でも、わたしを狙おうとすると、絶対に隙が生ずる。エルザとナオトはその隙を逃さないはず。

レーラーは鞭で地面を打った。

二頭には伝わらないかもしれないが、キリフィッシュに隙があったら、すぐに攻撃しろ、の合図のつもりだ。

「また、お洋服が汚れちゃったわね」レーラーはキリフィッシュに優しげな声を掛けた。

「ママに怒られちゃうかも」

キリフィッシュは唸《うな》り声を上げた。何か答えたのかもしれないが、もちろん何を言ってるか、わからない。

「ええと。悪いけど、ちょっと何言ってるかわからないわ」

いい感じかも。でも、もう少し時間が欲しい。

キリフィッシュの目は怒りに燃えた。

レーラーは獣たちの方を見てしまわないように気を付けた。キリフィッシュはレーラーの方しか見ていないが、レーラーの視線で彼らの位置がばれるかもしれないからだ。

キリフィッシュの肉体は相当激しく損傷している。微妙な気配を察することができなくなっていることを期待した。

レーラーは獣たちの位置関係を把握し、作戦を練った。

もちろん、彼らがレーラーの思惑通りに動いてくれる確証はない。だが、今はそれに賭《か》けるしかないのだ。

よし、今だ。

　レーラーはキリフィッシュの方に踏み込むと同時に、鞭を振るった。

　キリフィッシュは鞭の先端を摑もうとした。

　だが、そのときにはすでにレーラーは鞭を引き戻していた。

　キリフィッシュは空を摑む形になり、僅かに体勢を崩した。

　エルザとナオトはその隙を逃さなかった。それぞれが宙を飛び、キリフィッシュを狙った。

　キリフィッシュはひと声絶叫すると、両腕をいったん交差させ、いっきに開いた。

　両拳はそれぞれエルザとナオトの顔面に炸裂《さくれつ》した。

　二頭は弾《はじ》き飛ばされ、地面の上を転がった。それぞれ相当なダメージを受けたようで、うぉんうぉんと声を上げてもがくばかりで、立ち上がることはできないようだった。

　これは確実に演技なんかじゃないわ。

　レーラーは確信した。

　ナオトの方の体重がエルザより重かったためか、キリフィッシュの身体はずずっとエルザの方に向かって地面を滑ったが、倒れることなく、体勢を維持していた。

　キリフィッシュの姿はゆっくりと少女のそれに戻っていった。

「こんな畜生どもで、ボクを殺せるとでも思ったの？」

　殺せるとは思ってなかった。でも、キリフィッシュはもう少し梃摺《てこず》ると思っていた。

　これは誤算かも。

「でも、あんたさらに汚くなったわ」レーラーは言った。

「嫌味のつもり？　気にしてない。服なんかいくらでも買えるんだよ」

「服のことじゃない。あんたの身体のこと」

「こんなのはすぐに治る。さっきも、身体に穴が開いたけど、すぐに治った。今は血が足りないけど、おまえの血を飲めば、またすぐに治る」キリフィッシュは飛び出した腸をぐいぐいと腹の中に納めた。

　レーラーはなんとか吐き気を堪《こら》えた。

「おまえの死に方はボクが決める。覚悟はいいかな？」キリフィッシュは勝ち誇って言った。

　ええ。準備は出来たわ。

「ジャンボ、やれ！」ピエロが言った。

「えっ？」

　キリフィッシュが振り向くと同時に、ジャンボの鼻が彼女の頭上に振り下ろされた。

　キリフィッシュの背骨は腰の上辺りで、ぽきりと折れてしまった。先ほどできた脇の傷口が大きく開き、大量の血肉が噴水のように噴き上がった。

　キリフィッシュの胴体は途中で折れ曲がった。前後方向ではなく、左にだ。腰から上はだらりと垂れ下がり、上下が逆転している形だ。

　キリフィッシュはがばがばと口から血を吐き、折れ曲がった姿のまま、レーラーの方に進もうとしたが、バランスを崩し、その場に転倒し、血溜まりの中でばたばたと暴れた。「相手のことは考えず、自分の命だけを考えて逃げ出すって約束じゃなかった？」

レーラーはピエロに言った。

「それはお互い様だろ」ピエロはジャンボの脚を撫《な》でた。

　ジャンボは満足そうに鼻を持ち上げた。

「しかし、できるだけ静かに歩かせたとは言え、ジャンボはよく気付かれなかったもんだな」

「この吸血鬼は同じミスを繰り返してしまったのよ。最初はわたしだけが敵だと思ったため、二頭の猛獣の攻撃を受けてしまった。そして、今度は自分の敵はわたしと二頭の肉食獣だと思い込んでしまった。だから、エルザとナオトの動きに集中して、背後への気配りがお留守になってしまったのよ」

「子供だな」

「ええ。まだ子供だわ」

「うっさい、糞ばばあと糞じじい!!」キリフィッシュはのた打ち回りながら悪態を吐いた。「五対一なんて卑怯《ひきょう》だぞ!!」

「そうだよ。大人は卑怯なんだよ」ピエロは諭すように言った。「よく覚えておくんだ」

　エルザとナオトはよろよろと立ち上がり、レーラーのもとにやってきた。ダメージは致命的ではなかったようだ。

「エルザもナオトもジャンボも人を傷付けたことはないのに、どうしてキリフィッシュを攻撃したんだろう？」ピエロは疑問を口にした。

「わからないわ。あの子の邪悪さと危険さを本能で感じ取ったのかもしれない。まるで、わたしの心の声が聞こえるかのように動いてくれた」

「サーカスでもこれほど息が合えばいいのにな」

「ええ本当に」やっとレーラーから笑みが漏れた。

「他のみんなはどうなったんだろう」

「わからないわ。さっき、火の玉が飛んで行ったって言ってなかった？　とりあえずそっちの方に向かいましょう」

「動物たちはどうする？」

「そうね。もしまだ吸血鬼がいたら、助けになるかもしれないから、一緒に連れていきましょう。ジャンボが森の中を通るのは難しいから、遠回りになるかもしれないけど」

「あの子はどうする？」ピエロが尋ねた。「もう立ち上がることもできないようだが」

あの子はとてつもない怪物だ。生かしておいてはいけないのかもしれない。

……だけど、わたしたちは怪物ではなくて人間だ。

「そうね。女の子の姿をしたものをこれ以上傷付けるのは、心情的にも無理だわ。わたしたちで保護するというのはどうかしら？」

「あいつは怪物だぞ」

「怪物かもしれないけど、子供だわ。正しく教育すれば、立ち直る可能性があるのよ」

キリフィッシュは二人の会話を聞いてげらげらと笑った。もがきながら、少しずつ身体の位置を修正し、背骨を正しい形にしようとしているようだ。

「あの傷が治るかどうかわからないけど、医者には診せた方がいいかもね」レーラーはスマートフォンを取り出し、操作を始めた。「まだ、電波が来てないわ。どうしたのかしら？」

「あっ」ピエロが声を出した。

「どうしたの？」レーラーは顔を上げた。

「悪気はないと思うんだ。さっき言ってた本能ってやつだと思うんだ。だから、ジャンボを強く叱らないでやってくれ」

「えっ？」

レーラーが振り向いたとき、ちょうどジャンボの前脚に踏み付けられたキリフィッシュの頭と胸が破裂するところだった。

22

蘭堂がテント村前の広場に辿《たど》り着いて最初に目に入ったのは、何者かの死体の残骸《ざんがい》だった。周辺には血が飛び散っていて、相当激しい戦闘が行われた痕跡《こんせき》が残っていた。

死体は圧殺されたものらしかった。すでに原形を留《とど》めてはいないが、かろうじて一部が残っている服装は、キリフィッシュのものに似ていた。

殺し方は到底人間技とは思えなかったが、森の中で発見した死体と違って、殺害者の見当は付いた。

間違いない。キリフィッシュはジャンボと戦って敗れたのだ。頭部と胸部を同時に踏み潰《つぶ》され、脳と心臓を粉砕されたのだろう。

これは朗報のように思えた。ジャンボはピエロとレーラーの言うことしか聞かない。つまり、少なくともどちらか一人はジャンボと行動を共にしているはずだ。まだ仲間は生き残っている。

そのとき、不快な音が響き渡った。頭の芯《しん》を掻《か》き混ぜられるかのような、異常な大音響だった。高い音から低い音まで様々な周波数が、全く調和せずに混ざっている。

蘭堂は耳を押さえてその場に蹲《うずくま》った。

音は数十秒で途切れた。

何だ、今のは？

蘭堂はシューティの形見の小型クロスボウを握りしめた。

とにかく矢を探さなくては話にならない。確かシューティの小屋か、大テントの倉庫にあったはずだ。

シューティの小屋は鍵《かぎ》が掛かっているかもしれないと思い、まず作り掛けの大テントに向かった。

息を殺して、入り込む。

焦げ臭いにおいが立ち込めていた。薄暗い照明の中で、丸盆の辺りが真っ黒になっているのがわかった。

何があった？

火事がすでに消し止められている。

消し止めたのは誰か？

吸血鬼がわざわざ消火活動をするとは考えにくい。消し止めたのは団員か？　だとすると、やはりまだ生き残りがいるのだ。そして、ここから飛び出した火の玉は吸血鬼である可能性が高い。

そう。吸血鬼は殺害することも撃退することも可能なのだ。

蘭堂は少し勇気が湧いてきた。

テントの中を歩き出す。

すぐに違和感を覚えた。

蘭堂はテントの中を見渡した。

何だ？　何がおかしいんだ？

そして、気付いた。それは最初からそこにいたのだ。ただ、焼け焦げた丸盆の表面に紛れていただけだったのだ。

それは真っ黒だった。そして、翼長はおそらく八メートルはあった。あまりに巨大なため、そんな物体が存在すると、蘭堂の脳が認識することを拒否したのかもしれない。

それは巨大な蝙蝠《こうもり》だった。

蘭堂はクロスボウを蝙蝠に向けた。矢は番《つが》えていなかったが、相手が普通の銃だと勘違いするかもしれないと思ったからだ。

蝙蝠は羽ばたいた。

凄《すさ》まじい突風だった。周囲の座席が一斉に倒れた。

蘭堂は立っていることすらできなかった。そのまま吹き飛ばされ、床の上を転がった。

「何だ。全然たいしたことないではないか」蝙蝠の翼が縮み始めた。ゆらゆらと揺らめき、大柄な男の姿に変化していった。怪物めいた大きさではないが、なぜか凄まじい威圧感があった。

蘭堂は立ち上がり、再びクロスボウを構えた。

こいつは今まで会ってきたようなやつとは格が違う。羽ばたきだけで、俺の息の根を止められそうだ。

「ひょっとして、おまえがランドルフか？」長身の男は気の滅入《めい》るような低い声で言った。

「今日、俺をそいつと間違えたのは、おまえで三人目だ」

「違うと言うのか？」男は乾いた笑い声を出した。「まあ、おまえがランドルフだろうが、そうでなかろうがどうでもいい」

「おまえは誰だ？」

「名前が必要だったら、グリズリと呼んでくれ。じゃあ、俺からも訊《き》いていいか？」男は静かに尋ねた。

「何が知りたい」

「今さっき、俺は部下たちを呼んだ」

「あの気色の悪い声のことか？」

「そうだ。ところが、不思議なことに誰も返事をして来ないんだ。どうしてだと思う？」

「さあ？　おまえのことが嫌いだからなんじゃないか？」蘭堂はクロスボウで狙っているつもりだが、どうしても手元が震えてしまう。

怯《おび》えているのがばれなければいいが。

「やつらが俺を嫌っているのはわかっている。だが、やつらは俺に逆らったことはないんだ。なぜだかわかるか？」

「さあ、おまえに借金でもあるのか？」

「やつらは俺を嫌う以上に俺を恐れているからだよ。ええと……」

「俺の名前を教えるつもりはない」

「名前がないのは話しにくいから、やはりランドルフと呼ばせて貰《もら》う」

「俺はそいつじゃないが、呼びたければ勝手に呼べ」

「やつらが返事をしない理由は二つ考えられる。一つは俺の声が届かないぐらい遠くに行ってしまったということだ。だが、作戦遂行中に俺に黙って遠くに出掛けるのは一種の反逆罪だ。俺を恐れているやつらがそんなことをするはずがない」

「部下を信じてるんだな。上司の鑑《かがみ》だ」

「もう一つの可能性はやつらが死んでしまったってことだ」

「そっちだといいな。もしそうなら、おまえは一人ぼっちだ。勝ち目はないぞ」

「あいつらと俺とは格が違う。何の心配もしてないさ」

「で、どっちが正解だと思ってるんだ？」

「あまりにやつらが遅いから、俺はこのテントに様子を見にきたんだ。すると、驚いたよ。ここに来るまでに、死体を二つ見付けたんだ。俺の配下の餓鬼二匹だ。糞《くそ》みたいなにおいですぐわかった」

「ああ。その二人なら、俺も見たよ。女の子の方は中身が殆《ほとん》ど出てしまってたみたいだったけど」

二人？　今、こいつは二つと言った。では、森の中で捩《ね》じり殺されていた吸血鬼のことはまだ知らないのか？　それとも、あの吸血鬼のことを隠そうとしているのか？　いや、そんな中途半端な情報隠蔽《いんぺい》をしても意味がない。だとしたら、本当に知らないんだ。

――でも、遺体があったってことは、……この辺りには、おまえたちより……強いやつがいるってことだ。

蘭堂はシューティの言葉を思い出した。

そんな。まさか……。

蘭堂は一つの可能性に思い至った。

だが、今は確かめている余裕はない。目の前の怪物をなんとかしなければ……。

「誰が殺したか、知ってるのか？」グリズリは静かに尋ねた。

「女の子の方はたぶん俺の仲間だろうな。若造の方は……顔潰れてただろ？」

「ああ。スープ皿の代わりになるぐらいの凹《へこ》みようだった」

「あれは俺がやったんだ」

正確に言うと、殺したのはシューティだけどな。だが、そんなことを教えてやる必要はない。

グリズリは不気味に笑った。

「今の発言は俺を怒らせようとして言ったのか？　残念だな。あいつらが死んでも俺は別に何とも思わない」グリズリは蘭堂に向かって歩き出した。

「止まれ！」蘭堂はクロスボウを構え直した。

「その武器でウィーゼルを倒したのか？　一発撃って見せてくれないか？」

「それ以上動いたら、使ってやるさ」

「何だ。はったりか。もし、その武器に効果があるのなら、すでに撃っているはずだ。撃てないということは、ウィーゼルを殺したのは、その武器ではないってことだ。あるいは、おまえが殺したというのも嘘かもな」

駄目だ。矢がなければ勝ち目がない。

蘭堂は倒れた座席の一つをグリズリに向かって蹴飛《けと》ばした。もちろん、一メートルも飛ばなかったが、周囲の椅子に当たり大きな音を立てた。

これで隙ができるだろう。

だが、グリズリはぴくりともしなかった。じっと、蘭堂の挙動を見詰めていた。

一か八《ばち》かだ。蘭堂はグリズリに背を向け、走り出した。

さあ、こっちだ。

グリズリは少し身をかがめ、床を殴り付けた。

床は罅割《ひびわ》れ、あちこちで崩壊を始めた。

蘭堂の足下でも床は裂けた。

足をとられ、その場に倒れ伏した。

グリズリはゆっくりと近付いてきた。

蘭堂は逃げ出そうとしたが、足首が床の割れ目に引っ掛かり、立つこともできず、じたばたと暴れるばかりだった。

「つまらん。おまえにはがっかりだよ、ランドルフ」

「だから、俺はランドルフなんかじゃ……」蘭堂は言葉を最後まで言えなかった。

グリズリに頭を摑《つか》まれたのだ。

まるで万力に挟まれたかのようだった。

頭《ず》蓋骨《がいこつ》がばきばきと激しい音を立てた。

あまりの苦痛に蘭堂は絶叫した。

「ふむ」グリズリは蘭堂を丸盆の上に投げ付けた。

床材が弾《はじ》け飛び、破片がいくつか蘭堂の脚や脇腹に突き刺さった。

蘭堂は息ができなくなった。自分で、胸や腹を殴り、なんとか呼吸を再開させた。

「ほう。まだ動けるのか？　もう一度逃げて見せろ」

蘭堂は再び立ち上がった。

グリズリは静かに蘭堂を見詰めている。

ここで逃げても同じことの繰り返しだ。あまりに力の差があり過ぎる。糞。もう少しなのに。あとほんの僅《わず》かなのに。

蘭堂は拳《こぶし》を握りしめた。

まだだ。落ち着いて、考えるんだ。何か見落としはないか？

「逃げないのか？　だったら、これから、おまえの手足を一本ずつもいでやろう。その次は舌で、それから耳と目だ」

こいつはすぐに俺を殺す気はないということだ。どうしてだ？

「おまえ、知りたいんだろ？」蘭堂は口の中に血の味を感じながら言った。「どうやって、俺たちがおまえの仲間たちを皆殺しにしたのかを」

「ふむ。確かに興味はあるな。教えろ」

「見返りは何だ？」

「おまえは面白いことを言う。見返りなどという言葉は互いに対等な立場にあるときに使うものだ。おまえに選択肢はない。さっさと喋《しゃべ》れ、さもなくば死だ」

「喋れば死なずに済むってことか？」

「俺の気分次第だ。おまえに選択権はない。さっさと喋れ」

蘭堂は目を凝らし、自分とグリズリの位置を確認した。

あと一メートル横にずれてくれるだけでいい。何か手はないか？

「この武器だ」

「嘘を吐け」

「嘘じゃない。これは銃なんかじゃないんだ。爆弾なんだよ」蘭堂はクロスボウをグリズリの近くの床に投げ付けた。

さあ、どうする？　調べるために近付くか？　それとも、退避するか？

グリズリは一歩クロスボウから離れた。

ぎりぎりってとこか。だが、これ以上待っていても、二度とチャンスはないかもしれない。

蘭堂は決心し、ポケットの中の無線スイッチを入れた。

床が開き、高速で金属の「棺桶《かんおけ》」が起き上がり、グリズリを取り囲んだ。

グリズリは慌てふためいたりはしなかった。ただ、「棺桶」の観察を始めた。

あいつは慎重だ。滅多なことで恐慌状態に陥らない性格は生き延びるには都合がいい。

だが、今回に限っては不利だ。

グリズリが「棺桶」から出ようとする前に蓋《ふた》が閉じられた。

かちりという微《かす》かな音が聞こえた。蓋がロックされる音だ。手品の本番では、この後蓋をボルトで留めるのだが、実際にはすでにロックが掛かっているのだ。わざわざボルトを締める前にロックなど掛かるはずがないという観客の思い込みと、大声を出すという演出で、ロックの音に気付く者はいない。

だが、今回は手品の本番ではない。ボルトを締める必要はないのだ。

どんっ！

「棺桶」の中から鈍い音が響いた。同時に金属の蓋の中央部に浅いでっぱりが現れた。

あの「棺桶」は吸血鬼を閉じ込めるために設計したものではない。どれぐらいもつかは想像も付かない。

蘭堂は走り出した。

まずは矢を探すんだ。

倉庫に飛び込む。

どんっ！

「ランドルフ！　こんな罠《わな》で俺を閉じ込めたつもりじゃないだろうな!!」

もちろん蘭堂は返事をしない。

どんっ！

「こんな蓋はすぐにぶち破れる。あと、二、三回殴ればいい。その間におまえはどれだけ逃げられるんだ？　百メートルか？　二百メートルか？　残念だな。その程度の距離なら俺は数秒で追いつける。そして、もうおまえの言い逃れに付き合う気はない」

あった！

だが、一本しかない。どうする？

どんっ！

「もう蓋に罅が入ったぞ！」

糞っ！

蘭堂は走り出した。

シューティの小屋まで矢を取りに行っている余裕はもうない。

どんっ！

「隙間から外が見えたぞ。あと一回で片が付く」

蘭堂は全速力で走り続けた。呼吸するのも忘れてひたすら走り続ける。生き残るためには、もはや走るしかないのだ。

どんっ！

金属の蓋が宙を舞った。回転しながら、十メートル程飛び、客席の中に突っ込み、周囲に椅子を散乱させた。

「さあ、どれだけ俺から離れたんだ、ランドルフ？」

グリズリはゆっくりと「棺桶」から外に出た。そして、両手を前に突き出す。

それは蘭堂を探索するために必要な何らかの動作だったのかもしれない。だが、それを確かめることはできなかった。

いや。蘭堂にはそもそも確かめるつもりはなかった。確かめるより優先することがあったからだ。

グリズリが気付いたのかどうかもわからなかった。

蘭堂は必死に全力で走って、「棺桶」の真横まで戻ってきていたのだ。おそらくグリズリは自分のたてた騒音で蘭堂の気配を察知できなかったのだろう。

おまえからの距離は、そうだな五十センチ程かな？

そう言おうかとも思ったが、我慢した。一回しかないチャンスを失う訳にはいかなかったからだ。

蘭堂がしたことは、至近距離からグリズリの左耳の穴に向かってクロスボウの矢を発射することだけだった。

矢はすっと耳の穴の中に吸い込まれた。

グリズリの目はぎろりと蘭堂を睨《にら》み付けた。

しまった！　失敗か！

蘭堂は逃げようとして、尻餅《しりもち》をついた。

グリズリは手で、蘭堂を薙《な》ぎ払った。

怪物の腕が肩に当たり、蘭堂は焦げ付いた丸盆の上を転がった。

蘭堂は死を覚悟し、目を瞑《つぶ》り、衝撃を待った。

だが、衝撃は来なかった。

グリズリは片手を床に突いた状態で動きを止めていた。その目はしっかりと蘭堂を睨んでいる。

蘭堂は全身の痛みに耐えながら立ち上がり、グリズリに近付いた。

グリズリの目は蘭堂のいた床を睨んだままだった。

俺を油断させるために死んだふりをしているのかもしれない。

だが、その可能性は少ないような気がした。こいつは死んだふりをする程弱くはない。甚振らずに殺すと言っていたのだから、おちょくるために死んだふりをするとは思えない。

蘭堂はいったん客席に向かい、そこから壊れた椅子を持ってきて、グリズリの頭に叩《たた》き付けた。

椅子は壊れたが、グリズリはびくともしなかった。

拳で鼻頭を全力で殴った。

飛び上がる程痛かった。

鏃《やじり》は右耳の穴から飛び出していた。両耳の穴から血が流れていた。

蘭堂は両手の親指をグリズリの眼窩《がんか》に力一杯押し込み、ぐりぐりと回した。血が溢《あふ》れてきた。

眼球が潰れたかどうかはわからなかったが、ここまでされて死んだふりを続けられるとは思えなかった。

蘭堂はその場に倒れ込んだ。

しばらく荒い呼吸をして、またグリズリの方を見た。

グリズリはまるで銅像のように動かない。ただ、矢が突き通った耳と目から血が滴となってぽたりぽたりと落ちていた。

こいつは、完全に死亡している。

だとしたら、まだ吸血鬼は生き残っている。

蘭堂は起き上がった。

23

最初にやったことは、「棺桶《かんおけ》」のシステムがまだ動くかの確認だった。

スイッチを操作すると、「棺桶」の本体はがたがたと音を立てながらも床下に収納できたが、蓋《ふた》の方は変形が激しく、蘭堂の力では客席から運び出すことすらできなかった。

まあ、いいさ。修理は後でできる。

次に、蘭堂はシューティの小屋に向かった。鍵《かぎ》が掛かってはいたが、布を引き裂いて入ることにした。矢は数十本見付かったが、それだけの数を持ち歩く訳にはいかないので、十本だけ持っていくことにした。

これも気休めに過ぎない。俺はシューティのように二本の矢を同時に発射することなんかできない。一本撃ってもし撃ち損じたら、おそらく二本目の矢を番《つが》える時間はないだろう。

速足で森の中を駆け抜ける。

シューティとウィーゼルが戦った場所に戻ってきた。

ウィーゼルは先ほどと同じ格好で倒れていた。

蘭堂はもう一度死亡を確認し、シューティを安置した辺りを見た。葉の付いた木の枝が積まれている。

違いがないかと観察したが、よくわからなかった。

蘭堂は深呼吸した。単に俺の勘違いであってくれ。

蘭堂はクロスボウに矢を番え、頭部の辺りを撃った。

特に手応《てごた》えはない。

続いて胸の辺りを撃つ。

何も起こらない。

蘭堂はほっと息を漏らし、矢が命中した場所に向かい、枝を払った。

シューティの死体はなく、土の山がそれらしく置かれていた。

蘭堂は何秒間か動けなくなった。

そして、自分の二の腕を殴り、神経と筋肉に刺激を与えた。

一刻の猶予もない。

蘭堂は走り出した。

大テントへ、グリズリの死体のもとへ向かうのだ。

走っていると、ときどき自分の背後や頭上に不気味な気配を感じた。だが、蘭堂は立ち止まって確かめたりはしなかった。

もしあいつだとしても、手の打ちようがないからだ。とにかく大テントに戻るしかない。

テントに戻ると、そこにはグリズリの死体があった。場内の様子はさっきと同じだ。

よかった。やつにはまだ気付かれていないようだ。

「奇妙な行動だな、ランディ」声は頭上から聞こえてきた。

蘭堂は唾《つば》を飲み込みながら、顔を上げた。

鉄柱の頂上にそれは立っていた。

シューティングスター。インクレディブルサーカス随一のクロスボウ使い。

彼はぽんと柱から飛び降りた。ふわふわと落下したりはしない。ほぼ自由落下で、丸盆に直撃した。しかし、その姿勢は全く乱れない。直立したまま、一直線に降り立ったのだ。

シューティは驚く蘭堂の手から瞬時にクロスボウをもぎ取り、その場で握り潰《つぶ》した。

あまりに素早く、全く抵抗できなかった。

「シューティ、まさか、こんなことが……」蘭堂は掠《かす》れ声で言った。

「おまえ、俺の死体に矢を撃ち込もうとしてたよな」シューティは不機嫌そうに言った。

「見てたのか？」

「どうして俺が人間じゃないとわかった？」

「わかってなんかいなかったよ」

「いや。わかってたはずだ。そうじゃないと、おまえの行動の説明が付かない」

「説明不能の行動はおまえの方だ。いったい何の目的があって、サーカスに潜り込んでたんだ？」

「話せば長くなるんだよ。……ええと、まずは一度ちゃんとカミングアウトしておいた方がいいかな？　俺は吸血鬼なんだ。はい。カミングアウト終わり」

蘭堂が最初に違和感を覚えたのは、的確にウィーゼルの急所を撃ち抜いたことだ。人間の身体には急所がいくつかある。目、顎《あご》、頸《くび》、鳩尾《みぞおち》、股間《こかん》、手首、膝《ひざ》——もちろん、脳や心臓はその中でも最も生命維持に直結した部分ではあるが、そこが吸血鬼に致命傷を与えられる急所だと、シューティが知っていたのはなぜか？　決定的ではないが、大きな疑念が生まれた。ひょっとすると、シューティは急所を知っていた訳ではなく、たまたま何らかの理由で、ウィーゼルが死んだのではないかとも考えた。だが、グリズリを殺すことができたことで、シューティの知識は正しいことが確信できたのだ。

「最初からか？　それとも、サーカスに入った後で吸血鬼にされたのか？　それとも、おまえは本物のシューティと入れ替わった偽者なのか？」

「最初から俺は俺だった。名演技だったろ？　俺は吸血鬼仲間では割と有名なんだ。隕《ミー》石《ティア》と呼ばれてた。意味わかるよな？　だからそれにちなんで、芸名を流れ星《シューティングスター》にしたんだ。洒落《しゃれ》てるだろ？」

「サーカスに潜り込んだ理由は？」

「スパイだよ。コンソーシアムっていう組織があるんだ」

「そのことは他の吸血鬼から聞いた」

「そいつらがサーカス団に偽装してるって話を聞いてね。このサーカス団がそうじゃないかって、疑ったんだ。でも、全然違ってた」

「なぜすぐに出ていこうと思わなかったんだ？」

「出てこうと思ってたさ。もちろん、ここの連中を皆殺しにしてからだが。でも、ちょうど決行しようと思ってた日におまえがやってきたんだ」

「俺が？」

「俺はちょっと興味を持ったんだ。向こう見ずな若者が落ち目のサーカスに飛び込んで、そこで挫折《ざせつ》と達成を繰り返し、やがて成功の舞台に立つ。そして、栄光に包まれて、楽屋に戻ると、そこで自分たちの仲間が全員首を喰《く》い千切られて死んでいる。驚いて振り返ると、口から血を滴らせた親友がおまえの喉《のど》を狙ってくるんだ。果てしない絶望の中、おまえがどんな顔をするか。それがどうしても見たくなったんだ」

「……何年も掛けて？　何のために？」

「別に意味なんてないさ。まあ、吸血鬼の遊びだな。吸血鬼は冗談好きなんだ。不死の存在にとっては、数年間なんてたいした時間じゃないし」

「冗談……」蘭堂にはシューティ――ミーティアの言うことは全く理解できなかったが、理解しようと努力すること自体徒労であると気付いた。こいつは人間ではないのだ。

「俺はおまえのことを親友だと思っていた」

「なっ。凄《すご》い演技力だろ？」ミーティアはにこにこと笑った。

「今言ったことは、嘘じゃないんだな？」

「嘘だと信じたいのか？　だから、おまえは甘ちゃんなんだよ。この期に及んで、どうして俺がそんな嘘を吐かなきゃならないんだ？」

「俺がおまえの仲間を殺したことを恨んでいるのか？」

「仲間？　ああ。この屑《くず》どものことか？」ミーティアはグリズリの死体を見た。「たいしたもんだよ。人間が一人で、この怪物を倒すとはな。さすが俺が見込んだだけのことはある」

「仲間だったんだろ？」

「仲間じゃない。俺は群れに属さないんだ。今夜ここを襲ったやつらは全員こいつの子分だ。いけすかないやつらだったよ。一匹狼《いっぴきおおかみ》の俺を見下していた。群れないと生きていけない小心者の癖に。で、制裁してやろうと思ったんだ。そのとき、面白い趣向を思い付いた。このサーカス団がコンソーシアムだっていう嘘を吹き込んでやろうって。ちょうどクイーンビーっていう馬鹿な吸血鬼がコンソーシアムにこっぴどくやられて逃げ出してきたんで、それを利用したんだ」

「じゃあ、吸血鬼どもを呼び寄せたのはやっぱりおまえだったのか⁉」蘭堂は怒りに震えた。「俺たちをやつらの餌にしようと思ったんだな‼」

「それは誤解だ。俺はやつらに恥をかかせたかっただけだ。人間のふりをして、こっそりやつらに近付いて、何匹か殺せばそれでよかったんだ。そうすれば、やつらの群れは人間に仲間を殺された間抜けなやつらということで、吸血鬼社会での笑い者になる。俺も思いっきり馬鹿にしてやるつもりだった。ところが計画に一つ穴があったんだ。グリズリの子分のモーレイってやつが俺の素顔を知っていてね。だから、まずそいつだけは殺しておいたんだ。身体を雑巾《ぞうきん》みたいに絞って、森の中に捨てておいた。あとでちゃんと始末しようと思ってたんだけど、ウィーゼルのやつがしつこく絡んできたので、その時間がなかったんだ」

やはりそうだったのか。

グリズリと戦っているとき、蘭堂はシューティの言葉を思い出していた。

――死体を見付けたり、火の玉を見たりして、手間取っちまったんだよ。

蘭堂はそれだけしか言わなかった。

――でも、遺体があったってことは、……この辺りには、おまえたちより……強いやつがいるってことだ。

それなのに、シューティは死体が吸血鬼のものであることを知っていたのだ。なぜなら、あの吸血鬼を殺したのは、シューティ自身だったから。

「団員たちは危険な目にあった」

「もちろん、サーカス団員も何人か死ぬだろうと思ったけど、それは俺がいちいち心配することじゃない。……ああ。危険な目にあっただけじゃなくて、死んだり再起不能の大怪我をしたりしてるんだぜ。おまえが知らないだけで」

「俺を不安にさせようとして作り話をするのは無駄だ」

「そう言うと思ってね。これ撮っておいたんだ。おまえに見せたらきっと身悶《みもだ》えして怒るだろうなって」ミーティアはポケットから何枚かの写真を出し、蘭堂に向かって投げ付けた。「インスタント写真って便利だよな。最近は携帯についているカメラに押されてすっかり姿を消したけど、こういう使い方できるもんな。これ、スマホだったら、おまえの横に並んで、スライドさせて見せなくちゃならないから」

蘭堂は震える手で、床に落ちた写真を拾った。

それは残虐な仕打ちを受けた団員たちの姿だった。

キブキィは胴体を半ば引き裂かれていた。ビストリィは木の幹に打ち付けられていた。リジィとジェヌは血塗《ちまみ》れで抱き合っている。リジィの片腕は切断されていた。キブキィは確実に生きていないだろう。他のみんなも死んでいても不思議ではない状態だ。

蘭堂は絶望に包まれた。みんなが殺されてしまったとしたら、今更ミーティアと戦っても仕方がない。戦わずにこいつの牙《きば》に掛かった方が楽なのかもしれない。

「……おまえがやったのか？」

「俺じゃない。グリズリの群れのやつらだ。俺がけしかけたのが原因だから、俺のせいだとは言えるけどね。まあ、結構面白かったので、満足だよ。俺は人間が懸命に生き延びようとしながら、それでも圧倒的な力の前に死んでいく姿が大好物なんだ。しかし、びっくりしたよ。サーカスのみんなは随分頑張った。団員が死ぬのは不思議じゃないけど、吸血鬼も結構死んでるみたいなんだよな。グリズリの呼び掛けに全然反応がなかったし」

「俺にわざわざ吸血鬼の弱点を教えたのはなぜだ？」

「ウィーゼルと鬼ごっこしてるときに、ここで火事が起きて、キャタピラーが火達磨《ひだるま》になって逃げだしたのを見たからさ。おまえらにはただの火の玉に見えたかもしれないが、俺の動体視力で見れば、ちゃんとあいつだってわかったんだ。それで、こいつら結構やるなって思った訳だ。ああ、『キャタピラー』ってのは、グリズリの子分の糞《くそ》みたいな吸血鬼のことだ。『こいつら』というのは、おまえら団員のことな。そのとき、いいアイデアを思い付いたんだ。こいつらに本当にグリズリの子分を殺させたら、あいつの面目は完全に丸潰れだって。だって、ただの人間に吸血鬼が殺されるんだぜ。これはもう立ち直れない程の屈辱だよな」ミーティアは心底嬉《うれ》しそうだった。「だから、おまえに吸血鬼の弱点を教えてやった。駄目元でね。そしたら、どうだ。本当に殺しちまった。おまえ、凄いぜ。もちろん、俺も大変だったんだ。死ぬ演技。息を止めるだけじゃなくて、心臓も止めたからな。あれ長くやると、本当に死んじまうからときどき動かしてたんだけどな。おまえ、必死だったから気付かなかったけど。因《ちな》みに、三十分は長過ぎた。うっかり欠伸《あくび》が出そうだった。まあ、そういう訳で、おまえの役目はもう終わった。ご苦労さん。俺の計画通りだ」

蘭堂は震える手で、もう一度写真を捲《めく》った。

アヤミの写真はない。団長やクワイやレーラーも。ということは、まだ生きているということだ。もし死んでいたら、絶対に俺に見せるはずだ。

「アヤミの写真がないんで安心してるのか？」ミーティアが言った。「そうだよ。まだ殺していない。どうやら、トータスとキャタピラーが近くにいるようだったんでね。人間のふりをしたまま二人の吸血鬼を相手にするのは、俺でも大変なんだよ。まあ、たぶんもう死んでるし、死んでなくても、おまえの死体を見せ付けてから彼女を殺してやるから安心しろ」

「シューティ、そこにいるんだろ!!」蘭堂は絶叫した。「そんな怪物はすぐに追い出して、元のおまえに戻ってくれ」

「わからんやつだな」ミーティアは肩を竦《すく》めた。「シューティなんかどこにもいないんだよ。消えたんじゃない。最初からいなかったんだ。全部俺の演技だったんだよ」

蘭堂は強烈な悲しみと怒りに包まれた。そこにシューティがいると信じたかった。だが、望みは潰《つい》えた。

もし、シューティが最初からいなかったとしたら、俺は誰と親友だったんだ？　すべてが嘘だったとしたら、俺は何のために戦うんだ？　運命に抗《あらが》う意味はあるのか？　仲間が全員殺されて、俺だけが助かって何の意味があるんだ？　このまま、親友の姿をしたものに殺されるのが一番幸せなんじゃないだろうか？

蘭堂は諦《あきら》めようとした。だが、彼の中の何かが諦めに反発した。

いや、全員が殺されたと決まった訳じゃない。だとしたら、こいつを倒す意味はある。もし刺し違えて俺が死んだとしても、それでアヤミが助かるのなら、戦う価値はある。

「おまえの訊《き》きたいことはもう終わりか？」ミーティアが言った。「だったら、さっさと俺の質問に答えろよ。どうして、俺が吸血鬼だと確信した？」

「それは……」蘭堂は口籠《くちごも》った。

「黙ってたら殺されない、なんて思うなよな。これは単に俺の好奇心で訊いているだけだ。別に絶対に訊いておかなくちゃならないってことではないんだ。ただ、教えてくれるなら、二、三分は生かしておいてやってもいいっていう、俺の優しさだ。だが、優しさに甘えるのは程々にしろ。……そうだな。もし教えてくれてもおまえの命を助けはしないが、アヤミは見逃してやってもいいぞ。これ以上は妥協できない」

「わかった。グリズリから教わったんだ」

「嘘だ。あいつは俺が団員に紛れているとは知らなかった」

「本当だ。あいつの身体にダイイングメッセージがあった」

「嘘なら、すぐわかる。そこにいろ。動くなよ」ミーティアはグリズリの死体まで跳躍した。「どこだ？　何もないぞ」

「背中に書いてある」

ミーティアはグリズリの背中に回ろうとして、いったん止まった。

なぜだ。もう少しなのに。

「俺、さっきアヤミを助けるって言ったよな？」

「ああ。確かに聞いた」

「あれは嘘だ」ミーティアはにやりと笑って、そのままグリズリの背中側に回った。

「楽しんで殺してやるよ」

「ああ。嘘だってことは知ってたさ」

「背中にも何もないぞ」ミーティアはグリズリの尻《しり》を蹴飛《けと》ばした。

グリズリは宙を飛び、壊れた金属の蓋に激突し、脳漿《のうしょう》をぶちまけた。

「俺を騙《だま》したのか？」ミーティアは蘭堂に怒りの目を向けた。

「ああ。そうだよ」蘭堂はポケットの中の無線スイッチを入れた。

「棺桶」が起き上がりミーティアを取り囲んだ。だが、蓋はされない。床下の機構ががたがたと空回りしているだけだ。

ミーティアは溜《た》め息を吐いた。

「まただよ。俺は前に教えてやったよな。おまえが失敗した理由だよ」

「そんなこと聞いたかな？」

「過信だよ。おまえは自分を信用し過ぎてんだ。一度成功したからと言って、状況が変わっても同じことを繰り返すのは馬鹿……」

蘭堂はもう一つのスイッチを入れた。

床ががたんと傾くと同時にプールが現れた。

「棺桶」はミーティアを乗せたまま、スロープを滑り、プールの中に落ち込んだ。

ミーティアは胸まで水に浸《つ》かった。

「これで俺を溺《おぼ》れさせられると？　やっぱりおまえは四流マジシャンだ。見損なったよ」ミーティアはプールの縁に手を掛けた。

蘭堂は走り出していた。

床に放り出してあった工具の一つを掴《つか》みスイッチを入れながら、プールに放り込んだ。

工具はコードが付いたままぽちゃんと音を立てて水に沈んだ。

「あっ！」ミーティアが固まった。歯を喰いしばって蘭堂を睨《にら》んでいる。

「自分を過信したのは、おまえだよ」蘭堂は工具箱をひっくり返した。「心臓や脳を壊せば死に至る。ってことは基本的におまえたちの肉体の構造は人間と同じってことだ。つまり、筋肉に電流が流れれば、硬直して動けなくなる。動けないやつの心臓を撃ち抜けば、簡単に殺せる。……問題は武器であるクロスボウをおまえに壊されたことだ」

ミーティアは懸命に身体を動かそうとしているようだ。だが、ぴくぴくと痙攣《けいれん》するばかりだ。

大きな仕掛けを動かすために、ブレーカーは大容量のものを使っている。この程度の漏電なら、落ちることはないだろう。

蘭堂は工具箱から小型のボンベを取り出し、工具の一つにセットすると、立ち上がった。

突然、雷鳴が鳴り響いた。

微《かす》かにミーティアの表情に笑みが浮かんだように見えた。

蘭堂は胸騒ぎを感じ、ミーティアに向かって走り出した。

さらに稲妻が走り、ほぼ同時に雷鳴が聞こえた。

すぐ近くに落雷した。

あと数歩で到達する。

ミーティアははっきりと笑みを浮かべた。

強烈な光と音と共に、大テント内が闇に包まれた。

落雷の直撃を受けたため、停電が発生したのだ。

突然のことで目が慣れず、月も雲に隠れていたため、蘭堂には真の闇のように思えた。

だが、蘭堂の心の中には、はっきりとミーティアの姿が映し出されていた。鋲《びょう》の長さは四、五センチで、脳幹を狙うのは難しい。だが、心臓ならなんとか狙えるはずだ。

蘭堂の右手首が摑まれた。

だが、構わず左手で鋲打ち機の先端をミーティアの左胸と思われる場所に押し付け、鋲を打ち込んだ。

ばんっ！

ミーティアの腕の力は万力のように凄《すさ》まじかった。

だが、蘭堂はさらに鋲を打ち込み続ける。

ばんっ！

ばんっ！

ミーティアは蘭堂の手首から手を離した。

蘭堂は後ろに倒れた。

ミーティアの息遣いが聞こえる。

月が雲から顔を出した。

吸血鬼は目を見開き、じっと蘭堂を睨んでいた。

心臓に当たらなかったのか？

ミーティアは大きくかつ素早く呼吸を繰り返していた。

もし心臓に鋲が命中していたなら、血液の供給が閉ざされ、脳は酸素不足に陥っているはずだ。だから、反射的に必死で息をしようとしているのかもしれない。心臓を止められた状態で、こいつは何秒間ぐらい動けるんだ？　ひょっとして、何分間も？

蘭堂は鋲打ち機を掴んで立ち上がった。

「ああああっ!!」ミーティアは涎《よだれ》を垂らしながら、腕を振り回した。

こいつには迂闊《うかつ》に近付けない。

ミーティアは自らのサーカスの衣装の胸の部分を引き裂いた。

胸のやや左側に鋲の頭が三つ見えていた。

彼はそのうちの一本を掴み、引っ張り始めた。

泣き声とも悲鳴ともつかない絶叫の後、鋲が一本抜けた。

同時に大量の出血が起き、その場が血の海になった。

駄目だ。こいつは不死身だ。

蘭堂は逃げる機会を窺《うかが》いながら、後退《あとずさ》りをした。

ミーティアの腕が目にも留まらぬ速度で動いた。

蘭堂は右脚の腿《もも》に衝撃を受けた。

鋲が突き刺さっている。

蘭堂は唸《うな》り声を上げ、跪《ひざまず》いた。

衝撃で鋲打ち機を取り落とす。それは床の上を一メートル程滑った。

脚を狙ったのか、別のところを狙って逸《そ》れたのかはわからないが、かなりのダメージだ。しばらくは動けない。

ミーティアは転がるようにプールから這《は》い出した。

蘭堂の足首を摑もうとしたが、蘭堂はなんとか蹴って躱《かわ》すことができた。

動きが鈍くなっている。やはり心停止の効果があるようだ。

ミーティアは二本目の鋲を抜こうとしていた。

蘭堂は引き抜きを妨害しようと、ミーティアににじり寄った。

ミーティアの腕を摑もうとした瞬間、逆に摑まれてしまった。

同時にミーティアは二本目の鋲を引き抜き、その鋲で蘭堂の掌《てのひら》を突き刺し、床に釘付《くぎづ》け状態にした。

痛みに意識が朦朧《もうろう》となる中、蘭堂は大変なことに気付いた。

しまった！　鋲打ち機を落としたままだ。

ミーティアは床に仰向《あおむ》けに倒れ、三本目の鋲に掛かりっきりになっていた。もう蘭堂を殺す余裕がないらしい。

蘭堂は鋲打ち機に手を伸ばした。

だが、右手が釘付けになっているため、左手が届かない。

ミーティアは三本目に手間取っていた。鋲の頭が肉の中に埋没して、摘《つ》まむことができないようだ。

このまま力尽きてくれ。

だが、ミーティアも必死だった。

突然、両手で自分の胸の肉を毟《むし》り取り始めた。

顔を顰《しか》め悪鬼のような形相で、肉と骨を千切り続ける。

肋骨《ろっこつ》の向こうに血塗れの心臓が見えた。

鋲が刺さり、ぴくぴくと痙攣しているようだ。

ミーティアは左手で自らの心臓を掴み、右手で鋲の頭を掴んだ。

ずるずると鋲が抜け始める。

吸血鬼はじっと自分の心臓を見詰めている。

蘭堂は右手を留めている鋲を抜こうと必死になった。だが、ぴくりともしない。床に固く突き刺さっている。

彼は渾身《こんしん》の力を込めた。だが、やはり動く気配はなかった。

ミーティアの心臓の鋲はずるりと抜けた。

吸血鬼は溜め息を吐いた。

心臓はゆっくりと拍動を始めた。

ミーティアは深呼吸を繰り返す。

みるみる傷が回復していく。

その顔は凶暴な獣となり、蘭堂に牙を剝《む》いた。

蘭堂は歯を喰いしばったまま、絶叫を続けた。喉が壊れ、熱い血が噴き出すような気がした。

そして、ついに右手が自由になった。

右手が縦に裂け、掌の中央から中指と薬指の付け根の間がぱっくりと割れてしまった。

もう右手は使い物にならないかもしれないとちらりと思った。

そして、床の上を這いずり、鋲打ち機に左手を伸ばした。

脚を掴まれ、引き摺《ず》り戻された。鋲が刺さった方の脚だったが、もう痛みは感じなかった。

ミーティアは大きく口を開け、涎を滝のように流しながら、蘭堂の頸に噛《か》み付こうとした。

蘭堂はミーティアの額に鋲打ち機を押し付け、引き金を引いた。

ミーティアの動きが止まった。白目を剝き、何か譫言《うわごと》のようなことを喋《しゃべ》っていた。

前頭葉は運動や思考を司《つかさど》る部位だと考えられている。蘭堂が鋲を打ち込んだことにより、一時的に運動や思考に障害が現れているのだろう。

蘭堂はミーティアを殴り付けた。

ミーティアは血と水でべとべとになった床の上で立ち上がろうとのた打ち回っていた。

「なぜ、俺がおまえの正体に気付き、確信したのか。本当のところを教えてやる」蘭堂はなんとか体勢を立て直し、四つん這いになってミーティアを押さえ付けた。「おまえは焦ってやり過ぎたんだ。おまえはウィーゼルの脳幹と心臓の二つを同時に貫いた。吸血鬼の急所を二つとも、俺に教えるためだ。……だが、二つ同時はやり過ぎなんだ。急所の場所を思い付いたとしても、一つずつ試すはずだ。二つ同時に貫いたのでは、どちらが効果があったのかわからなくなってしまう。しかし、おまえはどちらか一つだけを俺に教えたのでは不安だったんだ」

ミーティアに聞こえているかどうかはわからなったが、蘭堂は続けた。

「弱点は一つよりも二つ知っていた方が殺せる確率は上がる。だから、おまえは二つの弱点を教えようとして焦って、二か所を同時に貫くという不自然なことをしてしまった。つまり、おまえは急所を知っていたと白状してしまっていたんだ。だが、おまえのおかげで、俺は吸血鬼の弱点を知ることができた。礼を言うよ」

　前頭葉が深く傷付いているにもかかわらず、ミーティアは深呼吸を続けていた。胸の傷口は塞《ふさ》がり掛けており、額の鋲もゆっくりと抜けつつあった。

「恐ろしい怪物だ」蘭堂は肉を掻《か》き分けて、鋲打ち機の先端を直接ミーティアの拍動する心臓の表面に押し付け、引き金を引いた。

　その瞬間、ミーティアは蘭堂の喉を摑んだ。爪が喰い込み、血が流れ出す。

　だが、それ以上、ミーティアの手は動かなかった。

　心臓は小刻みに痙攣を始めた。

　心室細動か？

　蘭堂はさらに心臓の別の場所に鋲を打ち込んだ。

　傷口の再生が止まる。

「畜生‼　畜生‼　畜生‼」蘭堂は次々と鋲を打ち込んだ。「この怪物め‼　シューティを返せよ‼　俺の大切なたった一人の親友なんだ‼　あいつが俺にとって、どんなに大切か、わかってるのか‼」

　ミーティアは蘭堂の顔を見た。そして、馬鹿にしたような表情をしたかと思うと、口から血の塊を吐きだし、目を瞑《つぶ》った。

　蘭堂は絶叫を続け、さらに狂ったように鋲を打ち続けた。

「許すものか‼　死ね‼　死ね‼　死ね‼　シューティを返せ‼　死ね‼　死ね‼　死

ね!! 地獄に落ちろ!!」

心臓の表面が鋲だらけになり、隙間がなくなると、次に大動脈にも鋲を打ち込んだ。それもいっぱいになると、今度はミーティアの顔面を鋲で埋め尽くした。まるで、とりつかれたように無心に鋲を打ち続ける。

漸《ようや》く鋲が弾切れとなった。

蘭堂はぐちゃぐちゃになった自らの右手を眺め、そして、潰れて原形を留《とど》めていないかつての親友の顔を見詰めた。

そして最後に左手で顔を押さえ、静かに泣き始めた。

24

蘭堂は目を覚ましたとき、自分が病室にいるのかと思った。だが、どうも妙な感じだった。病室にしては縦長で狭苦しい。しかも天井が低い。病院というよりは救急車の中のようにも思えた。しかし、それにしては窓もないし、運転席も見当たらない。

蘭堂は自分の右手を確認した。すでに治療は終わっているようだった。ただ、不思議なことに大仰な包帯を巻いている訳ではなく、軽いテーピングをされているだけだった。さらに奇妙なことに、手が真っ二つに裂ける程の怪我だった割には、さほどの痛みはない。よほど強力な麻酔を打たれているのだろうか？

そう言えば、脚の痛みもない。

まさか切断されてしまったのかと、手で探ってみたが、脚は無事なようだった。

蘭堂はほっと一息吐いた。

微《かす》かにセンサーのような音が鳴り始めた。

ドアが開くと、ＳＦ映画に出てくるような装備とスーツを着た長身の男が入ってきた。

蘭堂は身体を起こそうとした。

「おっと、そのまま寝ておいてくれ、ヒーロー君」男は快活に言った。

「あんたは誰だ？　そして、ここはどこだ？」

「同時に答えるのは無理だな。どっちを先に訊《き》きたい？」

「最初に知りたいのは、他の団員の居場所だ」

「すぐ近くだ。隣と言ってもいい」

「会わせてくれ」

「もちろんだ。だが、その前に少し話を聞かせて貰《もら》う必要がある。野暮なのはわかってるが、一応仕事なんでね」

「全員無事なのか？」

「報告するのは心苦しいんだが」男は漸《ようや》く真剣な顔になった。「発見時に重体だった者は四名、これにはあんたも入ってる。そして、死亡したと推定される者は一名だ」

「死亡……誰だ？」

「キブキィという女性とのことだ」

「キブキィ……やはり、そうか。……彼女は類《たぐい》まれな身体能力の持ち主だった。俺なんかよりずっと……」

「そのようだな。団員の証言によると、彼女はもう少しで、キリフィッシュと呼ばれる吸血鬼を倒すところまで追い込んだが、最後の最後で逃げられてしまった。しかし、これは彼女の落ち度ではない。単に知識の問題だった」

「糞《くそ》っ!!」蘭堂は顔を押さえた。「俺のミスだ。もっと早く全員を逃がしていれば……」

「他の人間の話だと、あんたは懸命にみんなを説得したそうじゃないか。誰のせいでもない。悪いのは吸血鬼だ」

「俺以外の重体は誰だ？」

「ちょっと待ってくれ」男はメモを取り出した。「ジェヌ、リジィ、そしてビストリィだ」

「命に別状はないのか？」

「全員一命は取り留めた。だが、精神的なダメージは相当大きいようだ。特に……」

「ビストリィか？」

「ああ。目の前で、仲間を残虐に殺されたんだ」

「他のみんなは？」

「とても疲れているし、精神的にも参っている。だが、肉体的には問題ない。君も含めて感染も起こっていない」

「感染？　何のことだ？」

「吸血鬼は仲間を増やすことができるんだ。最近は、滅多にやらないけど」

「最悪の怪物だ」

「いつも、そう思ってる」

「いつも？　あいつらとしょっちゅう会ってるということか？　最初にも訊いたけど、あんた誰だ？」

「俺はコンソーシアムの……」

蘭堂は跳ね起きた。チューブやセンサーが何本も抜け、大きなアラームが鳴り始めた。

彼が男の胸倉を掴《つか》むとほぼ同時にドアが開き、数人の兵士が飛び込んできた。

「いや。大丈夫だ」男は片手を上げて、兵士たちを制止した。

「俺たちはあんたたちと間違われて、あの怪物どもに襲われたんだ」

「聞いてくれ。俺たちはあの怪物たちを駆除する仕事をしてるんだ」

「そのようだな」

「怪物たちに正体を気付かれずにあちこち動き回るには、サーカス団に偽装するのが最適だったんだ」

「だが、そのことはもうやつらには知られていた」

「そのようだな。我々と間違われて君たちが襲われたことは本当に申し訳ないと思っている。だが、信じてくれ。俺たちは吸血鬼を倒し、一般市民を守るために戦い続けてきた。これからも、この信念を変えることはない」

蘭堂は何度も握りこぶしに力を入れては抜くことを繰り返し、漸く男を離した。

「俺が最後に殺した吸血鬼は、人間のふりをしてサーカス団に紛れ込んでいた。あいつがグリズリとかいう吸血鬼の群れを俺たちのサーカス団に誘い込んだんだ。だから、あんたたちのせいではないのかもしれない」

兵士たちの緊張が解けた。

「その吸血鬼の名前はわかるか？」

「ミーティアと名乗っていた」

男は口笛を吹いた。

「最強クラスの化け物だ。よく倒せたな」

「運がよかったんだ。あいつが俺を馬鹿にして油断していたから勝てたようなものだ」

「状況証拠から見ると、グリズリを倒したのもあんただよな？」

「ああ」

兵士たちから感嘆の声が漏れた。

「ひょっとして、ウィーゼルも？」

「あいつは違う。ミーティアが殺したんだ」

「そうか。やつらの仲間割れは珍しいことじゃない。ちょっとした気紛《きまぐ》れを起こしたり、虫の居所が悪かったりすると簡単に殺してしまうんだ」

「そうみたいだな。もう一人、女の吸血鬼も殺したみたいだ」

「モーレイだな。……しかし、そうなると、あんたは単独記録保持者にはなれないかもしれないな」

「何の記録だ？」

「二体の吸血鬼の殺害に成功した民間人ってことだ。だが、徳さんも二体殺すのに成功している」

「誰だって？」

「徳さん。あんたとは面識ないのか？　森の中に住んでいたバックパッカーの爺《じい》さんだ」

「すまん。名前は聞いたことがあると思うんだが、新情報が多過ぎて頭に入って来ないんだ」

「徳さんについて詳しくは、あんたのガールフレンドに訊けばいい。彼はあんたより早い段階で二体の吸血鬼を殺したらしい」

「じゃあ、俺はタイ記録保持者だな」

「徳さんの場合、片方はサーカス団員二人と連係プレイで倒したとも言えるから微妙だな。あんたは間違いなく単独だ」

「どっちでもいい。そんなタイトル欲しくもない」蘭堂は自分の手を見詰めた。「名誉の負傷は残るだろうけどな」

「あんたの傷は我々の持つ最新医療技術で治療したので、おそらく後遺症も残らないだろう。細胞レベルの移植なので、神経接続も問題ない」

「他の連中も同じ治療を？」

「ああ。ただ、全員が完治するとは限らない。それは承知しておいてくれ」

「芸人に復帰できない者も出るかもしれないということか」蘭堂は少し落胆した。

「それはまだ何とも言えないが、各自の状態にかかわらずコンソーシアムの医療スタッフが最善を尽くすことは約束する」

「ありがとう。さっきは激昂《げきこう》して悪かった」蘭堂は手を差し出した。

「こっちこそ、救助が遅れて申し訳なかった」男は蘭堂の手を握った。

「ところで、あんた名前は何と言うんだ？」

「俺か？　俺の名前はランドルフだ。仲間はランディと……」ランドルフはこれ以上喋《しゃべ》れなかった。蘭堂に殴られて、しばらく床の上で伸びていたからだ。

25

「この間はすまなかった」蘭堂は数日ぶりに現れたランドルフに謝った。

「いや。俺に間違われて酷《ひど》い目にあったのなら、咄嗟《とっさ》にああいう行動に出ても仕方がないだろう」

「その顔の痣《あざ》はまだ治ってないみたいだけど、例の治療は使わないのか？」

「あの治療は高額なんで、生命の危機がある場合以外には使用は認められていないんだ」

団員の話を総合すると、キリフィッシュを倒した後、レーラーとピエロは動物たちと火の玉の墜落した辺りを捜索して、徳さんの小屋を発見した。ちょうど同じ頃、リジィとジェヌを救援に行ったアヤミとクワイと徳さんも戻ってきた。

それからまもなく、携帯電話の基地局が破壊されたことにより、異変に気付いたコンソーシアムのジェットヘリが近付いてきたため、松明《たいまつ》を振って救助を求めたという。

全員に検査と治療が施され、手当てが終わったものから順番にテント村に戻ってきていた。

サーカスの公演は中止になったが、公には建設中の大テントの鉄柱に落雷があったことで、火災が起き、作業中の団員に死傷者が出たと報道されていた。

「まあ、実際に落雷も火事もあった訳で、まるっきり嘘って訳じゃないものな」蘭堂はぼろぼろになったサーカスの設備を眺めながら言った。

「これからどうする気だ？」

「まだ何も決めていない。今までのようなサーカスの興行はもう無理だろう。破産するしかない。しばらくは大道芸でもしようと思ってる」

「一つ提案があるんだが」

「就職先でも紹介してくれるのか？」蘭堂は冗談めかして言った。

「端的に言うと、その通りだ」

「サーカス団全員の？」

「いや。あんた一人だ」

「マジシャン一人でいいのか？」

「我々が欲しいのは、優秀な吸血鬼ハンターだ」

「俺はそんな技術習得した覚えはないぜ」

「俺だってそうだ。俺は……妻と子を吸血鬼に殺されたことが切っ掛けで、コンソーシアムに入った」

「それは……気の毒に」蘭堂はどういう言葉を掛ければいいのかわからなかった。

「いいんだ。大昔の話だ。もう俺は悲しみを克服している。……あんたには特別な才能がある。まともな武器もなく、サーカスの小道具と工具だけで、吸血鬼を二人殺した」

「それを言うなら、徳さんをスカウトすればいいんじゃないか？　あの爺《じい》さんは怪我一つ負わなかったんだろ？」

「徳さんはもう日本に帰っちまった。それに、うちの組織に入るには年齢制限がある」

　その爺さん、いくつなんだろう、という疑問が頭をかすめた。

「どうだ？　やってみないか？」ランドルフは勧誘を続けた。「その才能を人々の役に立てるのは正しいことだ」

「そうだな」蘭堂は考えながら、焼け焦げた丸盆や破壊された「棺桶《かんおけ》」やプールや倒壊した空中ブランコや客席の残骸《ざんがい》を見回した。「よし、決めた！」

「コンソーシアムに入る決心が付いたか？」

「いや。俺はサーカスに残る」

「だって、サーカスはもう……」

「俺が吸血鬼どもに勝てたのは、マジシャンだったからだ。吸血鬼ハンターの才能があった訳じゃない。やつら自身がトリックに引っ掛かってくれた。ただただ運が良かったんだ」

「あらゆる状況を利用するのは、吸血鬼ハンターの才能だぞ。……だが、決心は固いようだな」

「ああ」

「わかった、今回は諦《あきら》める。だが、気が変わったら、いつでも連絡してくれ」

二人のもとに団員たちがやってきた。

「おお。リジィ、ついに退院か？」蘭堂がリジィに声を掛けた。「傷の具合はどうだ？」

リジィは自分の右手を見ながら、何度か開いたり閉じたりした。

「サーカスへの復帰はちょっとまずいかもしれない」

「うまく動かせないのか？　まだ諦めるのは早い。リハビリをすれば……」

「違うんだ。俺の腕は火で炙《あぶ》られたりして、相当状態が悪かった。失われた神経や骨や筋肉は人工物で補った。つまり、この右手はもはや半分以上義手なんだ」

「やはり本物の腕程の力は出ないか……」

「だから、そうじゃないんだ」リジィはぽんと宙返りをし、片手で逆立ちをした。よく見ると、片手全体ではなく、小指だけで立っていた。これでサーカス芸をしたら、いかさまになるような気がするんだ」

「いいんじゃないか？」ランドルフが言った。「どうせ誰も気付かないから」

「凄《すご》い。これをこのまま芸として見せればいいぞ」ピエロが燥《はしゃ》いだ。

「こんなのやったら、マジックだと思われるぞ」蘭堂は呆《あき》れて言った。

「じゃあ、おまえも改造して貰《もら》え、マジックの仕掛けを作らなくても済む」

「団長、本気で言ってるから怖いのよ」アヤミが言った。

「ここの片付けは市がやってくれるのか？」蘭堂が尋ねた。

「わしらにやれって言われたって、先立つものがない。市がやらざるを得ないだろう」

「訴えられるかもしれないぞ」

「いっこうに構わない。裁判に負けたって、払えないんだから、何も怖くない」

「呆れた爺さんだ」クワイが言った。「そのうち、詐欺で訴えられるよ。そうなったら刑務所行きだ」

「それは困るな。そのときは本当のことを言うよ」

「吸血鬼に襲われたって、言うのかい？　無罪にはなるかもしれないけど、病院送りになっちまうよ」

「ええと。片付けや再建に必要な資金のことだが」ランドルフが言った。「うちのサーカスが出してもいい。つまり、インクレディブルサーカスに出資する形だ。まあ、実際に金を出すのはコンソーシアムだけどな」

「うちのサーカスを乗っ取るつもりか？」ピエロがランドルフを睨《にら》んだ。

「よく考えてくれ。ここを乗っ取って、うちにどんな得がある？　意図的ではないにしても、我々と吸血鬼の抗争に巻き込んでしまった謝罪の意味もある。形式的には出資だが、配当を払って貰う必要はないし、必要ならさらに出資を行う準備もある」

「つまり、金は使いたい放題って訳か」ピエロの目が輝いた。

「そんな考えは駄目よ」レーラーが窘《たしな》めた。「少しずつでも、返済していかなくっちゃ」

「いや。これは融資じゃないんだから、返済の必要はないんだ」ランドルフが言った。

「そんなことを言ったら、団長、黒字にする気がなくなってしまうわ」

　あの事件はサーカス団の全員に暗い影を落としていた。だが、みんなは少しずつ回復し始めていた。もちろん、完全に元のように戻ることはできないかもしれない。しかし、少なくとも前進をしようという意思が表れている。

　蘭堂はふとビストリィの様子が気になった。

　みんなとは少し離れて、遠くを眺めている。

「ビストリィ、肩の具合はどうだ？」蘭堂は尋ねた。

「肩？」ビストリィは肩に触れた。「肩がどうしたって？」

「大怪我をしただろ？　君も細胞移植を受けたのか？　それとも、人工組織を？」

「大怪我……ああ。そう言えば、怪我をしたようだ。……どうもはっきり思い出せないんだが」

アヤミがそっと蘭堂の肩に触れた。蘭堂がアヤミを見ると、微《かす》かに首を振った。

じゃあ、ビストリィの心はまだ回復していないのか。だが、それも仕方がない。心の支えであったキブキィを失ったのだから。彼が思い出せないのは、自分の心を守るための反応だ。今はまだ思い出させる必要はない。まずは熱中できることを与えるのがいいだろう。

「曲芸の方はできそうか？」蘭堂は尋ねた。

「もちろんだ。今、キブキィ姐《ねえ》さんと新しい技を開発中なんだ」

場が静寂に包まれた。

「冗談……よね？」レーラーが控えめに言った。

「いや。冗談なものか。椅子芸よりずっと、華やかだ。梯子《はしご》を組み立てて、木々に見立てて、その間を飛び交うんだ。キブキィ姐さん発案なんだ」

「何かの間違いじゃないか？」ピエロが言った。「だって、おまえから聞いたんだぞ。キブキィはあのキリフィッシュとかいう……」

「キリフィッシュ？」ビストリィは何かを思い出そうとしているようだ。「そうだ。キリフィッシュというのは、あの吸血鬼だ。あの吸血鬼は……」ビストリィの顔はみるみる怒りに赤く歪《ゆが》み出し、突然暴れ出した。傍に落ちていた木材の切れ端を掴むと、絶叫しながらぶんぶんと振り回した。

「落ち着くんだ、ビストリィ!!」蘭堂が叫んだが、耳に入らないようだ。

ランドルフは素早くビストリィの背後に回り、彼の肩を掴んだ。

ビストリィはがくりと膝《ひざ》を突いた。

「それって、『スター・トレック』でスポックが使う技？」レーラーが尋ねた。

「いや。ヴァルカンつかみなんかじゃない。手袋の指先から鎮静剤が注入できるようになってるんだ」ランドルフは答えた。

「姐さん……逃げるんだ。……あいつは俺が殺す!!」ビストリィはまだもがきながら譫《うわ》言《ごと》を言っていた。

「心の傷はコンソーシアムの医療技術でも治せない」ランドルフは悲しげに言った。

「これから先は俺たちの仕事だ」蘭堂は言った。「俺だって、平気じゃない。無二の親友だと思っていた男をこの手で殺さなければならなかったんだ。だからこそ、みんなで手を取り合って生きていかなくてはならない」

アヤミは蘭堂にそっと寄り添った。

「わたしたちは一人じゃない。だから、きっと乗り越えていける」

ランドルフは頷《うなず》くと、無言でその場を後にした。

26

サーカス団は蘇《よみがえ》った。

街から街へと移る度に徐々に活気を取り戻していき、新しい団員も入り始めた。

あの惨劇が語られることは殆《ほとん》どなかった。傷は見えなくなっただけで、それぞれの胸の中にまだ大きく口を開けていたのだ。

しかし、彼らの技は以前より遥《はる》かに輝いていた。コンソーシアムによる治療のおかげもあるが、試練が彼らを鍛え上げたのだ。行く先々で彼らは称賛され、そして奇跡のサーカスと呼ばれた。

災厄を生き延びた団員の中で唯一ビストリィだけは復帰できていなかった。肉体の健康は取り戻せても、精神はいつまでも不安定だったからだ。だが、舞台に立たない間も、彼は鍛錬を怠らなかった。キブキィとコンビを組んでいた頃とは顔つきまで変わり、ピエロも彼を復帰させても構わないと考えていた。

蘭堂だけは、何か言葉にできない不安を感じていた。

それは、ビストリィが夜の練習の合間に時折見せる不気味な笑みに気付いたからかもしれない。あるいは、ランドルフの言葉を今になって思い出したからかもしれない。

——とうとうコンソーシアムはキブキィの死体を見付けることができなかったよ。

ランドルフは言った。

——おそらく吸血鬼が始末したのだろう。だが、そうでない場合もある。

ビストリィは一人テントから出ると、夜闇を見上げ、嬉《うれ》しそうに呼び掛ける。見上げる先にあるのが人気《ひとけ》のない森であっても、大都会の摩天楼であっても。

そんなとき、一匹の蝙蝠《こうもり》が悲しげな顔をして闇の中に現れては消えるのだ。

本書は二〇一八年十二月に小社より刊行された
単行本を文庫化したものです。

人外《じんがい》サーカス

小《こ》林《ばやし》泰《やす》三《み》

角川ホラー文庫　22519

令和３年１月25日　初版発行
令和３年５月20日　再版発行

発行者――堀内大示
発　行――株式会社KADOKAWA
〒102-8177　東京都千代田区富士見2-13-3
電話 0570-002-301（ナビダイヤル）
印刷所――株式会社KADOKAWA
製本所――株式会社KADOKAWA
装幀者――田島照久

●お問い合わせ
https://www.kadokawa.co.jp/ （「お問い合わせ」へお進みください）
※内容によっては、お答えできない場合があります。
※サポートは日本国内のみとさせていただきます。
※Japanese text only

ISBN978-4-04-110835-2　C0193　◆◆◇

角川文庫発刊に際して

角　川　源　義

第二次世界大戦の敗北は、軍事力の敗北であった以上に、私たちの若い文化力の敗退であった。私たちの文化が戦争に対して如何に無力であり、単なるあだ花に過ぎなかったかを、私たちは身を以て体験し痛感した。西洋近代文化の摂取にとって、明治以後八十年の歳月は決して短かすぎたとは言えない。にもかかわらず、近代文化の伝統を確立し、自由な批判と柔軟な良識に富む文化層として自らを形成することに私たちは失敗して来た。そしてこれは、各層への文化の普及滲透を任務とする出版人の責任でもあった。

一九四五年以来、私たちは再び振出しに戻り、第一歩から踏み出すことを余儀なくされた。これは大きな不幸ではあるが、反面、これまでの混沌・未熟・歪曲の中にあった我が国の文化に秩序と確たる基礎を齎らすためには絶好の機会でもある。角川書店は、このような祖国の文化的危機にあたり、微力をも顧みず再建の礎石たるべき抱負と決意とをもって出発したが、ここに創立以来の念願を果すべく角川文庫を発刊する。これまで刊行されたあらゆる全集叢書文庫類の長所と短所とを検討し、古今東西の不朽の典籍を、良心的編集のもとに、廉価に、そして書架にふさわしい美本として、多くのひとびとに提供しようとする。しかし私たちは徒らに百科全書的な知識のジレッタントを作ることを目的とせず、あくまで祖国の文化に秩序と再建への道を示し、この文庫を角川書店の栄ある事業として、今後永久に継続発展せしめ、学芸と教養との殿堂として大成せんことを期したい。多くの読書子の愛情ある忠言と支持とによって、この希望と抱負とを完遂せしめられんことを願う。

一九四九年五月三日

家に棲むもの

小林泰三

ホラー短編の名手が贈る恐怖のカラクリ作品集

ボロボロで継ぎ接ぎで作られた古い家。姑との同居のため、一家三人はこの古い家に引っ越してきた。みんなで四人のはずなのに、もう一人いる感じがする。見知らぬお婆さんの影がよぎる。あらぬ方向から物音が聞こえる。食事ももう一人分、余計に必要になる。昔、この家は殺人のあった家だった。何者が……。不思議で奇妙な出来事が、普通の世界の狭間で生まれる。ホラー短編の名手・小林泰三の描く、謎と恐怖がぞーっと残る作品集。

角川ホラー文庫

ISBN 978-4-04-347005-1

AΩ

超空想科学怪奇譚

小林泰三

謎の生命体“ガ”とは？

旅客機の墜落事故。乗客全員が死亡と思われた壮絶な事故現場から、諸星《もろぼし》隼《はや》人《と》は腕1本の状態から蘇った。一方、真空と磁場と電離体からなる世界で「影」を追い求める生命体“ガ”は、城壁測量士を失い地球へと到来した。“ガ”は隼人と接近遭遇し、冒険を重ねる…。人類が破滅しようとしていた。新興宗教、「人間もどき」。血肉が世界を覆う——。日本SF大賞の候補作となった、超SFハード・アクション。

角川ホラー文庫

ISBN 978-4-04-347006-8

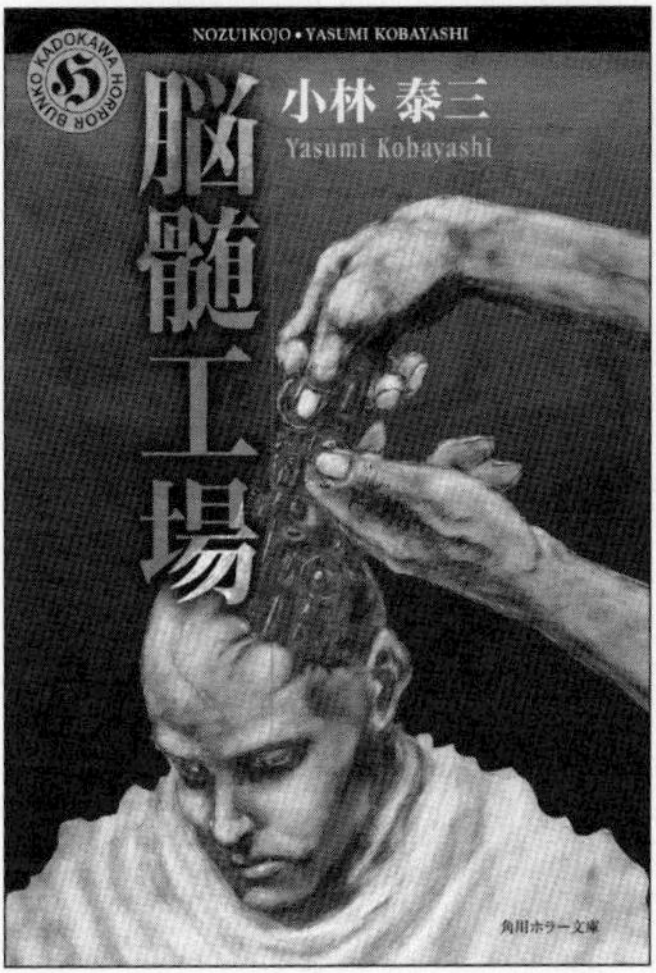

脳髄工場

小林泰三

矯正されるのは頭脳か、感情か。

犯罪抑止のために開発された「人工脳髄」。健全な脳内環境を整えられることが証明され、いつしかそれは一般市民にも普及していった。両親、友達、周囲が「人工脳髄」を装着していく中で自由意志にこだわり、装着を拒んできた少年に待ち受ける運命とは？
人間に潜む深層を鋭く抉った表題作ほか、日常から宇宙までを舞台に、ホラー短編の名手が紡ぐ怪異《グロ》と論理《ロジック》の競演！

角川ホラー文庫

ISBN 978-4-04-347007-5

ネフィリム

超吸血幻想譚

小林泰三

最強の吸血鬼をめぐるダークファンタジー！

古《いにしえ》より吸血鬼は存在していた。人間の血を吸いひっそりと――。最強の吸血鬼と怖れられたヨブは、暴漢に襲われていた少女・ミカを救う。彼女の純真な心に魅かれたヨブはミカとの約束で血を吸うことを禁じた。だがそのために力を失ったヨブを屈強の者が狙う！　妻と娘の復讐のために吸血鬼殺戮組織に入隊した人間・ランドルフ。吸血鬼を喰らい強力なものへと進化を遂げる追跡者《ストーカー》・J。この三つ巴の戦いから壮大な神話が幕開く。

角川ホラー文庫

ISBN 978-4-04-347009-9

ISBN 978-4-04-347010-5

百舌鳥《もず》魔《ま》先生のアトリエ

小林泰三

身の毛もよだつ奇想と予想を裏切るラスト！

「あなた、百舌鳥魔先生は本当に凄いのよ！」妻が始めた習い事は、前例のない芸術らしい。言葉では説明できないので、とにかく見てほしいという。翌日、家に帰ると、妻がペットの熱帯魚を刺身にしてしまっていた。だが、魚は身を削がれたまま水槽の中を泳ぎ続けていたのだ！妻が崇める異様な“芸術”は、さらに過激になり……。表題作の他に初期の名作と名高い「兆」も収録。生と死の境界をグロテスクに描き出す極彩色の7編！

角川ホラー文庫

ISBN 978-4-04-101190-4